查令街书系

托斯卡纳的孩子

[英] 里斯·鲍恩 著

萧浩然 译

长江出版传媒 | 长江文艺出版社

北京长江新世纪文化传媒有限公司
www.cjxinshiji.com
出品

　　谨以此书献给皮耶罗和卡哈萨·巴尔迪尼，让我的托斯卡纳之行如此美妙，且提出了关于本书的见解，只有作为本地人的他们能做到。一如既往地感谢我出色的经纪人，梅格·鲁利和克里斯蒂娜·霍格雷贝，以及简·罗特罗森的整个团队，尤其是丹尼尔及其所在联合湖的整个团队，他们给了我写一直梦想着要写的书的机会！最后，和往常一样，感谢约翰对我的爱和支持。

目录

第一章　雨　果

1944 年 12 月

他要死了，这再明显不过。雨果·兰利试图心平气和地接受这个事实。布伦海姆式轰炸机[①]的左翼起火了，火舌蔓延到机舱。在他身后，他的导航员，飞行中尉菲普斯斜靠在仪表板后，鲜血从脸颊一侧淌落，不断从头盔中渗出。炮手布莱克·本，被梅塞施密特式战斗机[②]的第一轮攻击射中在炮台上，现在已经断了气。雨果不确定自己是否中弹，肾上腺素还在他的身体里急剧飙升，一切还很难说。他低头盯着自己溅满鲜血的裤子，想要弄清楚身上的血是自己的还是菲普斯的。

"该死的。"他嘟囔了一句。真不想这么年轻就结束生命，更何况是以这种方式。他还期待着有朝一日继承兰利庄园和头衔，享受在四邻八舍间当一个领主——雨果·兰利爵士的身份地位。他短暂地回忆起妻子和儿子，发现两人的形象只是勉强牵动了他一丝情绪。没有他，她一样会过得很好。她可以继续和他父亲住在庄园里，直到嫁给另一个人。毫无疑问，她一定会这么做的。而他的儿子，

---

① 布伦海姆式轰炸机：英国皇家空军在第二次世界大战期间投入使用的一款中型双引擎轰炸机。

② 梅塞施密特式战斗机：第二次世界大战德国空军投入使用的双引擎重型战斗机。

那个陌生、安静的小男孩，他年纪太小了，不会对爸爸有印象了。也许他们会说他是个英雄，而实际上，他只是一个倒霉鬼，一个坐以待毙的傻瓜。这真是一次根本不该执行的轰炸任务。谁都知道布伦海姆已经过时，比敌机要慢许多。想要从罗马附近的基地向北飞行，到达米兰铁路站的目标，就不得不穿过一百英里的德占区。

他尽量让自己理性地分析当前的形势：即使他能让布伦海姆这个"老家伙"掉个头，也根本坚持不到飞回基地。更何况是在一个引擎起火，一扇机翼受损的情况下，绝对不可能。当然，他也不想自己像个被塞进烤箱的火鸡一样等死。透过风挡玻璃向外瞥去，他试图弄清楚下面的地形，但什么也看不见。这是一个漆黑的夜晚，云翳遮盖了月光和星空，地面没有一丝光亮，但好在也没有敌机的迹象，除非他们还在后面追击他。雨果怀疑敌军觉得他已经完蛋了，不必再浪费时间。从上次报告的位置来看，他推测自己现在一定已经远远飞出了托斯卡纳，甚至进入了比萨北部仍由德国人控制的领土。在这片丘陵地区，只要降落伞不起火，他还是很有可能成功落地并躲起来，然后安全到达海岸线。无论如何都值得冒这个险。他慌张地摸索着，想要打开驾驶舱的玻璃罩，锁闩松开了，但玻璃罩纹丝不动。有那么一瞬间，他恐惧到了极点——自己早晚会被困在机舱里慢慢烧死，或是和这个火球一起坠毁，就看哪个先发生了。他用尽浑身力气去推，终于感觉到玻璃罩松动了，开始向后滑动。瞬间，火舌冲向他。

"加油，继续。"他鼓励自己道。回头看了一眼菲普斯。"对不起，老伙计，"他说，"但是我不能带你一起走了。"他想要摘掉带有氧气面罩的飞行头盔，可手上还戴着厚厚的皮手套，手指完全不听指挥。紧接着，呼吸开始变得困难，实际上他的飞行高度没有那么高,可能是因为紧张吧。他伸手去掏降落伞,试图把它背起来。时间在那一刻凝固,整个人像是在做慢动作。最后,降落伞背带总算扣上了。为了不乱中出错,他想先站起来,这时左腿传来一阵剧痛。该死的,自己确实中弹了。这样一来,逃跑和躲藏的机会变得更渺茫。但总比活活烧死或是和飞机一起坠毁要好吧。运气好的话,他会降落在非德占区。德军已经被赶回了他们所说的"哥德防线"①,穿过比萨北部的半岛,意大利人不再是他们的盟友。雨果曾在意大利生活过一次,所以他对那里的民众曾经不可理喻地亲德或好战深表怀疑。

他挣扎着站了起来,努力爬到那扇尚未损坏的机翼,火暂时烧不到这里。风吹得喘不过气来,他咬着牙坚持。尽管如此,他还是有一丝犹豫,想象着一架梅塞施密特敌机潜伏在后面,趁着他跳伞时把他打死。他听了一会儿,没有敌机咆哮的迹象,只有这架"老伙计"的右引擎发出低沉的轰鸣声,而左引擎已经彻底报废了。他努力回忆着很久以前短暂的跳伞训练:如何弹射;拉动绳索之前要倒数几秒,以免降落伞与飞机缠在一起。大脑陷入一片混乱。

雨果深吸了一口气,随后猛地把自己从飞机上"甩"了出来。有那么几秒钟,感觉似乎要一头栽到地上,然后猛地一拉绳子,降落伞被打开,整个人一下子被提了起来。时间似乎又静止了,降落的过程仿佛会永远持续下去。这时候,他听到飞机油箱爆炸时发出的巨响从头顶上不知道哪个方向传来,接着布伦海姆从身旁盘旋坠落。虽然没有亲眼看到坠毁的一瞬间,但他听到了撞击声和爆炸声。紧接着,他依稀觉察到四周山丘的黑暗轮廓——离地面越来越近了。

---

① 哥德防线:第二次世界大战的最后阶段中,德军阿尔贝特·凯塞林空军元帅沿亚平宁山脉顶峰所设的最后一条主要防线。

他再一次试图回忆起曾经仓促的跳伞训练：双腿撑地？就地翻滚？冲下来的速度似乎有点快，也许降落伞还没有完全打开。可能是飞机着火的时候烧坏了。他抬起头，一个模糊的白色环形盘旋在他头顶，降落伞似乎完好无损。接着，他向身下看去，想要弄清楚地面的情况。差不多能看清地表的形状还有山丘的轮廓了，其中一些小山头已经和他齐平。然后是树林，一大片树林。

东方微微发亮，曙光勾勒出群山的黑色轮廓。没有看到屋顶或城镇的迹象。这是个好消息，至少他不太可能立刻被看到或抓到。但却很可能会卡在树枝上，无助地吊在那儿直到被人发现。雨果心脏怦怦作响，夜晚如此寂静，他几乎认定心跳的声音会传到数英里之外，惊觉任何一个早起的人。

接着，他落得更低了，耳边也传来声音：风扫过枯叶的沙沙声，树枝的吱哑声，远处的犬吠声。也就是说，附近确实有人。如果是农民的话，黎明前也该起床劳作了。落地的最后几秒，仿佛刹那永恒。雨果感到束手无策，无处遁形。他胡乱地想象着地面上的德国士兵们站在车旁，端起步枪瞄准，等待他进入射程。

终于能辨认出周围的轮廓了：左手的岩壁耸立在一片平缓的地势上。光秃秃的树覆盖着山顶。山下有成片的树林，排列整齐有序。然而周围没有空地，没有一块地方能保证平稳着陆。"没关系。"他愤愤地想，反正以他的技术本来也没办法让降落伞停在想停的地方。

地面离得越来越近。雨果已经能清楚地看到前方山坡上种着一排排的树。它们幼小而整齐，现在这个季节还长着叶子，看上去被打理得很好，应该是个果园。如果他能对准的话，树与树之间的那点空间还是足够降落的。凛冽的空气灌进他的嘴里，紧接着树枝拽住了他，把他顶出了"既定路线"。雨果的脚触到了地面，紧接着双腿蜷缩，下半身猛地坠在地上，上半身向前栽去。

"松开降落伞，你这个白痴！"他对自己吼道，摸索着解开安全带，脸已经撞到了冰冷的地面，降落伞肯定被什么东西钩住了。他一动不动地躺着，脸颊上满是泥土味，尝试着想要站起来走动，但大腿的剧痛瞬间穿透了身体。昏过去的那一刻，他听到一只鸟儿唱着歌迎接黎明。

第二章　乔安娜

1973 年 4 月，英格兰，萨里

我从未对父亲有过其他印象，除了苍老、怨愤、孤僻和听天由命，他是一个早已放弃了世界的人。在我的记忆中，他总是满头白发，岁月蚀刻的脸上皱纹堆累，即使他真的在想什么高兴的事情(当然，这并不经常发生)，也总是一副苦大仇深的样子，走路一瘸一拐。所以，当我收到他死讯的电报时，其实没有特别震惊。令我惊讶的是，他不过才 64 岁。

走在通往兰利庄园的小路上，我内心充满矛盾。春光烂漫的乡下，河岸上点缀着报春花。远处的树林里遍地开着风铃花。小路两旁的七叶树也刚刚探出第一缕翠绿。我不由自主地抬起头来，脑子里想着七叶树①——再晚些时候，就能看到它们油亮的棕色种子——七叶树果了。我的孩提时代，村子里的男孩子都会拿着棍子来这儿，把那些最大最好的，包裹着多刺的绿色外壳的七叶树果敲下来，然后用一根绳子穿过去，等风干以后，用它们打闹个没完没了。我有时候也会帮他们找七叶树果，但从来不被允许参加游戏。父亲不赞成我和这些没家教的孩子们厮混在一起，尽管我们的生活方式不比他们好多少。

_____

① 七叶树：世界著名的观赏树种之一，树形优美、花大秀丽、果形奇特、种子需用碱水煮后方可食用，味如板栗。

头顶上一只乌鸫①在轻唱，还能听到远方的布谷鸟②声。记得小时候，每年听到的第一声布谷鸟叫，不正像歌词里写的"四月来了，我扬起歌喉"一样吗？

万籁俱寂，唯余鸟鸣。紧接着，我的脚步声在小路两旁高高的树丛中回响。习惯了伦敦的喧嚣与纷乱，这种整个世界只有我一个人的感觉反而有些不自在，这个时候，我才意识到自己多久没回家了。大概一年多了吧？即使圣诞节也没回来过。父亲不愿意接受阿德里安，也清清楚楚地传达给了我们，而我固执地认为，没有阿德里安的陪伴，我绝不回家。

事实上，父亲并不讨厌阿德里安这个人，有谁会对一个伦敦大学法学院的顶尖毕业生挑刺儿呢？他已经被坦普尔酒吧区③最著名的一个事务所聘用，即将成为一名成功的律师。我和阿德里安同居了，父亲这个老顽固一点也不赞成。思想传统的父亲，从小到大一直循规蹈矩。"年轻人要趁早结婚，新婚之夜才能圆房，不然就不能单独和异性生活在一起。"这位"兰利庄园乡绅的儿子"确实以身作则，为他周围的乡民树立了纯洁、道德的生活榜样。当整个世界迈进无休止的纵欲时代，充斥着言论自由、着装自由和恋爱自由的时候，这个地方依然崇尚守旧与落伍。

"愚蠢。"我喃喃自语，不确定指的是自己还是父亲。当然，我也够蠢的，如果一开始就听从父亲的劝告，我也不会落到现在这

---

① 乌鸫：欧洲常见鸟类，在西方象征命运，多为悲伤和死亡的代表，而在头顶上盘旋，多意味着带来霉运。

② 布谷鸟：又名杜鹃，在西方象征死亡，呼应上文中乌鸫的隐喻。同时又象征春天，见下文。

③ 坦普尔酒吧区：爱尔兰首都都柏林市中心利菲河南岸的一个区域。与周边地区不同的是，坦普尔酒吧区保留了中世纪的街道格局，有许多狭窄的鹅卵石街道。它被当作"都柏林的文化区"。

个地步。可惜，他还没来得及说一声"我早告诉过你了"就离我而去，他会对教训我乐在其中的。

一对鸽子从我面前的草地上扑腾起来，翅膀发出晾衣服时拍打的声音，我终于被拖回了现实中，觉察到别的动静了：远处的田野里，拖拉机的工作声；路的另一边，苹果树花丛中蜜蜂的嗡嗡声，还有割草机节奏分明的咔嗒咔嗒声。这是来自我童年的声音——令人身心放松的声音，上一次听到是多久以前的时候了？

4月的阳光竟然如此明媚，天气也很暖，我开始后悔穿了一件很厚的冬衣。可是我只有这一件黑色衣服，也是唯一适合回到家乡穿着的丧服。我拂去额头上的汗水，应该在火车站叫辆出租车的。小时候似乎从来没觉得两英里路有那么远。一直到11岁，我都是从村子里的学校步行回家，那可是有整整一英里远呢。还记得大学放假回家的时候，我提着沉重的手提箱走了好长一段路。这个时候我才意识到自己现在身体很虚弱。可以理解，真的，毕竟我刚出院没多久。医生只告诉我肋骨折断需要一段时间恢复，却没告诉我内心的创伤多久才能痊愈。

眼前的树林被环绕在兰利庄园的高大砖墙取代，过往回家的记忆驱使我不由自主加快了脚步。以前从村子里的学校走回家，最后一段路我总是一口气跑回家，冲进厨房，守在炉子旁的母亲会抬起头，她总是在炉子周围忙活。烘焙的温度和香味总是环绕着我。她会穿着一条宽大的白色围裙，面色红润，身上沾着许多面粉。她会张开双臂，紧紧拥抱我。

"在学校过得怎么样？"她问我，"有没有乖乖地听老师的话？"

"我一直是个乖女孩，非常听老师的话。"我回答的时候脸上带着一点点炫耀的表情。"您猜怎么着？我是今天唯一一个会解长除法算术的人。"

"真棒。"她吻了一下我的额头，然后我们抬起头看着刚刚走进来的父亲。

"她是今天学校里唯一一个能完成这道算术题的人。"母亲自豪地说。

"嗯，那当然，"父亲回答。"班上不过是村子里的孩子。"他走进客厅，拿着报纸坐了下来。母亲看着我，我们会心一笑。

对母亲的回忆令我顿时热泪盈眶。这么多年过去了，我依然很想念她。要是她还活着，情况就会大不一样了。她会知道该说什么，该做什么，她是我的避风港。我急忙擦去泪水，不想让任何人看到自己流泪。

这段记忆在脑海浮现的时候，高大的砖墙戛然而止，我已经站在通往兰利庄园的铸铁大门外。大门里面，倾斜的行车道从修剪整齐的花坛两侧一直延伸到建筑。水晶玻璃窗映着午后的阳光，都铎王朝式的红砖愈发鲜亮。建筑的主体是都铎王朝式的，这是国王亨利八世送给爱德华·兰利爵士的财产，作为他帮助亨利八世废除和掠夺修道院的回报。实际上，这片土地原本就是一座修道院所在，直到我的祖先摧毁它，赶走了修道士，并为自己建造了一座华丽的新房子。其实我应该能从这一点猜到，诅咒总有一天会降临。

整栋建筑实际上比从正面看要大。后来兰利家族在两翼加盖了乔治王朝式建筑，而屋角的塔楼和后面的大型温室里是维多利亚式的。我双手环抱着铁栅栏，一动不动地站着，像游客一般愣愣地望着那栋建筑，仿佛自己第一次看到它，第一次欣赏它的美丽——兰利家族的祖宅。尽管兰利家族有四百年历史，然而讽刺的是，我没有在这栋建筑里住过哪怕一天，而是蜗居在狭小、昏暗、简陋的门房小屋里。

庄园大门旁边的墙上刻着"兰利女子学院"。我没打算推开大门，而是像以前一样拐到墙边的一扇小门，去往通向门房小屋的路。小屋的门锁着，我并不知道自己期待着见到谁。自从我上大学后，父亲就一个人住在这儿。我11岁那年母亲去世，之后我和父亲就在小屋里相依为命。

我站在门口，看着房子剥落的油漆，脏兮兮的窗户，杂乱的小草坪，还有废弃的花坛上几朵傲然挺立的黄水仙。悔意不断掠过心头，我应该放下愚蠢的自尊心来看望父亲的，却让他如此孤独地死去了。

我有些犹豫，不确定接下来该做什么。兰利女子学院正在放复活节假，不过自从我收到这个地址发来的电报，表明父亲的尸体是在学校里被发现之后，应该还有人守在这里。电报大概是校长霍尼韦尔小姐发来的。她在庄园里有一个套房，父亲说那是以前最好的卧室套房。我转身离开小屋，向行车道走去，下决心面对自己在那所学校度过的7年痛苦时光里的宿敌。父亲在被迫卖掉兰利庄园，把它变成一所女子寄宿学校以后，他被允许留下来担任美术教师，可以继续住在门房小屋。母亲去世后，我得到了奖学金，以走读生的身份在这里上学。我想，这也算是学校的一种善意。父亲很高兴我终于能和不像村子里的孩子那样身份卑微的女孩有了交集，并能接受良好的教育。可我宁愿和村里最聪明的同学一起去读当地的公立学校，可是父亲一旦做了决定，没人能争得过他。

于是，我收到了一套白绿相间、缝着领结的制服，一顶夏天戴的巴拿马帽，一顶冬天戴的宽边绒帽，还有一件缝着校徽的外套——其实校徽就是我们兰利家族的旧家徽，现在还挂在这座建筑上。就这样，我开启了无比悲惨的人生。兰利女子学院其实不能被称为学术机构。相反，它吸引的是上流人士的女孩和那些可以花钱买来被认为是上流人士的女孩。学校的工作就是为这些女孩们有一段美好的婚姻而服务。当然，那时候已经20世纪60年代，其实根本没有人再传播这种过时的观念了。女孩们希望学会真正有用的技能，帮助她们从事合适的工作——公关、出版、英国广播公司，或者经营艺术画廊，设计服装什么的——直到她们找到配得上自己的、有钱的丈夫。

所以从一开始我就是个异类：我也许有一个挂着爵位头衔的父亲，但他不过是个美术教师，而我，不过是个住在门房小屋，靠着奖学金才能上学的女孩儿。最糟糕的是，我很聪明，很有活力，喜欢向老师问问题，渴望在数学课上学会更难的题目。一部分教师喜欢我，也鼓励我的思想活跃。而那些懒惰的，没那么认真的教师会觉得我讨厌、喜欢添乱，他们会把我送到校长办公室关禁闭。我不得不在那里写一百遍"我不能打断老师"或是"我不能随便向老师提问"。

想到这儿，校长霍尼韦尔小姐那瘦骨嶙峋的脸，高高的颧骨和尖酸的嘲讽清晰地浮现在我脑海里。"你觉得自己比斯诺德老师懂得更多，是吗，乔安娜？"抑或是，"需要我提醒你，你能来这里上学只是出于我代表学校的善意，因为你父亲已经不能好好照顾你了吗？"

当然，最后一句毫无疑问是真相。父亲一生从没做过饭，也从没熨过衬衫。母亲一个人把我和父亲照顾得很好。也正因为父亲没办法照顾好我，作为兰利女子学院学生，我生活的一部分就包括要和其他女孩们一起吃晚饭，一起在自习室上晚自习，回家的任务就是睡觉。但我很感激学校给予我最后一点小小的仁慈。因为和那些冤家对头们同住一间宿舍，将会是压死骆驼的最后一根稻草。

其实也不是所有女孩都讨厌我，我确实交到了朋友——像我一样安静、好学的女孩。我们在操场上散步，阅读和交换书籍，讨论书里的内容。但那些受欢迎的女孩团体们，像狼群一样，喜欢攻击任何比她们弱的人，她们很清楚地表明我不属于这里。当我需要一个地方来放午餐托盘时，她们会说："对不起，这张桌子上没有空位。"

我的运动鞋会莫名其妙地消失。当我因为弄丢了东西而陷入麻烦时，狼群就会笑起来。和她们不一样，我上不起私人网球课，所以看到我无力地挥动着球拍，狼群又笑了。她们总是故意大声地谈论去哪里滑雪、去法国的别墅度假之类的事情。随着年龄的增长，这些恶作剧终于结束了，一部分原因是我从来没有让女孩们觉得戳到痛处，另一部分原因，对她们来说，讨论男孩子和参加派对比欺负我更有吸引力。她们总是大声谈论即将参加哪场舞会，哪些男孩会在18岁生日得到一辆非常棒的汽车，然后开到这儿来鼓动她们半夜偷偷溜出去玩。其实我被孤立的根本原因，是她们本就属于同一个社会群体——家族或是企业相互缠绕在一个巨大的关系网里。而我恰恰是为数不多的局外人之一。

就这样，我一直忍受到了六年级，被强烈的欲望和人生规划驱使，打算去上大学，成为一名律师，取得辉煌的成就，赚很多钱，然后买回兰利庄园。我想象着自己挽着父亲的胳膊走回庄园，对他说："这里现在又是我们的了，您回到了原本属于自己的地方——我的庄园主大人。"

至于霍尼韦尔小姐，我会对她说："非常抱歉，但我需要你在这个学期结束后立刻离开这里。"然后微笑地看着她。

　　现在，我不得不为自己的天真和乐观发笑。父亲去世后，我是最后一个"兰利"。这个头衔即将消失，即使兰利庄园重回昔日的辉煌也没有任何意义。我迈上宽阔的台阶，走到门口按住门铃，深吸了一口气。

第三章　乔安娜

1973 年 4 月

门铃声在大厅里回响，过了很长一段时间，门开了，探出身子的正是霍尼韦尔小姐本人。我一开始以为开门的会是一个勤杂工或女佣，看到那张脸，我不由自主地后退了一步。和以前一样，她的脸就是一个化了妆的完美面具，稀疏的眉毛画着细小的棕色线条，头发比我印象中的更灰一些，烫得层次分明。没想到她会穿着一条宽松裤子和一件开领衬衫，上学的那些年，我记得她冬天总是穿着一套量身定做的西服，翻领上别着一枚金色别针，夏天则是一件清爽的亚麻连衣裙配上珍珠。

看起来她也有点意外，接着脸上露笑容。"乔安娜，亲爱的。没想到你这么快就来了。"

"我接到电报以后就赶来了。"

"我不确定是否发对了地方。你父亲留了几个地址，但我们认为律师事务所能找到你。"

"谢谢。是的，他们收到电报以后给我打了电话。"

"嗯，不过，这也是一种解脱。很抱歉我成为这样一个传达不幸的消息的人，请进吧。"

她后退一步，让我走进铺着黑白大理石砖的门厅，里面很凉爽。霍尼韦尔小姐随手把门关上。

"我本来现在应该已经在意大利了，董事会有一些重要的会议，所以就被困在这里了。"她走在前面，高跟鞋敲打着大理石地板。"但情况可能会更糟，好歹我们还享受着春季美好的天气，不是吗？"

英国人就是她这个样子的，面临尴尬或情绪受到影响时，人们就会讨论天气，毕竟这是个相对安全的话题。

"你今年不准备留在这里吗？"她问。

"到目前为止还没这个打算。"我回答道，我当然不会坦陈自己现在的财务状况。

我们走到她的书房门口。这个地方我记忆犹新，每当盯着门上的那个铜牌——"校长：霍尼韦尔小姐"，总是会先深吸一口气，然后敲门面对噩运。现在，她打开门，再次对我微笑。"请进！"她说，"请坐，我看看爱丽丝在不在，让她给我们端点茶进来。如你所见，这地方现在相当荒凉，只有我这一把老骨头，其他人都去过复活节假期了。事实上，幸运的是，我总是习惯在早晨散步，否则你父亲的尸体可能几天都不会被发现。"

她拿起桌上的电话，拨通了号码。我不耐烦地看着她长长的红指甲，然后听到她说："啊，爱丽丝，太好了，你还没走。兰利小姐来了，我们想喝点茶。是的，就在我办公室，对，这样很好。"她放下话筒，微笑着看着我，像是做了一次相当明智的决策。

"我们说到哪儿了？"

"我父亲，"我说道，"您说您发现他倒在地上？"

"是的，我必须承认，太令人震惊了。我带着我的小猎犬伯蒂出去散步了，它突然冲到前面开始狂吠。嗯，它总是有发现死鸟之类恶心东西的本事，所以我对它喊着别叫了，然后走到了那儿，看到一个男人脸朝下趴在草地上。然后我把他翻了过来，发现是你父亲，身子僵硬，已经没有呼吸了。于是我赶紧跑回房子，拨了999。他们把他带到了停尸房，应该会做个尸检。”

“所以您知不知道他是怎么死的？”我试探性地问道。“他不是被……我是说……”我不敢说“谋杀”这个词，她看上去吓坏了。

“噢不，不是那样的，我敢肯定。他身上没有任何挣扎的痕迹。我相信是自然死亡。其实如果不是他已经四肢僵硬，你可能以为他只是在睡觉。一定是犯了心脏病。你知道他的心脏一直很不好吗？”

“我不太清楚，”我说，“您也知道我父亲是个注重隐私的人。他从来不肯讨论任何自己的私事。我得承认已经有一段时间没和他说过话了。即使他身体不好，也一定不会告诉任何人的。”

“我注意到他最近比平时更孤僻。”霍尼韦尔小姐说，“也许是沮丧吧。” 她停顿了一下，“我一直觉得他很不快乐，失去了地位和财产这件事一直是他的心结，对吗？”

“换成是您，您高兴得起来吗？”我问道，说话的怨气越来越大，替父亲鸣不平。

“如果您不得不住在曾经自己宅子的门房里，每天看着女学生们成群结队地在您从小长大的房间里走来走去，您会有什么感觉？”

“其实他没必要留在这里，”她说，“他还有很多事情可以做，我听说他在‘二战’以前是个很有才华的艺术家，很有前途。”

“我父亲？一个很有前途的艺术家？”

“哦，是的。”她点点头，“他的作品在皇家学院做过画展。不过我也没见过他的作品，除了为学校活动做的海报，还有学校里演出戏剧用的背景板。他很有能力，可以看出来受过专业的艺术训练，当然，也不是多么特别的。”

“我竟然不知道他画过画，”我说，“我知道他学过艺术，但从来没有意识到他是一个真正的艺术家，我很好奇他为什么……"
我其实还想补充一句，想知道他为什么不再创作，但在说出这些话
之前，自己已经给出了答案——因为他的精神世界已经分崩离析了。

"他们说艺术家都脾气古怪，不是吗？"霍尼韦尔小姐说，"神
经质的那种。当然，他出身于高贵的家族，贵族之间的近亲婚配确
实有点风险。"

"您不认为他是自杀的吗？"我尖厉地问道，愤怒源于她向我
暗示父亲的精神不稳定，这让我被一种沉重的负罪感牵绊着。

她给了我一个悲伤的笑容。"如果他想要自我了结，完全没有
理由特意走进树林里去做这件事。他可以在家里自杀，没人会知道，
也不会有人阻止他。此外，正如我刚才提到的，他身上没有自杀的
迹象，没有中毒或是枪伤的症状。"她停了下来，望向窗外的玫瑰
花丛，一只椋鸟落在上面，"其实，我比较怀疑他最近酗酒更凶了。"
她把注意力转回我身上，"哦，我不是在暗示他工作时间喝酒什么
的，但清洁工报告说运垃圾的时候发现不少空酒瓶，而且历史教师
普里查德小姐确实在酒水商店碰到了他在买苏格兰威士忌。"

我很想反问那普里查德小姐去酒水商店干什么，但明智地保持
了沉默。"希望我们能从医生的尸检报告里找到死因，"我说道，
"但这不重要了，对吗？他已经死了，没人能让他活过来。"

"我很抱歉，亲爱的。"她说。听起来好像很有人情味，"你
很惊讶吧。他年纪并不大。"

"64 岁，"我机械地说，"一点也不老。"

"你知道吗，他为你感到骄傲。"

我感到惊讶："为我感到骄傲？"

"哦，是的。他经常提起你。说你在大学里表现得多好，很快

就会成为出庭律师。"

这完全出乎我的意料，父亲反对我渴望上大学的想法。他对女人的态度停留在战前的时代，那时候他的身份还是兰利家族托比·兰利爵士的儿子，日常生活只有家族聚会、舞会和打猎。那个年代的女孩也都和他的生活方式很相配，她们一个个成为乡间豪宅的女主人。父亲拒绝接受"二战"以后的改变，像我这样的女孩必须独自在社会上打拼，根本指望不上家人的帮助，只能自己去规划一个好的职业生涯。正因为如此，在得不到他任何帮助的情况下，我参加了牛津大学和剑桥大学的入学考试。为了保底，我还参加了伦敦大学的考试。可惜我没有等到牛津或剑桥的录取通知，为此我感到非常失望，好在被伦敦大学录取了。第二梯队，也还不错。那时候我从没考虑过靠校长的推荐信帮我进入牛津或剑桥，我敢肯定，霍尼韦尔小姐绝不会在信里褒奖我，即使她真的写了一封信。

我靠着政府奖学金负担了学费，整个夏天都在海边一家旅馆当服务员来贴补食宿。当这一代年轻人忙着参加抗议游行、互助小组和静坐示威，一个个振臂高呼"我们要和平，而不是战争"的时候，我只能一直努力工作。总算顺顺当当从第二梯队毕业了，尽管不是首选志愿，我依然很开心。毕业以后，我就希望自己成为一名出庭律师。

霍尼韦尔小姐一定读懂了我的心思。

"你是在我发去电报的律师事务所工作？"

"是的。"我没有理由告诉她自己现在不在那儿了，更不想说出离开的原因。

"我在那儿实习，本来打算今年夏天参加律师考试的，但现在看来只能等到冬天了。他们暂时还没表态通过考试之后是否愿意让我留下。"

"实习经历有意思吗？"

"一般般，大部分都是财产转让、确立遗嘱和一些初级员工做的小差事。"

"我觉得你更适合当个出庭律师。"她说着，用小鸟似的黑眼睛紧紧盯着我。

"你上学的时候就喜欢为自己做的事情辩护，也很有说服力。"

这时候一个年纪很大的女佣端着茶盘走了进来，里面放着一个花纹骨瓷茶壶，一个配套的牛奶壶和糖罐，两个杯子，两个碟子和一盘饼干。霍尼韦尔小姐收起话头。

"需要为您两位倒茶吗，霍尼韦尔小姐？"女佣问道。但我注意到她说话的时候在看我。我们的眼神交汇，她脸红了，慌忙把目光移开。

"不用了，谢谢你，爱丽丝，我们自己来就行。"霍尼韦尔小姐说着随意地挥了挥手，把女佣打发走了。她拿起银质滤网，倒扣在杯子上。

"嗯，正山小种红茶。"她说，"爱丽丝果然了解我的喜好，你要加柠檬还是牛奶？"

其实这两种口味的中式茶我都不太喜欢，但还是回答："柠檬，谢谢。"因为这才是正确的回答方式，我现在比较擅长感知别人想听什么了。看着她把琥珀色的液体一点点倒进纤薄的瓷杯里，一切都显得那么精致得体。而我却过着截然不同的生活，坐着拥挤的地铁，吃着唯一负担得起的印度外卖。父亲还躺在停尸房里，我已经受够了这么长时间的寒暄客套了。我往茶里加了一片柠檬，抿了一小口。太热了，喝不下去，又把杯子放下。

"关于我父亲，我不知道接下来该做些什么。是不是要和牧师商量一下葬礼的事？"

"你应该先去停尸房看看。"她说，"在签发死亡证明之前，遗体是不能下葬的。如果要进行尸检或者有其他问题，可能还要耽搁几天。"

她递给我那盘饼干，我没有拿巧克力燕麦口味的，怕沾到手上弄得到处都是，于是挑了一块奶油夹心轻轻地咬上一口，然后试图整理思路。其实我没想过会在这儿待上好几天，当时真的来不及思考就急忙跑去滑铁卢赶最近的一班火车，只知道我要赶快回到父亲身边，即使无力回天。

"可以把门房小屋的钥匙给我吗？"我说，"从这里来回往返伦敦有点远。"

"当然，不管怎么说，你总要再看看你父亲的遗物，然后就能开始新的生活了。"她打开抽屉，拿出一把又大又旧的钥匙，庄重地递给我，仿佛是在向人赠送城市钥匙①。"对了，乔安娜，"她补充道，"不是我想催你，我也希望你能自己好好在那里待一会儿，但我必须要说明，你父亲之所以被允许住在这间小屋，是因为他在学校里工作。这学期有个新来的体育老师兼网球教练，他也是个男人，我希望把他安置在和姑娘们保持一定距离的地方。不能让诱惑毁了孩子们的前途，他长得很好看。"她瞥到我的眼神，笑了一下。

"你也知道一群涉世未深的女孩和一个迷人的小伙子会发生什么。"

我不知道该说些什么，也不想回应她的微笑。只想马上从这个

---

① 城市钥匙：西方国家的一种象征式物件，就像资格证书、钥匙、信物等，代表该城市的最高荣誉。

完美的房间逃走，从她那扬扬自得的笑容中逃走。

"你的情感生活有什么进展吗？是不是准备披上婚纱啦？"我看到她盯着我的左手。

"没有。"我回答道，"婚礼的钟声暂时还不会响起。"

"果然是个雄心勃勃的职业女性。"她再次对我微笑。

"那么，如果你能在暑假之前把你父亲的东西腾出小屋，我会非常感激的。"

第四章　雨　果

1944 年 12 月

雨果突然惊醒，刚才有什么东西在脸颊上划过，痒痒的。他紧张地看过去，原来是一根被风吹弯的草。他撑起身子，深吸了一口冰冷的空气，周围是潮湿的泥土，一排排整齐的橄榄树延伸到远处的山坡。天色还不是很亮，目力所及，头顶的天空一片阴暗，眼看就要下大雨了。空气蒙蒙地泛潮，笼罩着一层湿气。突然，他的身体被向后拉了一下，吓得他差点大叫起来，这才意识到自己还绑在降落伞上。降落伞像鸟儿受伤的翅膀一样不停拍打着地面。他笨手笨脚地摸向安全带卡扣，戴着手套手指很不灵活，摆弄了一阵才解开。他脱掉背带，想要坐起来，望向四周的时候觉得有点头晕恶心，便想让大脑服从指挥，思考接下来采取什么行动。

一阵风吹过，降落伞鼓了起来，眼看就要被吹走，这绝对不行。他紧紧抓住绳子，摇摇晃晃站起来，瞬间又疼得瘫倒在地，双腿似乎根本撑不住身体的重量。他边把降落伞拖回边抓住一角，然后顶着风卷起来，竟然出奇地轻快。然后他试着把它塞回降落伞袋里。

才刚刚有惊无险地收起降落伞，他立刻坐下来死死抓着它，接着四下望去，分析当前的形势。四周的山坡上种着一排排橄榄树。小小的树苗上长着羽毛状的叶子。看样子躲在里面的可能性不大。附近真正算是树林的地方在几百米外的山顶上，尽管这个时候还是光秃秃的。可雨果没办法确定那是一片森林的起点，还是仅仅与另一座农场相连的小树林。

山顶云卷云舒，云层分开时，他注意到树林前面露出一大块岩壁，再往上看着像是一座古老的城堡废墟。这可能是个理想的藏身之所，至少可以争取一些时间查看伤口，决定下一步该做什么。

他转过身向山下望去，橄榄树林的尽头是一块小小的洼地，另一边，地势又重新升起来，种植的是一片类似藤蔓的植物，尽管这个时候已经枯萎，棕色的枝条缠绕在一起。藤蔓后面的山脊上长着黑柏树林，就像是一排士兵站在山坡的雾霭中。

"是一条路。"他想道。回忆起自己曾用画笔描绘过这样的场景。柏树的尽头，山顶长满树木，再往上看，依稀可见像是小镇建筑的瓦片屋顶，方形的教堂塔楼挺立在屋顶上。这时候，远处响起清晨6点的钟声。

他凝视前方的小镇，思考着如果他朝那个方向走会受到怎样的待遇。曾在意大利生活过的他知道当地人并不喜欢德国人。但是这个小镇可能已经被德国人占领了。他不敢冒这个险——至少在了解更多情况之前不敢。

突然，一个尖厉的叫声吓得他跳起来，然后意识到是一只公鸡在迎接黎明。紧接着一只狗也狂吠起来。小镇一天的生活开始了，他必须在被人发现之前离开。他开始一边用手和没受伤的那条腿向前爬动，一边拖着降落伞袋在身旁。他不敢把降落伞袋丢下，显然这会让他暴露身份。另外，留着降落伞也许还有别的用处——如果下雨或者下雪的话，至少能当个遮挡的东西吧？他在想如果自己站起来挂着树枝踮起脚走会不会更快一些。"拐杖。"他想道，"我需要一根木棍当作拐杖，如果骨头断了还能当夹板用。"行动迟缓得令人痛苦，似乎永远走不到橄榄树林了。他不停地回头看后面是否有人过来。忽然听到动物的鼻息声，吓得他立刻一动不动，接着扑倒在地上。雨果趴在那儿扫视地平线，一辆马车沿着刚才看到的那条路离开了村子。他听到车轮的吱嘎声，接着是马的嘶哼声。他看着马车从柏树间穿过，往另一个方向远去，终于松了口气，继续拖着沉重的脚步前行。

寒风吹过，橄榄枝沙沙作响，草地也沙沙作响，传来阵阵叹息，盖住了远方的声音。他口渴得厉害，真希望自己当时带着水壶，或者那瓶白兰地——也许酒更是他现在所需要的。树林越来越近，但他已经耗尽了力气。他坐了下来，背靠着一棵遮住村子视线的粗壮橄榄树，然后合上眼睛。他感到非常虚弱，意识到自己可能失血过多。

"我不想死在这里。"他喃喃道，努力回忆着故乡的日子。一个晴朗的夏日，他骑着马回到兰利庄园。七叶树的花绽放，空气中弥漫着刚刚割下的青草香和玫瑰的芬芳。一个马夫跑出来迎接他。

"骑着不错吧，雨果先生？"在他勒住马，轻快地从马背上跳下来，把缰绳递过去的时候马夫问道。

"棒极了，谢谢你，乔希。"

走上台阶，从前门进屋。父亲坐在餐厅，手里拿着报纸，皱着眉抬头看向他。"出去骑马了，是不是？在我们那个年代，吃早饭的时候可用不着穿马裤。"

"对不起，父亲。但我来不及换了，饿得要命呢。您今天身体怎么样？"

"还不错，就我现在的情况来说。不过上楼梯的时候还是有点喘不过气来。但这也在情理之中，不是吗？如果一个人曾经中过毒气，那他的肺肯定会有毛病。"

"野蛮的战争，一点道理都不讲。"

"我怀疑战争从来不会讲道理，但我们好像也从来不吸取教训，不是吗……？"

雨果把自己从那次对话的回忆中拉了出来，父亲干咳的音容渐渐消失。"想想你的妻子布兰达，想想你们的儿子。"他试着在脑海里把他们描绘出来，但画面却像老旧的照片那样模糊不清。"多少年没见过他了？4年了，快赶上泰迪一半的年龄了。离开家的时候他还是个怯懦的小男孩，只知道紧紧拽着保姆的裙子，今年已经9岁了。"雨果不知道他现在长什么样，过得好不好。家里的信每隔几个月才能收一次，大部分内容都被审查员涂黑了，几乎等于什么也没说，只剩下——"泰迪过得很好，向他的爸爸问好。"他完全不了解泰迪是否已经被送进预科学校，是否喜欢打板球，是否变成了一名优秀的骑手……

他睁开眼睛，有人站在旁边。雨果猛地坐起来，伸手摸向他的武器，才意识到子弹根本没有上膛，又想起了藏在靴子里的小刀，一样也来不及了，为什么就没提前想到，准备好防卫手段？

雨果惊惧地把目光聚焦在这个人身上。眼前的人穿着黑色衣服，身材瘦削，裹着头看不清面容。是收割者①，死神来找他了。他挣扎着要站起来，这个身影却倒抽了一口气，向后退去。这时雨果才发现是个女人，一袭黑衣，头和肩膀裹着一条围巾。之前手里提着一个篮子，现在她把篮子举到胸前，像是要保护自己。

"你是德国人？"她用意大利语问道，然后又说了句德语，"德国人？"

---

① 收割者：西方人对死神的称呼之一。

"不，不是德国人。我是英国人。"他用意大利语回答。庆幸自己在佛罗伦萨的学习让他的意大利语还算流利。"我的飞机刚刚——"他在脑子里搜索"坠毁"或"被击落"这两个词，但都没想起来。这可不是他在战前能用到的词。"我的飞机坠毁了。"他用手比画着坠毁的样子。

女人点点头。"我们听到了，"她说，"爆炸声，我们不知道是什么，担心德国人又在轰炸。"

雨果发现自己很难听懂她在说什么，怀疑自己学过的意大利语已经忘个一干二净，但后来意识到她用的是他以前听意大利乡下人说过的，带浓重口音的托斯卡纳方言。好在从手势确认了她想表达的意思。

"这附近还有德国人吗？"他问道。

她又点了点头，然后环顾四周，似乎在担心他们会随时出现。"哦是的。他们像兔子一样在山上挖洞。我不认为你们的人能轻易地把他们赶出去。你待在这儿不安全。必须到南方去，往那边走。"她指向南方，"这条路是盟军前进的方向，我们听说他们已经快到卢卡了。"

"我没法走路了，"雨果说，"我的腿中弹了，需要一个藏身的地方，直到处理好伤口，然后再看怎么办。"

她又抬起头向四周看去。"我不能带你去我的村子。"她说，"德国人时不时会来，他们让我们提供住宿，带走我们的粮食。你去了会很危险，一旦消息传出去，我们中间肯定有一些人愿意用情报来换食物或香烟。"

"我从来没想过要把你置于危险之中。"他说道，实际上，他确实想这么说，但只能磕磕绊绊地表达："我不会给你制造危险。"

她摊开双手，"如果我只是一个人生活，我会说好的，我愿意冒这个险。但是我和年幼的儿子，还有丈夫的祖母住在一起。我必须保护他们。"

"当然，我明白，你必须尽量避开我可能带来的危险。"

她朝他皱着眉头，"你怎么会说我们的语言？"

"我年轻的时候曾经住在佛罗伦萨。在那里学习了一年的艺术。"

"你是个艺术家？"她问道。

"战前我想成为一名画家。现在嘛，我已经当了5年的飞行员。"

"这场战争夺走了我们所爱的一切。"她说着，目光游离。

雨果点了点头。"如果你能帮我站起来，我马上就离开，一旦我被发现，你就会因为跟我说话而惹上麻烦。"

"我觉得现在没有人会朝这个方向来了。"她说着又小心翼翼地四处打量，似乎不太相信自己的话。"收橄榄的季节已经结束了。我一个人跑过来是想看看还有没有剩下的，或者森林里有没有蘑菇或者栗子。这些天我们只能找到什么吃什么，德国人抢走了所有的东西。"

提到德国人，她的脸色又变得憔悴和恐惧，把围巾拉得更紧了。"你一点都走不了吗？"

"我可以试试，如果你愿意帮忙的话，到前面的树林就行。然后我自己找个地方躲起来。"

"修道院。"她有点紧张地说，"我带你去修道院。在那儿你会很安全的。"

"修道院？"雨果露出新教徒般怀疑的神色，就像每个新教徒看待天主教的一切事物，尤其是修道士那样。"你确定这是个好主意吗?"

"那是个废墟,"她说,"现在没人去那儿了。如果你能坚持住,那里是个理想的藏身之所。"

"那我们试试吧,或许你能先扶我起来?"

她放下篮子,把他扶起来,撑住他的腋下,明显比看上去体弱多病的样子强壮得多。

他站了起来,却疼得流汗,受伤的那条腿正承受着他的重量。

"来吧。"她说,"你的胳膊搂住我的肩膀。我能撑住的。"

"哦,不。我不能这样,没这个必要。"他说着,面前的这个女人和自己的体型比起来差太多了。

"别犯傻了,没人帮忙你根本走不动的。快点,走吧。"雨果照她说的做了,这才感觉到她围巾下的肩膀有多么瘦小,真不想让这么一个娇弱的肩膀承受他的重量。

"对,就这样。"她说,"靠着我。"

他们在一排排橄榄树之间前行,雨果另一只手拖着降落伞。风猛地吹过来,吹得披肩扫过他们的脸。道路异常崎岖——有些地方松软泥泞,有些地方全是石头,还有一些地方结了冰。雨果咬紧牙关,慢慢地向前走,终于走到树林。一些树露着光秃秃的枝丫,另一些长着叶子——应该是几棵常绿的橡树和高大的黑松。雨果停下来,硬生生地靠在一棵结实的树干上。

"我得喘口气,"他想这么说。实际上说的是,"我得留下来,努力呼吸。"毕竟他的意大利语水平没那么地道。

"我们再往树林里走一点,这里你还是能被看到。我们永远猜不到德国人可能埋伏在什么地方。"她催促他往前走。

他们在树与树之间跌跌撞撞,在潮湿的树叶上滑来滑去,又被树根绊倒。空气中飘散着浓重的潮湿味，整个世界一片寂静。那个女人忽然松开他，冲出去抓住一根垂下来的树枝。"瞧，这有栗子。"她说。

"真不错。"

"往年这个时候，所有的野栗子都被摘走了。有时候我看到树干上长着蘑菇，就在回家途中顺手把它们摘下来。"

"我看到那边有一根枯枝，"雨果说，"麻烦你帮我捡起来，我可以试着当拐杖用。"

"好主意。"她走去抬起沉重的树枝，抖掉枯叶。"如果我们从这里折断"，她说着就照做了，树枝啪的一声折断，"应该正好。"

他把较粗的一端塞到腋下。"是的，我想应该行得通。"

他充满希望地朝她咧了咧嘴。她也微笑报以回应，"挺好的嘛。"他注意到她笑的时候一脸兴奋的样子。裹在围巾下，她可以是任何年纪的任何一个农妇，而现在他才发现她不过是面带质朴笑容，长着一双闪闪发光的深色眼睛的小女孩而已。

"最困难的一关要来了，"她说，"希望对你来说不会特别辛苦。"

第五章　乔安娜

1973 年 4 月

霍尼韦尔小姐客客气气地与我道别。她甚至邀请我晚上和她一起喝雪利酒——如果我觉得一个人待在门房小屋里寂寞的话。我礼貌地向她道谢，内心却急不可耐地吼着："你这个虚伪的老女人，忘了曾经对我有多恶毒了吗？"我始终认为她对父亲的爵位头衔感到不满，因为即使她夺走了父亲的一切，但还是不得不称呼他雨果爵士，我敢肯定这点激怒了她。

我慢慢地沿着路往回走，鼻尖飘过一阵芬芳，风信子和水仙在绽放，割草机旁也传来鲜草的清香。走到门房外，我开始踱步，突然有点不敢进去亲眼见证父亲的生活了。离开学校以后，我几乎不怎么回家。每次和父亲沟通都进行得很尴尬，有时还会变成争论，甚至是大吵大闹。所以我们两个都更愿意去某个酒吧共进午餐，这样我们都能开心地吃上一顿丰盛的烤肉配苹果派大餐。

我把钥匙插进锁眼，轻轻转动。房门吱呀一声，就像广播剧里有人走进一间闹鬼的房子，门突然打开的声音。迈步进去，对着空气中四散的臭味踟蹰不前——腐烂的食物混杂着香烟和一堆馊衣服的味道。很明显，他是吃过早饭后离开的。桌上摆着煮熟的鸡蛋、银质面包架上的吐司、空茶杯和一个牛奶壶。这让我有一点心安，如果他真的想自杀，肯定不会还有心思先吃一个煮鸡蛋，绝不会任由牛奶放在那儿变质，父亲一向有洁癖。牛奶的气味让我意识到他不是今天早上去世的，至少是一天前，大概是在霍尼韦尔小姐昨天早晨遛狗之后。想到这儿我心里更加难受："难道他就那样倒在地上死了吗？有没有趴在草丛里呼救？如果有人听到他的声音，是不是还有救？"

"噢，爸爸。"我强忍住泪水低声说道，"我很抱歉。"

我这辈子都在希望他爱我，也许他是用自己的方式去爱的，不像妈妈那样，我甚至不记得他拥抱过我。小的时候，他会把我抱起来放在腿上给我读故事书，这已经是我们最亲昵的行为了。我不认为他懂得如何去做一个慈爱的家长。就像所有上流社会的男孩一样，父亲7岁就被送到寄宿学校，学会了封闭自己的情感。

"爸爸。"我又小声说了一遍，仿佛他能听见，"我真的爱您。如果不是……"剩下的语句无声消散在空气里。我机械地收拾起桌上剩下的早餐，把蛋壳和吐司扔进垃圾箱，开始洗盘子和杯子，好像忙起来就能控制住感情似的。然后我把烤面包机收好，擦了擦桌子。一切就绪，厨房看起来干净整洁，就像母亲活着的时候一样。唯一的区别，是母亲在的时候这里永远温暖而舒适，整洁的窗帘在一扇敞开的窗前飘动，空气中总是飘着做饭的香味：刚出炉的司康饼、牛排腰子馅饼、香肠卷和覆盆子果酱蛋糕①……一想到这些，我口水都要流出来了。母亲喜欢做饭，她总是悉心照料父亲和我。我用力眨眼，不想让泪水流下来，为自己这副脆弱的样子感到羞愧。

---

① 覆盆子果酱蛋糕：也称维多利亚海绵蛋糕。相传维多利亚女王因丈夫过世而沉浸在丧夫之痛中，进而过着隐居的生活，一年多后为了迎接女王恢复办公，其夫的前秘书特别在举办的茶会上精心准备了这个蛋糕，因此得名。

母亲去世后，我再也没哭过。不管那些女孩在学校对我做了什么，不管霍尼韦尔小姐有多可怕，我总是用抗议和轻蔑的目光回击她们。直到……直到最近，我才开始变得如此柔软而脆弱。

想起母亲做的饭，我也觉得饿了：午饭没吃，霍尼韦尔小姐那里的几口奶油夹心饼干也填不饱肚子。我去了储藏室，食物的匮乏令人惊讶。一块干奶酪、几个干瘪的马铃薯、几听烤豆子和汤罐头。这才想起开学的时候，父亲都是和学校其他教职工一起用餐。看来假期他真把自己饿坏了。我切下一片面包，给自己做了个烤奶酪三明治。一边吃一边环顾厨房。看着就那么冷清凄凉，难怪父亲会抑郁。

填饱了肚子，我觉得舒服一点了，就站起来检查其他房间。除了厨房，楼下还有一间起居室和一间小书房，这是我父亲的私人空间。楼上是两间小卧室和一间浴室。我走来走去，想到房间里的东西大概是留给我的了，我是家里唯一的后代。估计父亲没有写过遗嘱，毕竟除了这几样财产，他什么也没留下。爵位头衔也将随他而去，除非他还有表亲活在某个地方。不过估计也没人想继承一个财产、土地和金钱什么都没有的空衔。①

查看这几个房间没花太多时间，只有一件事比其他任何事情都更让我感到惊讶，整个屋子里几乎没有任何私人物品。假如有人被带过来，一定永远猜不出这里住着什么样的人。母亲在世的时候，家里会有鲜花和女性杂志，食谱总是摊开放在桌子上，还会摆几张

---

① 英国法律规定，如果一个人有爵位，儿子可以继承；如果没有孩子，兄弟可以继承。如果他只有一个女儿，女婿可以继承家族不动产而非头衔。乔安娜是独女且没有结婚，所以头衔和不动产都无法继承，且雨果去世前家族已经没有不动产。

我童年的照片，沙发上也会搭着母亲织的毛衣。可现在，没有一张照片、请柬或是贺卡。而现在这地方就像住着个看不见的幽灵一样。

走进我曾经的卧室，依然什么都没留下，我搬走的时候已经带走了自己仅有的几件东西。我翻身躺在床上，一阵倦意涌上来。这个房间曾经是我的小天地。母亲以前每天晚上都会给我掖好被子。她去世以后，我常常在床上蜷成一团，用被子蒙住头，把全世界和所有刻薄的女孩拒之门外，把那个极度缺爱、心知肚明再也没人给掖被子的自己也拒之门外。

我打量着整个房间，这里有我想要的东西吗？没有了。其他地方呢？于是我又上上下下转了一圈。看得出来，父亲从兰利庄园好歹救出了几样好东西：书房里那张嵌着雕花的黄檀木桌，连抽屉把手也刻着花纹，我一直很喜欢这种设计；还有一个据说有三百多年历史的落地钟。当然，那张贴皮开裂，他过去经常坐着看电视的扶手椅，还有早已塌陷的沙发不算在内。楼上的主卧里有个别致的前弧形五斗柜，还有个一侧是抽屉，另一侧嵌着挂衬衫和裤子衣架的男士衣橱，也是件精美的红木家具。看着高雅的家具和挂在上面仅有的几件破衣服，这种对比再次令我唏嘘不已。除此之外，墙上挂着几幅画：一幅狩猎图和一幅镶框的 18 世纪兰利庄园版画，画中的人物像简·奥斯汀笔下描绘的那样优雅地在庭院里漫步。"假如我生在另一个时代，也许已经和宾格利先生[①]出双入对了吧。"想到这儿，我不禁笑了。

这些东西应该能在拍卖会上卖个好价钱——反正我没有地方摆家具，也不是特别喜欢这些画。不过我得弄清楚它们什么时候才能

---

① 宾格利先生：英国女小说家简·奥斯汀创作的长篇小说《傲慢与偏见》中的人物，是个有钱的单身汉。

合法归我所有。由于自己的工作性质，我对遗嘱执行了解一二。如果去世的人没有留下财产、股票或其他有形资产，那就没有必要进行遗嘱鉴定。但我需要先拿到死亡证明，必须等验尸官出报告。不知道父亲有没有律师可以指点我。印象中是有一家事务所负责兰利庄园的出售和遗产税的支付。我应该检查一下他的书桌，如果没有就再去看看银行里有没有他的保险箱。当然，在拿到死亡证明之前，他们也不会让我打开。所有事情一下子扑面而来，错综复杂，我从没有过如此孤独，自己在这个世界上已经没有任何亲人，头脑一下子清醒过来。我知道母亲是个孤儿，父亲两代单传。也许我在某个地方还有远房表亲，但我肯定从未见过他们。

"自怨自艾没什么好处。"我告诉自己。因为暂时没有获许带走父亲的东西，我决定去村里找牧师谈谈葬礼的事情。也许他可以打电话给验尸官，问问遗体什么时候可以下葬。

总算有些积极的事情要做，我简单梳洗了一下，步行走向村子。四月的天气依旧反复无常，原本阳光明媚的天空忽然乌云密布，预示着随时可能下雨。一股冷风从西边吹来，我这才意识到不带伞出门真是相当愚蠢。估计走到村子里，我也早就浑身湿透了。一英里的路显得那么遥远。我紧靠着路边的树篱前行，突然听到发动机的嗡嗡声越来越近，差点就要恍惚地举起胳膊伸出大拇指了①。碰巧的是，我没必要这么做。这辆厢式货车在我旁边停了下来。

司机俯下身打开副驾驶门。

"这不是乔吗？"他招呼道，"要搭个便车吗？"

我看着那个面色红润的大个子，想要回忆起他是谁。正犹豫着，

---

① 西方国家的打车手势。

他又说道："是我呀，比利。比利·奥弗顿。"

接着我看到货车车身侧面印着广告——"奥弗顿烘焙店，精致面包与糕点。"我感激地对他笑了笑，爬上副驾坐在他旁边。

"比利·奥弗顿，"我说道，"我没认出你来。"

他咧嘴一笑。"这个嘛，我承认最近是胖了几磅。上学的时候我们同桌，那会儿我还是个瘦弱的小孩，不是吗？"

"是呀，而且很害羞，几乎从来不说话。"

他朗声笑道："你说得对，不过我已经蜕变了，也不得不变了，从我不停和其他人打交道开始。"

"你现在是在给你父亲打工吗？"我问道。他松开离合，我们继续前行。

"是的，毕业以后就来这儿和他做生意了。我们又开了几家店——一家在惠特利，一家在汉布尔登——自从那里建起一个大型住宅区，一直经营得不错。现在爸爸专注于烘焙，我呢就确保零售方面进展顺利。"

"那挺好的。"我说。

"你呢？你在做什么工作？"

"我是一名律师，"我说，"只要通过几个月后的资格考试就是了。"

"一名律师，真想不到。"他点头表示佩服，"不过嘛，我们都觉得你会有所成就。你一直是班里最聪明的。"

"你也很聪明呀。"我说，"我记得上学的时候，咱们俩每周都要比一次，看谁的数学成绩更好。"

"我在算术方面确实一直很有天赋，这我不得不承认。"他认同地说，"自从我接手所有订单以来，这个特长起了很大作用。爸爸烤面包，我烤订单，我妻子是这么说的。"他又开怀大笑起来。

"这么说你结婚了？"

"结婚了？我孩子都 3 岁了，另一个这两天就出生。你呢，你结婚了吗？"

"没呢，还没找到合适的人。"

"嗯，我猜也没有。你一直忙于事业呢。"

"你娶的本地女孩吗？"我赶紧把话题转回到他身上。

"波林·霍奇基斯，"他说，"你还记得她吗？"

"但是我们一直讨厌她啊！"我脱口而出，然后意识到这么说并不得体。"她太爱摆谱了，天天念叨她爸爸开的幼儿园和他们家那辆豪车。"

"随着年纪的增长她变得好多了。"他说着转过头来对我咧嘴一笑，"家里开幼儿园和果蔬市场还是相当有好处的，我们店一直用最新鲜的草莓做馅饼。"他停顿了一下，然后语气变得郑重起来。"我想你是为了你父亲的事才回来的吧，他真的去世了吗？我们听到了一些传言说他去世了，而且我妈妈看见救护车开过去了。"

"是的，"我说，"校长在学校里发现了他，她认为他肯定心脏病发作了。"

"太可怕了，"他说，"我为你感到难过，没有什么比失去父母更糟糕的了。我还记得你母亲的离世对你来说有多么痛苦。"

我点点头，害怕自己一开口就会哭出来。

"我爸妈总是为你父亲感到难过，"他继续说道，"他们说他不得不就那么把庄园卖了，这是不对的，毕竟你的家族世代都居住在那里，何况他们为这附近的几代人都提供了就业机会。"

"我猜这种事到处都在发生，"我说，"没人能负担得起管理这些大房子了，华而不实简直就是累赘，不是吗？随时需要修缮，取暖也要花很多钱，况且也没有人再愿意当用人了。"我停下来，想了想。"至少我应该庆幸自己没有继承兰利庄园，不然面对高额遗产税和出售庄园这个艰巨任务的人就是我了。"

"所以你今后和这个地方没有任何关系了。"他说着，正好我们拐进村里的商业街，"也没有理由再来这条街了。"

这句话像一记重拳打在我肚子上。不再与我从小长大的地方有任何关系，不再与我家人世代生活的地方有任何关系——再也没有一个属于我的地方。我扭头把目光转向窗外，不想让他看到我脸上的绝望。

"我在哪儿放下你？"他问道。

"教区牧师家，我得去安排葬礼。"

"如果葬礼上需要蛋糕或者三明治，记得跟我说一声，免费。"他笑了笑。

"谢谢你，你真的太好了。"我听到自己的声音在颤抖。

他绕过来帮我打开车门。"你是先住在门房小屋那儿，还是这就回伦敦去？"

"我最好先待在这里，把事情弄清楚。"

"需要搭车回兰利庄园就告诉我，我会在附近待一个小时左右。"

"谢谢你，比利。你永远是我好朋友。"他竟真的脸红了，把我也逗笑了。

我正要离开时，一辆汽车在街对面停下，窗户摇了下来，有个声音喊道："兰利小姐！"我转过身去，看到是弗里曼医生，就向他走过去。

"我为你父亲的事感到难过，"他说，"他是个好人。"

"昨天早上学校找来的人是您吗？"

"是我，可怜的家伙，他们发现他的时候，他已经没有心跳好一段时间了。恐怕是严重的心脏病发作。即使当时有人在身边也无济于事。"

听到这儿我心里稍微舒服一点，至少父亲没有孤零零躺在那儿呼救然后等死。

"还需不需要做尸检，这个您知道吗？"

"没必要了，"他说，"我已经提交了报告，死因是心肌梗死——心脏病发作。并没有被谋杀的痕迹，没道理让他的身体再遭最后一次罪。"

"谢谢您，医生。所以他可以下葬了？"

"是的。"他一边下车一边说道，"很抱歉，我已经晚了两个小时没回家吃午饭了，我太太会不高兴的。"接着友善地点了点头，走向家门口。

我也继续往圣玛丽教堂走去。这个教堂是一栋气派的古朴灰石建筑，历史可以追溯到14世纪。旁边的教区牧师寓所没那么古老，也不太吸引人——维多利亚时期的实心红砖而已。我本打算沿着小路直接走到牧师家，一时起意，转过身去推开那扇沉重的橡木门走进教堂。刚一进来就沉浸到一种冷清与沉静。依然是老教堂的那种玄妙味道：潮湿的空气，古旧的赞美诗书籍和蜡烛燃尽的余味。我站在那里，透过教堂中央凝视着祭坛上方的窗户，原始的彩色玻璃上画着圣母玛利亚怀抱圣婴耶稣。小时候我很喜欢那扇窗户，圣母玛利亚的长袍是最美的蓝色，阳光透过玻璃照射进来的时候，蓝色、白色和金色的条纹映在唱诗班的座位上，看上去无比神圣。

我就这么看着，想重新找回教堂曾经带给我的那种平静。可当我看向圣母，她那胖嘟嘟的婴儿被紧紧地抱在怀里，而她安详的微笑也像是在嘲弄我："瞧瞧我的孩子，他是不是很完美？"我闭上眼睛，转身离去。

　　我四处走动，盯着墙壁上一代代兰利家族的纪念碑研究。其实我从小就把这一个个名字记住了。爱德华·兰利，准男爵乔赛亚·兰利。埃莉诺·兰利，22岁。现在，我仿佛感觉到他们就在这里，正对我说："别担心，你会熬过去的。你是兰利家的一分子。我们兰利家的人都很坚强。"

　　"说得轻巧，毕竟无家可归的不是你们。"我正想着，突然被身后的声音吓了一跳。

　　"我就说刚才看见有人走进教堂，"牧师说道，"乔安娜，我亲爱的。很高兴看到你向上帝寻求安慰。"

　　实际上，我只是在向我的先人们寻求安慰，但我还是请求牧师和我一起祈祷。然后回到他的寓所，牧师的妻子为我端出红茶和一角水果蛋糕。

第六章　雨　果

1944 年 12 月

两人走出树林，前方的地面在雾霭中陡然而起——先是一个杂草丛生的小山坡，然后是一块岩壁，峭壁顶上盖着一栋看上去废弃了很久的建筑废墟，一段陈旧的、破损的石阶穿过草地，紧接着他们爬上一段更陡峭的岩壁，来到废墟前。这个建筑过去应该是完整的，但现在一部分已经被破坏了，石阶紧贴在陡峭的悬崖边上，摇摇欲坠。石阶底部有一块牌子，上面用意大利语和英语分别写着"危险，禁止入内"。

"看起来修道士们并没有在这里待很长时间。"雨果说。

"到现在一共两年。"

雨果还以为这是座古老的废墟。"只有两年？"

"后来被盟军炸毁了。"

雨果很震惊，"我们的人竟然炸毁了一座修道院？"

她点了点头。"必须这么做。德国人占领了修道院当作瞭望哨。他们带着大炮和大人物来到这里，向过往的飞机发射炮弹和指挥山谷的道路。"

"我明白了。那么修道士们已经离开了？"

"是的，德国人来到这里以后，他们就被赶了出来。原本是个很有名的教堂，藏有很多美丽的画作。德国人洗劫了所有艺术品，愿他们在地狱里被烧死。这些建筑没法修复，我们也被禁止到这里来。"

"那你现在赶快离开吧，我不想给你惹麻烦。"

"谁能看到？"她摊开双手。雨果注意到意大利人的手势总是那么富有表现力。"像我这样，每年这个时节来这里，唯一原因就是找蘑菇，或是设个陷阱抓兔子。"她拍拍他的手臂，"别担心，我会当心的。一个地方到处都是德国人的时候，你自然而然就会学着像影子一样行动。走吧，咱们试试爬上这些台阶好吗？"

"如果你不介意的话，我只能像婴儿一样四脚着地爬上去了，"他说道，"这样更稳一些。"

"那我替你拿着棍子和袋子。"

"这是我的降落伞。"他说。

"降落伞？那可是上好的丝绸啊。"她眼睛亮起来，"什么时候你不要它了，我可以拿来做件新的内衣，我们已经多年没有新衣服穿了。"

雨果被逗乐了，"好吧，成交。"

"你先走，走在我前面，"她说，"我保证不会让你掉下去。"

"好像她真能抓得住我似的，瘦弱的小东西。"他心里说。雨果跪在地上，拖着身体爬上台阶。每一步重量都会压在受伤的腿上，疼痛传遍全身。有那么一阵，他以为自己要吐了，于是停下来用尽全力呼吸。

终于挨过了第一段路。暴雨瞬间而至，硕大的雨滴噼里啪啦落在他的飞行员皮夹克上。在他面前，残破的石阶拔地而起，陡得难以置信，上面布满裂缝，看着十分危险。他拖着身体继续前行，石阶一步步落在身后。地上又湿又滑，雨果在脑海里想象着自己一下子抓空摔下去的画面。其实石阶外侧是一排金属栏杆，但他趴得太低完全够不着。终于，他爬到了山顶，躺在湿漉漉的岩石上，上气不接下气。

女孩走过来站在他身旁。"你做得很好，先生。加油，再坚持几步我们就能找到一个安全又干燥的地方。"

他被扶着站了起来，胳膊再一次搭在了她的肩上。而他心里却有种极不搭调的感觉——他是个正直的英国绅士，总是与女人保持着一定距离，与她们礼貌而冷淡地讲话。现在却搂着一个刚刚才遇到的陌生意大利女人。两个人穿向前院湿滑的小路，路面破败不堪，只能一小步一小步地蹭。她紧紧搂住他，搀扶着他努力向前走。左边低矮的建筑物完全变成了废墟，很难看出曾经的样式。实际上，它们看起来已经像是山岩的一部分了——坠落的石块缝隙里长出了植物，像是某种藤蔓的东西在裂开的石板间发芽——虽然现在已经枯死了，横七竖八散落在一堆瓦砾上。正前方的房子，就是她要带他去的那座，虽然已经没有了屋顶，但墙壁还完好地立着。三个宽大弯曲的台阶通向教堂大门，尽管那扇门现在正以一个诡异的角度挂着，在风中摇摆。女孩把门推到一边，走进里面。

"嗯，这地方虽然看上去不那么友好，但总比没有强。"她转过身看着他，"好歹是个遮风挡雨的地方，我们可以用这个倒塌的木头给你搭一个临时的小棚子。"

雨果拖着沉重的身体，终于走完了最后几英尺路，迈进这个曾经是教堂的建筑。断壁残垣的房子，仍然保留着曾经作为礼拜之所的痕迹——墙上的壁画被风雨剥落得坑坑洼洼，一个没有头的圣徒雕像立在角落里。透过灰尘和瓦砾，隐约能看到黑白大理石的地板。

他看向女孩口中的木头，其实是坍塌的房梁的一部分。"她有点乐观过头了。"雨果想。他可不认为仅凭他们两个就能挪得动这么重的木梁，即使他身体完好，行动自如也做不到。不过他确实注意到四处散落着长椅和一处角落里破碎的橱柜。如果他打算在这里待久一点，大概可以把掉落的石块堆起来。然而他并没有做这种打算，一方面是食物的问题。但从另一个角度来看，以他目前的状态，也无法想象自己能穿过整个意大利逃回去。

像是读出了他的想法一样，女孩扶着他走到一块大石头跟前，轻轻地把他靠在上面，然后从口袋里掏出一些带刺的硬壳。"给你栗子，吃吧，总比没得吃强。我会带些更好吃的东西回来给你。"

"不，你不能再回来。太危险了，我不能把你全家置于危险中。你已经做得很好了，谢谢你。"

"这没什么。"她给了他一个温柔而悲伤的微笑。

"我丈夫失踪3年了。我期待并祈祷着，如果他像你一样需要帮助，也有人会尽他们最大的努力帮助他。"

"可以告诉我你的名字吗？"他问道。

"我叫索菲亚，索菲亚·巴托利。你呢？"

"我叫雨果，雨果·兰利。"

"雨果吗？这是个意大利名字，你有意大利血统吗？"

"据我所知没有。"他一边走，一边疼得抽搐着身体。

"让我看看你的腿，"她注意到他痛苦的表情，"我们看看有多严重。"

"哦，不。请不要为我担心，我自己能处理好。"

"别傻了，我肯定要看的。伤口在哪儿？你能把裤子卷起来吗？"

"就在我膝盖上面。你离开后我自己就可以处理。我的降落伞袋里应该有一个急救包。"雨果希望女孩能抓住自己说话的重点，他结结巴巴地搜寻那些不熟悉的意大利词汇。实际上，他刚才说成了："处理伤口的东西可以用来清理降落伞袋。"

"那么，现在让我看看。我觉得你得把裤子脱下来。"

雨果不愿意在一个陌生女人面前脱下裤子，但她已经抓起他的皮夹克，解开了他的腰带。"夫人，别这样。"他试图把她的手推开。

她笑了，"真是典型的英国人，宁愿流血而死，也不愿让一个女人看到他穿的内衣。"

"你还见过其他英国人吗？"他被女孩的语气逗笑了。

"没有，但我听说他们都是冷血动物。不像我们这里的男人充满激情。"

"我向你保证，我们并不都是冷血动物。"他说，"但我们从小就被教导要时刻保持恰当的行为。"

她抬头看着他，笑了。"此时此刻，我猜即使你没穿裤子也不会有什么不恰当的想法。来吧，我们抓紧点儿，我必须尽快回家，否则他们会担心我出了什么事。"

她帮他把裤子褪下来，然后看见里面的短衬裤。膝盖上面的位置，一大块凝固的血渍粘在他的皮肤上。

"耶稣玛利亚！"索菲亚惊叫道。她跪在他身边，尽可能轻柔地掀起衬裤的布料。急剧的疼痛让雨果喘不过气来。

"我很抱歉，但必须这么做。"她说道，"你有刀吗？恐怕我们得把这部分弄开。"

雨果从靴子里拿出刀子，两个人一起把衬裤从伤口上方切开。

"水，"她说，"我需要水把布料浸软，然后清洗伤口，这样才能看出有多严重。"

他还没来得及回答，她就丢下他一个人跑了出去。他一瘸一拐地走到一张翻倒的皮椅前面，费了好大的劲把它扶正，然后伸开双腿坐在上面。昏暗的光线下很难看出伤口有多糟。他翻遍了降落伞袋，在中间的口袋里找到了一小盒急救包。里面有处理伤口的工具：一卷绷带，止血带，碘酒，令他庆幸的是，还有一小瓶吗啡和一支注射器。索菲亚回来的时候，他恰好正拆开绷带。

"我找到水了。"她听起来有些得意地说，"集雨桶①满了，我用这个锡杯盛了一点。"看到他略带怀疑的表情，又补充道，"别担心，我已经洗了好几遍，又用衬裙擦干净了。"她看着雨果摆在长凳上的急救品，"哦，你这还有不少好东西。现在，如果你允许的话，我要给你清洗伤口了。"

她开始清理伤口部分，慢慢地剥掉粘在上面的布料，直到它脱落，周围还没弄干净，纱布又被血浸透。"恐怕你的伤口还在流血。我们必须用力按住它。"

"但是如果子弹还在伤口里呢？我们不是应该先把它找出来吗？"

她意味深长地耸了耸肩。"如果你失血过多而死，那么子弹拿不拿出来也就不重要了。"她拿起绷带，展开，揉成一团，压在伤口上。雨果疼得大叫起来。

"不好意思，我忘了。可能伤到骨头了，按住这里，别太用力。"

他照她说的做了，接着又说："我这里有吗啡，它能减轻疼痛。"

索菲亚看着他注射进去，点点头。

_____

① 集雨桶：规模较小的雨水收集、沉淀、净化设施。

"等我回来的时候给你带绷带和木板做夹板。"她看着他，"你穿裤子的时候要小心。这种毛织物如果黏在伤口上就不好弄了，其实不应该穿了。你的降落伞或许能保暖，我也想办法带一条毯子过来。"

他抓住她的手，"巴托利女士，不用了。我不想让你带走任何家人可能需要的东西，不想让你为我冒这个险。我当然很需要食物和夹板，但之后我会尽量离开这里。我毕竟是一名飞行员，即使遇到德国人，也会成为战俘，受到公正的待遇。"①

索菲亚看着他，摇了摇头笑道："你真的认为那些畜生会公平对待你？你知道吗，附近的一个村子，他们让所有帮助过游击队的人排成一排，枪杀了他们所有的人。婴儿、小孩和老妇人。砰，砰，砰。全都死了。德国人现在害怕了，他们知道自己在输。他们的防线不再稳固，每天都被逼退到更北的地方。你会成为他们的累赘。不，我不认为他们会公平对待你。我们要做的是祈祷盟军快点到达这里。"

索菲亚把手搭在雨果肩上，"勇敢点儿，我一有机会就回来。千万别生火，会看到烟的。"

她走到门口停了下来，回头看了看他，"愿上帝保佑你。"然后转身离去。

---

① 国际上不成文的规定：不能射杀飞行员，俘虏待遇也比较高。

第七章　乔安娜

1973 年 4 月

葬礼在一个下着雨的周二举行。本来周末的天气很好，结果周一下午天上就泛起了乌云，到了晚上开始下雨。开始下葬以后，天气阴冷，狂风大作。我没想过会有人来，却惊讶地发现有那么多人坐在长椅上。到了最后，他们和我一起站在坟墓周围，雨水从我们的雨伞上滴落，打在棺材上。也许对父亲来说，天空的哭泣是个体面的送别。

牧师的妻子和比利·奥弗顿家的面包房在教堂大厅里为大家准备了精致的面包。一个接一个人走过来向我表示哀悼。我认识其中一些，另一些完全是陌生人，但他们都与兰利庄园和我的家人有某种关联——"我的母亲在庄园里工作的时候还是个小姑娘，她常说起老兰利先生在她得猩红热的时候对她有多么好。"类似的故事一遍遍地复述，直到我意识到，在场的每一个人都和我父亲一样对失去庄园感到愤怒。它代表着一种传统生活方式的逝去，一种脚踏实地工作的安全感的逝去，我深受感动。

人群渐渐稀疏，一个年轻人向我走来，在墓地的时候我就注意到他了。当时他穿着一件巴宝莉牌雨衣，一把大黑伞遮住了脸。现在他穿了一套剪裁考究的黑色西装。"兰利小姐？"他长着一头红发，鼻子上有雀斑，看上去出奇地年轻。"我是奈杰尔·巴顿。你知道吧。'巴顿和霍尔克罗夫特'事务所，你的家族律师？"

"哦，巴顿先生。"我握向他伸出来的手，"你好啊，很高兴见到你。我正在考虑应该和谁接洽后续事宜，以及我父亲是否留下了遗嘱。"

"你父亲没有订立遗嘱，兰利小姐，你读他的信件了吗？"

"我确实看了一眼他的桌子，但我不确定自己是否有权查看信件，这让我有点不舒服。"

"你是他女儿，"奈杰尔冲我笑了笑，"我认为这相当合理，或许你愿意明天到我在戈尔达明①的办公室来，看看我能为你做些什么。"他把名片递给我。

"作为一个律师事务所合伙人，你看起来有点过于年轻了。"说出口后我才意识到这样不太得体。

他笑了。"很遗憾，我现在还不是合伙人。事务所名字的巴顿是我曾祖父。我们一家做你的家族律师已经有上百年了。我只有几年的从业资格，而且是个菜鸟中的菜鸟。"

"我今年应该也会参加律师资格考试。"我说。

"当然，我听说过你在读法律，我们会有很多话题的。也许明天我可以带你吃个午饭？事务所街对面的'野猪头'餐厅饭菜做得很不错。"

我犹豫了，一个男性邀请我吃午饭？我不确定自己是否准备好了。"我认为没有必要，吃饭也不是例行公事的一部分。"我说着，看见他的脸色有点不好看。

"你说得对，可对我来说，这确实是个用一顿丰盛的午餐来代

---

① 戈达尔明：英格兰萨里郡的一个城市和民政教区，也是伦敦的卫星城之一。

替啃三明治的好借口。"他给了我一个充满期待的微笑。

"为什么不呢?"有个声音在我脑海里低语,"他看起来那么温和而安全,反正又不是邀请你去夜总会。这不是约会,只是谈业务。"

我强忍住笑意,"那么好吧,巴顿先生,你真是太体贴了。"

他笑得像是我送了他一件礼物。"那我就先不打扰你了。相信所有人都在等着和你说话。明天中午十一点半左右,好吗?"

比利·奥弗顿和弗里曼医生都提出要送我回家,但霍尼韦尔小姐不知道从哪里冒出来,于是我搭她的车一起回庄园。我们开出村子里的街道,进入绿树成荫的小巷,她对我说:

"葬礼办得非常令人满意。来了这么多人,他们对兰利家族的尊敬一定让你感到欣慰。"

"是的,我很感动,也很惊讶。"我说道,"真希望父亲还活着,亲耳听到他们说的那些动听的话。"

"抱歉我迟到了一会儿。"她说,"出发前我在给那些中东地区的家长打电话。我必须反复向他们保证,他们的女儿不会受到园丁和马夫的骚扰。"

我笑了,"那您打消他们的顾虑了吗?"

"我也不知道。这些外国女孩在家里被管得太严了,以至于她们会向任何男人投怀送抱。"一阵令人不安的沉默。"我想你该回伦敦去了吧?"

"这几天暂时不会,"我说道,"您让我把门房小屋清理干净,可是现在还没有找到遗嘱,所以暂时不能顺理成章处理父亲的财产。"

"我猜他没留下什么东西,对吗?"她说,"我知道他从庄园里带走了几件上好的家具,除此之外……哦,好像还有几箱私人物品，他之前问过我能不能先放在阁楼上。有时间去看看吧，大概是旧奖杯和相册之类的，还有一些家族画像，你应该想留着一部分。"

"谢谢，我想看看。"

"你随时都可以来，白天正门一直开着。"

"恐怕我不知道怎么去阁楼。"我说。

她笑了，"当然，我总是误以为你小时候住在兰利庄园。"

"我生下来就住在门房小屋里了。"

"别担心，等我见到园丁，就让他们把你父亲的东西带过来。"

我们开到了学校门口。她停下来让我在小屋前下车。"你老板不介意这次临时休假吗？"她问道。

"他们非常善解人意。"我说。不想谈及真相。谢过霍尼韦尔小姐，我独自走进屋子，脆弱的神经再一次被房间的阴冷和潮湿触动，仿佛小屋本身也环绕着父亲的悲伤与绝望。我告诉自己应该把所有东西列个清单，但葬礼之后的我感到筋疲力尽。葬礼上预备的酸黄瓜三明治、香肠卷和小蛋糕，我一样都没吃，真希望自己当时能带走一些。我泡了杯茶，拿了一片吐司，然后决定打个电话给斯嘉丽。斯嘉丽是我的前大学室友，当时我因为不得不匆忙搬出上一个出租房，就暂时睡在她公寓的沙发上。她和我完全不同：首先，她是伦敦本地人，父亲经营一家酒吧。她的名字也不叫斯嘉丽，而是她讨厌的贝丽尔，只是她觉得鲜红色①更适合她的性格。她有着70 年代生人的一切特征：穿着扎染的长裙，留着半遮脸的发型，抽着大麻，参加着各种反对战争和争取女性权利的抗议游行。而我一直是个乖乖女，勤奋好学，专注于学位而不是终止越南战争。意

---

① 在英文中斯嘉丽（Scarlet）也表示鲜红色，而英文名贝丽尔（Beryl）也可以表示绿色。

外的是我们相处得很好。她善良随和，当我无处可去时她立刻收留了我。她在剧院工作，在那个以前卫戏剧而闻名的皇家宫廷大剧院担任舞台经理助理。

我不确定下午 3 点这个时间段她在不在家，但电话铃响了几声就接通了。

"喂？你找哪位？"一个不耐烦的声音响起，说话有点含混不清。

"对不起，我吵醒你了吗？"

"哦，乔，是你呀，亲爱的。没关系，反正我也必须在十分钟之内醒来。今晚彩排新剧，《开往西伯利亚列车的十个女人》。我只能说这剧太令人沮丧了，最后她们都自杀了。对了，说到沮丧，葬礼办得怎么样？"

"办得……像个葬礼。"

"你是怎么应付的？"

"拼命挣扎不让自己溺死在水里。这么形容再合适不过了。门房小屋是这个世界上最没有希望的地方，但是我得把父亲的东西收拾出来搬走，房子要留给下一任房客住，所以我暂时不回来了。"

"没问题。我压根儿没打算把你的床位租出去，也不想邀请任何人来我家，我受够男人了。"

"那个新来的演员不是你喜欢的类型吗？我以为他要带你出去吃饭呢。"

"那个王八蛋，他什么都不是。我们是出去吃饭了，我还邀请他回公寓，然后他竟然给我看他男朋友丹尼斯的照片。"

我大笑起来，"噢！斯嘉丽，你说咱们俩是不是完蛋了？"

"可惜我们对彼此都不感兴趣，对不对？你觉得咱们俩谁能尝试下同性恋吗？"

"我觉得够呛。"我笑个不停,"真开心听到你的声音。我一整天都只能对着不认识的人一本正经。明天还得和一个非常真诚的年轻律师共进午餐。"

"那你的机会来了,你就喜欢这样的。"

"别再是律师了,谢谢。应该说,别再是男人了,谢谢。我已经吸取教训了。从现在起,我要过平静的生活。没男人,不做爱,多学习,勤读书。偶尔在一家好餐馆吃顿寂寞大餐。"

"还有猫呢,别忘了猫。"

我又笑了,"我想快点回伦敦,只要律师说可以随意处理小屋里的东西,我立刻拍卖掉所有值钱的东西,剩下的都捐给慈善商店,再见了,兰利庄园。"

放下电话时我才意识到刚才有多么努力地让自己声音听起来干脆和愉快。保持忙碌,我告诉自己,这是我必须要做的。于是我找到一个大垃圾袋,塞满父亲的衣服。会有人想要绣着别人名字首字母的手帕吗?谁知道呢。接着,我把小时候最喜欢的几本书放进一个盒子里,每一本都是父亲曾给我读过的。到了最后,我把卧室和旧衣橱都清空了。然后再次翻找父亲的书桌,这次找得非常仔细,以防有遗嘱或其他惊喜藏在什么秘密的抽屉里。一本存着 500 英镑的邮储存折,一张房屋互助协会①的股票收据,一张银行存折,就这些了。父亲的全部身家算起来最多不超过一千英镑,好歹比没有强。

我打开一个汤罐头,站在炉子旁搅拌着晚餐,回想起当年,母亲也是像我这样站在这里,搅拌着一口大锅。"炖鸡和饺子,"她

---

① 房屋互助协会:英国提供住房贷款、储蓄和投资服务的机构。

笑着对我说，"要说有什么东西能让你爸爸高兴起来，那一定是这道菜。"记忆中的厨房温暖而舒适，散发着香味，萦绕着母亲温柔的话语，对现在的我来说实在太沉重了。我关掉炉子，把汤丢在那儿，上床睡觉。

第八章　乔安娜

1973 年 4 月

第二天，我正准备去赶戈达尔明的火车，听到有人敲门。打开门，两个健壮的男人一起提着一只大箱子站在门口。

"您想把它放在哪儿，小姐？"其中一个问道。看出我的疑问，另一个补充道："是阁楼上的东西,霍尼韦尔小姐叫我们给您拿过来。"

"噢，我明白了。谢谢你们，麻烦帮我搬到这里来。"我结结巴巴地说着，把他们领到客厅。

"另外还有一些照片，我们待会儿再过来一趟。"第一个说话的人开口讲道。

"我得走了，去赶火车，请把照片和旅行箱一起帮我放在客厅里，好吗？"

说完话，我离开了。"巴顿和霍尔克罗夫特"事务所在一幢雅致的乔治王朝式建筑里，位于戈达尔明大街的一侧。我还没来得及表明自己的身份就看见奈杰尔·巴顿从里面一间办公室里走了出来。

"我们一个小时后回来，桑德拉。"他对前台接待员说，然后带着我出了门走上街道，直奔"野猪头"餐厅。这是一家古色古香的老式酒吧，窗户镶着铅板，吧台周围站着几个人正低声交谈着。厨房飘出阵阵饭香味。奈杰尔挑一处高背橡木卡座，然后就去点饮料了。过一会儿他回来告诉我主菜有烤羊排和鱼肉馅饼可以选。通常情况下我会在午餐时间吃些清淡的食物，但我发现自己真的饿了，便欣然选了烤羊排。正如他之前说的那样，非常好吃。我突然意识到自己已经多久没有大快朵颐过了——大概从母亲去世以后就没有了——他也意识到我有多么享受这一餐。

吃干净盘子里的东西后，奈杰尔把它们堆到一边。"现在我们谈正事。"他说，"我想你没有找到遗嘱吧。"

我摇摇头，"只有一本邮储存折，一张房屋互助协会的股票收据，还有银行存折。但加起来估计也不超过一千英镑。"

他点点头，"在这些机构把钱交给你之前，你需要先出示死亡证明，还有我出具的律师函。除此之外就没有资产了？"

"有几件还算不错的家具我想拿去拍卖。不过我要留着那张书桌，但是不知道把它放在哪儿。"

"在你做任何事情之前，我必须先联系到你哥哥。"他说。

我以为自己听错了，"我哥哥？我是独生女。"

"你的同父异母哥哥，你父亲第一次婚姻的孩子。"他看着我一脸震惊的表情，"你不知道你父亲以前结过婚吗？"

"从来没人告诉我。我只知道我父母都是晚婚，我的降生对他们来说完全是个惊喜，但我不知道我还有……"我还在试着消化这个消息，没有说出口"哥哥"两个字。"什么时候的事情？"

"你父亲战前结过婚，有一个儿子。战争结束他回来以后这段婚姻也走到了尽头。他的妻子又结婚了，带着孩子去了美国。天知道我该怎么找到他，虽然他被继父收养了，可如果他愿意的话，即使他在美国仍然可以继承这个爵位头衔。"

我依旧处于震惊中，父亲怎么可以和我住在一起那么多年，却从来没有提起过他的儿子呢？更重要的是，为什么他的儿子战争结束以后从未与他联系过？

"我会联系美国大使馆的。"奈杰尔说，"不过我倒是不担心，很明显你父亲想让你继承他仅有的一点遗产。"

"万一不是呢？"我想道，"如果法律规定长子继承一切呢？"一千英镑对我来说至关重要，尤其是在我前途一片灰暗的时候。如果事务所不让我回去工作，至少我还可以用这笔钱生活。

"如果他的继父依照美国法律收养了他，那么他应该没有这个权利了。"我说道，"因为他不再是兰利家族的人了。"

他说："如果牵扯到美国法律，那就很复杂了。不过，这比我接过的大部分案件都要有趣。对了，你的实习工作比商业律师更有意思吗？"

"一点也不，基本上雷同，大部分都是产权纠纷案。"

"所以你选择当初级律师而不是出庭律师①？"他问道，"你想要平淡舒适而不是精彩的生活？"

我低下头看着老旧的橡木桌子。

"我当然很想成为一名出庭律师，"我说，"我是有一个还算不错的学位，可我的劣势不止一个。首先是钱，所有参加面试的事务所，在听到我是雨果·兰利爵士的女儿之后都表示很感兴趣，这意味着我一定和上流社会有很好的关系。等他们发现自己搞错了，我家一文不名便立刻没了兴趣。并且，我是个女人。上了年纪的事务所老板直截了当地说我在浪费时间。即使我成为一名出庭律师也得不到任何有价值的案件。言外之意就是没有一个称职

---

① 在英联邦地区，初级律师简称为律师，其职责是处理法律文书，接受诉讼委托，准备庭审所需文件，只有所谓的出庭律师（又称大律师）才在法院享有不受限制的出庭发言权。

的初级律师愿意把案子交给一个女人来处理。因为几乎所有的法官都是男性，大多数陪审团成员也是男性，他们当中没有人会把女人讲的话当回事。"

"荒谬之至。"奈杰尔说。

"但事实如此。"我说。

他点点头。"我也知道他们说的是事实，不过只要你通过了考试，还是有很多有意思的案子可以接，比如涉及公司法、国际法，以及刑法的案件。"

"是啊。"我给了他一个灿烂的笑容，"我还没有完全考虑好想做什么，反正先通过那该死的考试，对吧？"

"我相信你一定能拿下。"他的笑容似乎有点过于亲切了。

"接下来我们做什么？"我问道，"我是说关于我父亲的财产。"

"我去查看一下死亡证明，然后试着和你哥哥联系，如果你愿意，我可以派个估价师去看看你有什么东西值得拍卖。"

"你真的太好了。"

"如果我不好好照顾兰利家的人，我爷爷会杀了我的。"他咧嘴一笑，显得格外年轻。

一个善良、开朗、毫无恶意的年轻人。然而，阿德里安也拥有所有这些特质……我想人们应该从自己犯下的错误中吸取教训。

奈杰尔把我送回车站，我乘出租车回到兰利庄园。走进小屋差点被放在客厅里的两个箱子和一个棕色的大包裹绊倒。不得不承认，我很好奇这里面是什么。大概因为我一直在幻想，说不定失落的兰利珠宝就藏在其中一个里面。我扯下包裹外层的牛皮纸，竟然看到一张自己的脸。我大吃一惊，吓得差点没拿住这幅肖像画。然而更吃惊的是铭文上写着："乔安娜·兰利。1749－1823。"

心跳得如此之快，我不得不坐下来仔细检查这幅画，这才发现细微的差别。她有一双淡褐色的眼睛，而我的眼睛是蓝色的。左脸颊上有一颗痣，鼻子也比我长。眼前这个人是我的先祖。意识到有个同名同姓的人长得和我很像，这种感觉很特别。也第一次让我确定了自己属于兰利家族，有权继承庄园那栋漂亮的房子。

其余几幅画也都是兰利家族祖辈的肖像，大多都黑乎乎的看不太清，我不确定自己是否想留着他们，但我应该留着，这是我与兰利家族过往唯一的联系。总有一天，当我成为一名富有的企业法律代表，有了属于自己的地方——一个有着通透的玻璃和现代家具，可以俯瞰泰晤士河的公寓。到时候，我要把这些肖像画全部挂在墙上，只为给客户留下深刻印象。但这些画像需要好好清理一下，经过几代的流传，它们被蜡烛熏烤，无人打理，弄得看上去很脏。

当我打开第一个箱子，发现里面有更多画作时，感到非常高兴。只不过这次都是些色彩明快的现代画。眼前是阳光灿烂的意大利，古老的石制建筑，黑色的柏树。我读出其中一幅画角落里的签名：雨果·兰利。所以父亲确实曾是一位画家。更重要的是，他很有才华。到底发生了什么事让他放弃了？

我把画像单独搁在一边，打算拿给奈杰尔看。如果能咬牙把它们也卖掉，或许能在拍卖会上赚一大笔钱。我打开第二个箱子，里面放着一本配有精致搭扣和真皮封面的旧相册，照片上都是从前的兰利家族成员，有的人穿着礼服，戴着滑稽的礼帽，摆好姿势在镜头前定格。还有的是一群人站在兰利庄园外手握网球拍，或是他们在修剪整齐的草坪上喝茶。

终于亲眼见证了自己从未体验过的生活方式。我把相册放在一边，接着翻里面的东西。一个颁给罗伯特·兰利爵士的猎犬大赛银质奖杯，一个写着雨果·兰利在伊顿公学的运动会上获得跳高冠军的小号奖杯。然后我翻出一个小皮箱，上面嵌着精致的金色浮雕。我打开小箱子，满心期待着见到那些遗失已久的珠宝。可里面只有一个小小的、用来别在丝带上的天使雕像徽章，一个香烟盒，一根鸟的羽毛和一封没拆封的信，我气得差点重新合上箱子。无法想象有人愿意把这些破玩意儿放在这么精美的盒子里，大概是兰利家族的先辈玩的那种和我小时候一样的藏宝游戏。

我掏出烟盒正打算扔掉，发现它开着口，里面画了一个漂亮女人的素描。很小的一幅，看得出来是仓促落笔，却没有以任何方式完成，但不知为什么，画中的那个女人特别传神。我几乎可以想象当这个女人看着这幅素描，眼睛里闪烁着喜悦想要微笑。我把烟盒弄平放在桌子上，然后拿出信封，认出了父亲优雅的笔迹。上面盖着一个航空邮戳，收件人是意大利托斯卡纳地区一个叫圣萨尔瓦多的地方的索菲亚·巴托利夫人。邮戳旁边的日期是 1945 年 4 月，但信封没有拆开。地址旁边的另一个邮戳写的是意大利语，但我能猜到上面的意思——"查无此地，退回原处。"

我有点好奇，于是小心翼翼地撕开信封。令人恼火的是这封信通篇都是用意大利语写的。勉强认出前面几个字："亲爱的索菲亚。"我难以置信地盯着信，完全无法想象冷漠而孤僻的父亲会称呼别人亲爱的。他竟然从来没有对我母亲或是我表达过这样的情感。我打算继续读下去，但其余内容都看不懂。这时想起之前收拾房间有一本放进盒子里准备捐给慈善商店的意大利字典。我跑过去把它找出来，坐在厨房的桌子旁，皱着眉头聚精会神地试图理解上面的文字。幸运的是，我接受过几年的拉丁语和法语教育，这让我更容易弄懂它们。一直读到结尾，我都不敢相信自己翻译的内容。肯定是弄错了，我重新开始读。

"亲爱的索菲亚，每天都在想你。和你在一起已经有好几个月了。住在医院的那段时间，一直不知道你是否安全，想给你写信又不敢。现在有个好消息，假如你丈夫真的已经去世，我们就可以结婚了。当我终于获准返回英国的时候，我的妻子已经嫁给了另一个人，为了更好的生活离开我去了美国。一旦结束这场可怕的战争——有消息说很快就会结束，我会去找你，我的爱人。与此同时，我想让你知道我们的漂亮男孩是安全的。我把他藏在了只有你才能找到的地方。"

我惊讶地停了下来。我的父亲——那个冷漠孤僻的父亲——在意大利有一个孩子，一个母亲叫作索菲亚的意大利女人的孩子，而且藏在只有索菲亚才能找到的地方？我顿时感到一阵寒意，这封信一直没有成功寄出去，所以那个孩子被藏了起来，再也没有被找到？28 年后的今天，我当然希望索菲亚已经把孩子找回来，一切安好。

第九章　乔安娜

1973 年 4 月

我呆坐在椅子上，不知道盯着那张薄薄的航空信件看了多久。从小到大都以为自己是独生女，突然在一天之内发现我可能有两个同父异母的兄弟在这个世界的其他地方。当然，前提是其中一个幸存下来的话。也许他被藏在山里一个善良的家庭里，战争结束后，他会和母亲团聚，我说服自己相信这一点，但现在想了解更多的事情。父亲从未谈起过他的战争经历，我从母亲那里得知，他曾是英国皇家空军一名勇敢的飞行员，在被德军占领的欧洲上空执行飞行任务，直到被击落，差点丧命。其实我甚至不知道意大利也有过战争，人们好像从没认真想过意大利也曾是饱受炮火洗礼的地方。

我沮丧地转过身，要是在父亲去世前知道这件事，我就能亲自问他了。原本可以了解真相，现在我得自己去寻觅了。

两只箱子前前后后翻了个遍，除了属于兰利家族的东西，没有任何有价值的信息。没有父亲第一任妻子或是我同父异母哥哥的任何照片，只有曾经年轻、健康的父亲和朋友们在咖啡馆里开怀大笑的宝丽来照片。其中一张背面写着"佛罗伦萨，1935 年"。我把箱子丢在一边，接着回去清理毛巾柜、食品柜、浴室柜，收拾出一大堆要捐赠的东西和另一大堆打算扔掉的垃圾。想不到我竟然对丢弃自己童年的物品毫不动容，只是急着完成一项任务，接着开始另一项。

第二天，我正在把垃圾袋和箱子拖给清洁工，一辆汽车停在路旁，奈杰尔下了车，旁边跟着一个年纪较大的人。

"这位是阿斯顿·史密斯先生，"奈杰尔介绍道，"他是一个评估师，我想我们得抓紧时间给家具估个价。"我带着他们走进小屋，为一片狼藉的现场表示歉意，然后给评估师看了几幅家族画像，几件精美家具。其实我很想给奈杰尔看那封信，也真的需要有人帮我看看，但我没有勇气这么做。阿斯顿·史密斯先生没花多长时间。他走来走去，嘴里叨咕着，在笔记本上涂涂写写。不一会儿，他走到我身边。

"我觉得差不多了，"他说，"这张桌子很精致。拍卖会上也许能拍到500英镑的好价钱，楼上的柜子要少一点。那个落地摆钟，也是一笔可观的收入。至于大衣橱，木材很好，但现在没人想要这种大家具了。"

"那些画呢？"

"墙上的这些？印刷的，一幅顶多值个一百块。"

"我指的是其他的画，我父亲的作品。"

"画得不错，我承认。"他说，"但是他没有名气对吗？"

"大型拍卖会上的当代艺术品全都取决于名气，名气的价值远比作品质量重要。这些画最多值几百块，绝对不会上千。"

"那家族肖像呢？"

"这个暂时说不好。它们需要好好清理一下，相信你已经注意到这点了。如果你愿意，我可以把它们带到和我一起工作的艺术品修复师那里，我们可以在它们被清理干净后再做出判断。"

"会很值钱吗？"我意识到自己即将继承的遗产算不上什么财富，尤其是可能还要和凭空冒出来的哥哥分这笔钱。

"别太着急，这取决于修复的工作量。我们会先做个简单的清理，然后再决定有没有必要进行下去。"

我看向奈杰尔。他报以充满希望的微笑。"那好吧，"我说，"请带走吧。"

等他们走到门口，我终于做出决定。

"我想留着这张桌子，但是我现在没地方放它。"

"也许学校会让你把它放在阁楼上，"奈杰尔建议，"另外还有你手头上其他的零碎东西。"

"好主意。"我对他笑了笑，"霍尼韦尔小姐应该会同意，毕竟我是照她的意思赶着把这儿清理干净。我会跟她提的。"

"你还要在这里待多久？"奈杰尔问道。

"我打算这个周末回去。"

奈杰尔露出失望的表情，"我明白，你差不多该回去工作了。"

我确实需要回去工作，尽管不知道自己还有没有工作，但我还是微笑着点点头。

"我会随时通知你最新的进展。"他说，"还有各个账户的钱什么时候会转给你。"

我看向阿斯顿·史密斯先生，"也许你们应该推迟修复这些画，直到我确认自己合法继承了这笔财产。"

"非常合理，我带回去然后等你消息。这些你打算拍卖的家具也得这样。我们不能拍卖任何你无权出售的东西。"

"别担心，"奈杰尔说，"交给我来处理，你回伦敦吧。有任何消息我会打电话给你。"

他们带着我的家族画像离开，我接着收拾房间。过了一会儿，正想坐下来喝杯茶，又有人敲门。一个身材高大、面色红润的男人站在那里。他皱起眉头看着我。

"这个女子学校是什么意思？"他用低沉的、带着明显的大西洋彼岸①的口音问道，"兰利庄园什么时候被卖掉的？"

"就在战后。"我说。

"太糟糕了。我还打算逛逛这个破地方。你是门卫的女儿吗？"

"我是乔安娜·兰利，"我生硬地说，"雨果·兰利爵士的女儿。"

他扬起眉毛，"开什么玩笑，老爹又结婚了？真想不到。"

我这才明白他是谁。盯着他的脸，怎么也看不出和父亲有什么相似之处，父亲一直是那种浪漫主义诗人的消瘦外形。而眼前这个人，一看就吃得很好，胖嘟嘟的小圆脸，还不是招人喜欢的那种。

"你是雨果的儿子？"我问。

"没错。我以前叫泰迪·兰利。现在叫泰迪·舒尔茨，来自俄亥俄州克利夫兰市。"

我强忍着把手伸出来，"很高兴见到你，泰迪。我也是几天前才知道自己有个哥哥。这可是个巨大的打击。"

"是啊。我也吃了一惊。我是说那个老家伙的死讯。我一个客户从英国回来，给我看了那张写着讣告的报纸，问我，'这是你的亲戚吗？'然后我就赶紧跑到池塘②这边儿来。作为儿子和继承人，

—————————
① 即美国。
② 美国人对大西洋的戏称（指其将英国和欧洲与美国分开），泰迪在美国长大，所以习惯说美式俚语。

你懂吧。我觉得遗产应该落在我头上。你们英国法律不就是这样吗？长子继承大部分？"

我无言以对，感觉就像是爱丽丝掉进了兔子洞，一个接一个"惊喜"扑面而来。泰迪说话的时候一直在四处打量。"那么卖房子的钱谁拿到了？"

"卖房子的钱？"我盯着他，"我祖父去世以后父亲继承了遗产，卖房子的钱都用来交遗产税了。从那以后我们一直住在门房，父亲是学校的美术老师。"

"没钱？那可太糟了。我还想象着老爸在我童年的大房子里过着奢华的生活呢。"他瞥了一眼小屋，"我说的可不是这种。家具什么的呢？那些怪了吧唧的老古董。作为他的儿子，我想我有权得到一半儿吧。"

我立刻开始讨厌他，"律师说你有权继承爵位。但我希望你能改回叫泰迪·兰利。"

"泰迪爵士。嗯，多带劲呀！这个爵位头衔有津贴吗？"

"什么都没有。"我强忍着怒火告诉自己做个礼貌的英国人，"我一直在清理父亲的遗物，你可以去翻翻旧相册，看看有没有想要的照片，或者任何家具。"

"那当然了。"他眼里闪过一丝光芒。我带着他进屋，他盯着一堆即将被慈善商店接纳的可怜玩意儿。

"只有这些吗？"他问道，"你过的就是这种生活？"

"只有这些。"

"没有钱？"

老实说，我再一次压住怒气。"我想他的储蓄账户加起来能有差不多一千英镑。"

他怀疑地瞪着我，"一千英镑？就这么多？那你最好自己留着。我现在过得很好。战后我的父亲舒尔茨进入了房地产业，大学毕业后我也做这行。主要是卖商业街，我一周赚的都不止这些。显然你比我更需要它。"

"谢谢你，"我说，"事实上我确实很需要它，我现在没地方住。"

"你没结婚吗？"

"我才25岁。"我说，"等取得资格，有的是时间考虑这些。"

"什么资格？"

"出庭律师。今年参加考试。"

"出庭律师，嗯，能挣很多钱。"

"拿到证书再说吧！"我说道。

"我说，你想喝杯茶吗？我刚煮了一壶。"

"当然。为什么不呢？"他回答。

"喝杯茶，打仗的时候大家都喝这个。一枚炸弹投下来，所有人都说，'没关系，先喝杯茶。'"他笑了。

我给他端了杯茶和几块有点泛潮的饼干，反正他也不会喜欢。"待会儿告诉你打理父亲遗产律师的名字。"我说道，"本来他想请美国大使馆帮忙找你。现在你倒给他省事了。不过他可以告诉你有关继承爵位的细节问题。"

他站起来，摇摇头，"如果没有财产，我想不出来一个爵位头衔对我能有什么好处。"

"也许能帮你卖出更多的房产。"我表面温和地说，其实是想讽刺他，没想到他信以为真，一边大笑一边鼓起掌来。"没准儿你说的有道理，小妹。这也能给企业提高点儿档次。"他停下来，喝了口茶，"你知道，我一直打算过来给老家伙一个惊喜。带着妻子和孩子，让他看看我现在混得怎么样。他从来没为我考虑过什么，可惜了，他到死也没见着。"

我不认为父亲会像泰迪想象的那样激动。虽然我不太确定商业街是干吗的，反正听起来不怎么体面。泰迪掏出自己的钱包，"给，这是我的名片，你要是去美国就过来看看。我妈肯定有兴趣见你，孩子们也能从你这个英式腔调的姑姑这里得到不少乐趣。"

"谢谢，你真不错。"我说。他站起来，向门口走去。"在我把它们捐出去之前，你确定不想要这些吗？"我在房间里比画着。

他又咧着嘴笑了，"就这些破玩意儿？当然不想，恭喜你，全都归你了。"接着和我告了别。看着他开车离去，我想象着他住在兰利庄园的时候是个怎样的小男孩，有点庆幸父亲已经去世了，我不认为父亲愿意看到泰迪·舒尔茨变成现在这个样子。

第二天晚上，我已经准备好离开了。霍尼韦尔小姐同意将书桌和箱子暂时存放在阁楼。我答应她一找到新的住处就来取走。她大方地打发自己的女佣过来打扫房间。最后甚至还热情地和我握手。"乔安娜，祝你一切顺利。我相信你会成为一名出色的律师，为你的家族增光添彩。"

我站在小屋门外，最后一次环顾曾经的家，这时一辆车停下来，奈杰尔·巴顿走下车。

"你来得正是时候，"我说，"我正打算走呢。"

他看了看我手里提着的两个箱子。"我送你去车站吧，你叫了出租车吗？"

"没有，我本来打算步行的，那就麻烦你啦！"我感激地说。我坐上车，回头扫视。然后我们开出庄园。

"你哥哥来找过我了，"他说，"有点出乎意料。"

"我也一样。"我表示同意，"我猜他对这份遗产非常失望。"

"是的，他盘问了我一会儿。他认为你可能对他隐瞒了什么，或者是你不太清楚遗嘱的内容。我一再向他保证只有爵位头衔，然后他就走了。不是个讨人喜欢的角色。"

"爸爸会被吓疯的。"我说。

我们在车站广场停下来。

"保持联系。"他说道，"账户储蓄大概在下周发放。那几样东西应该也会很快就能拍卖。"

"谢谢你，你真的很好。"我回答。

"别客气，这是我的荣幸。"他停顿了一下，"乔安娜，嗯，我能直接称呼你乔安娜吗？我经常要去城里，也许可以带你看看演出什么的。"

斯嘉丽以前给我讲过什么"从马上摔下来"的道理，她说最好的办法就是站起身再骑上去。可我这次摔得太狠了，不知道自己这辈子还想不想再骑马。"只是看一场表演，"心里有个声音对我说，"仅此而已。"

"谢谢你，"我说，"我愿意去。"

奈杰尔面露喜色。

但我们始终没有去看那场演出，因为一个多月以后，我已经去了意大利。

第十章　雨　果

1944 年 12 月

索菲亚走后，雨果独自坐在那里包扎了好久，直到吗啡逐渐起效。破旧的锡杯里还剩下一些水，他心怀感激地仰头喝了下去，然后想起她留给他的栗子，剥掉带刺的外壳，吃下果实。虽然口感不如家里的烤栗子，但好歹能咽得下去。

雨水滴落在他身上，雨果意识到他需要在雨变得更大之前为自己准备一个小棚子。尽管索菲亚之前提醒过，他还是用最后一块绷带垫在伤口周围，然后提起裤子。绝对不能在被德国人抓到的时候没穿裤子！然后他站起身来，伸手去够拐杖。吗啡的效果很好，雨果小心翼翼地向前走，只有轻微的刺痛感。先让自己放松下来，情绪稳定之后，他从飞行员夹克里掏出香烟和打火机。坐在破旧的长凳上，猛地吸了一大口，心满意足后长长地吐了一口烟。他有差不多一整包烟，如果定量地抽还能坚持几天。

他一直抽到烟蒂才肯掐灭，现在觉得自己已经准备好解决眼下的事情了。走到教堂中间打量四周，有不少能用上的材料，虽然整个屋顶都塌了，但远处角落里有一个小型礼拜室，旁边立着祭坛。他一瘸一拐地捡起一些断掉的木头拖到祭坛那里。再把一扇壁柜的门板支在地上，然后把几块木板搭在祭坛前，做了一个像帐篷一样的棚子，然后拿出降落伞，犹豫着是当防水布盖在整个棚子上面，还是塞进里面自己裹着。他选择了后者——至少再放在里面不会引起别人的注意。他把降落伞平铺在棚子地上，低下身子小心翼翼地钻过木板之间的缝隙，用降落伞裹住自己。地板硬而冰冷，但丝质的降落伞似乎确实锁住了他一部分体温。

他后悔出发前没能花时间套上他平时穿的帆布飞行服。按规定是应该穿在外套里的，但是飞行员们都觉得那身衣服很笨重。这种类型的轰炸任务，他甚至不需要飞得很高或很长时间以至于觉得冷。他拿出左轮手枪装上子弹。又掏出刀子，确保它们放在能轻易够到的地方。最后，他把多余的一部分降落伞和急救包塞回袋子里枕在头下躺好。现在，除了等待别无选择。

他一定是睡着了，在吗啡的作用下做着奇怪的梦。自己站在一座高山上，山下云雾缭绕，天使和魔鬼正在为争夺他的灵魂搏斗。恶魔的额头上文着纳粹标志，想要把他拖进云层下面的深渊。接着一个天使抓住他的胳膊，提着他飞了起来。"别让我掉下去！"

他抬头对着天使喊道。

"放心吧，我不会松手的，你和我在一起很安全。"天使说着，她的脸变成了索菲亚·巴托利。雨果睁开眼睛，发现自己在笑。接着，他看到一个女人的面孔，正透过堆积的木板缝隙看着他，心跳骤然加快。这不是索菲亚——是个戴着皇冠的浅色头发女人。他猛地坐起来，一头撞在祭坛的桌子上。骂了一句，向外面看了看。

雨在他睡着的时候已经停了，阳光涌进教堂。冬日倾斜的阳光直射在对面的壁画上。整个墙壁坑坑洼洼，受损严重，但正对着他的这部分仍然完好，是一幅圣母玛利亚的画像，他无法判断圣母是否抱着耶稣，因为那部分已经被炸毁。只有她的脸对着雨果微笑，他感到非常宽慰——这几乎说明天主在保佑他。

口渴的感觉又来了，头也被吗啡弄得晕晕乎乎。他低头看着手表，漫长的一天刚到 11 点钟。他费力地钻出棚子想要站起来。一定是吗啡过了劲儿，剧烈的疼痛再次穿透他的身体，他痛苦地叫出声来。突然附近传来一声很大的动静，给他吓得够呛，然后才发现是一只鸽子从他头顶参差不齐的墙上扑扇着翅膀飞走。"鸽子，"他想道，"如果我必须在这里待很久的话，那它就是食物了。但是不能生火，也许索菲亚可以带回家炖了它，然后……别想了。"他劝说自己，我不能把她和她的家人置于危险之中。她告诉过他，有一整个村庄的人因为帮助游击队而被处决。如果她被发现帮助一名英国飞行员，无疑会遭受同样的命运。

"我必须离开这里。"他下定决心，"也许可以再躲几天，等伤口愈合夹好夹板。然后我就往南部走。"他拿着破旧的锡杯，贴着墙小心翼翼地走向教堂前门。

他累得气喘吁吁。面前的景色向四面八方延伸：一座又一座山被茂密的森林覆盖，消失在蓝色的雾霭中，远处更高的山上，山顶积满了雪。没有大城镇，只有一些小山头能看到有人类居住的迹象，比如正前方的那座，雨后的山顶，一个要塞村的轮廓清晰地显现出来，格外突出。房子一间挨着一间紧紧地贴在一起，仿佛担心从山坡上滑下去。他投去欣赏的目光，岁月侵蚀了的暗红色墙面和绿色的百叶窗，优美的钟楼矗立在铺着陶砖的屋顶，原本用来阻挡入侵者的围墙摇摇欲坠。烟囱冒出袅袅的烟雾，渐渐散入寂静的天空。

近处的山丘上，种植着整齐的橄榄树林或是从茂林中砍下的葡萄藤。"野蛮而驯服。"他想道，"这么形容再合适不过。"然后目光转向西方，山岩被炸掉的地方，一条通往修道院的小路遗迹从山坡上蜿蜒而下，透过树林依稀能够看到最终伸向下面的山谷里，与另一条路交汇。三辆军用卡车向北行驶，其中一辆车身印着纳粹党徽。

"此时此刻我绝对逃不掉。"雨果想。他庆幸这条小路在接近山顶的位置被炸毁了，没有一辆德国卡车会想要回到这里。这样他就放心了。他迈出门槛，小心翼翼地走过前院开裂倾斜的石板。雨果找到索菲亚说的集雨桶，桶已经满了，雨水溢了出来，于是他鼓起勇气喝了一大口，祈祷里面别混入什么脏东西。然后他环顾周围成堆的瓦砾，想看看有什么能派上用场。

显然，他站的位置曾经是个厨房，地上四处散落着陶器碎片，偶尔能看见一个杯子把手或是破碗，从外形能判断出它们曾经的样子，没有一个是完好无损的。就目前他身体状况来看，他不敢继续在废墟里搜寻和闲逛。再后来，他找到一个烧焦的枕头，里面的填充物已经散落出来，雨后自然是湿漉漉的，但他还是有点庆幸地拿了回来，期待它很快就能晾干。

才刚走回来他就累坏了，用最后一丝力气把枕头里的棉花掏出来，摊开放在一根倒下的横梁上。再不坐下就要昏倒了。他嘟囔着低下身，钻进他的小棚子躺了下来，合上眼睛，然后就什么都不知道了。

当他再次睁开眼睛时，四周一片漆黑——只有在远离文明的地方才能找到的那种纯粹的黑暗。甚至看不见自己伸出的手。"她不会来了。"他想，这么黑的天，她根本找不到穿过树林的路。一种莫名的失望涌上心头。"当然，她不能在一天之内两次离开她的家人，这看起来太可疑了。"紧接着，怀疑的情绪开始蔓延。要是有人看见她怎么办？如果村里一直有人用望远镜监视她呢？如果德国人带走了她，现在正在抓他的路上该怎么办？

雨果惊出一身冷汗。他不得不认真说服自己才能控制住恐惧的情绪。其实村子里没人见到他们两个在一起。爬上废墟的时候，乌云已经遮住了山顶。他自己也只能依稀辨认出那个村庄，这种天气，不会有人拿着望远镜去看村子的景色。除非……你是一名在山顶上站岗瞭望的德国士兵。想到这点，恐惧再次蔓延。他知道自己哪怕一分钟都觉得不安全，又开始对村民充满同情，谁知道德国人会不会回来，声称他们帮助了一个游击队员，然后带到村里的广场上执行枪决。

"我应该着手做夹板了。"他想。但天亮之前他什么也做不了。除非有紧急情况，雨果肯定不会再用打火机。于是他躺在那里，合上眼睛听着夜晚的声音——山下的森林里树杈的吱嘎和断裂声，猫头鹰的叫声，远处的狗叫声，这将是一个漫长的夜晚。

他一定是打瞌睡了，因为再次睁开眼时，前方不远处闪烁着光亮。

"雨果先生？"他听到了索菲亚的低语，声音中透着害怕。

"我在这里，夫人，在角落里。"

他坐起来，把一块木板推到一边，看着光亮越来越近。她还是像上次一样裹着一条黑色的大围巾，烛火微弱的光亮下只看得见眼睛。

"哦，你为自己搭了一间小屋。"她微笑着对他说，"非常聪明，刚才我没有看到你，叫你也没回应，我还担心你可能……"她把披肩摘下来，没有说完这句话。

"我没死，至少还没死透。"他装作轻松的样子。

她笑了，"听到你还能开玩笑真好，我给你带了些恢复体力的东西。"

雨果挣扎着走出棚子，疼得发出哼声。索菲亚走过去，把烛灯放在地上的横梁上，然后蹲在他旁边。"看，我给你带了吃的。"

她打开随身携带的布包，拿出一个裹着毛巾的东西，毛巾展开露出一个汤碗。"炖肉汤。"她说，"希望还是热的，这个汤很好，我放了不少豆子、通心粉还有蔬菜。"她把汤碗递给他，摸上去还是热的。

"还很热，你一定来得很快。"

"噢，是的。我不喜欢一个人在橄榄林中逗留。你永远不知道谁会在那里。万一碰到游击队，他们不会愿意被一个女人看见，他们对我的威胁和德国人一样大。"

"听着，请不要再来了，"他说，"我真的不想把你置于危险之中。"

"别担心，我非常小心，直到离开村子很远我才把灯点亮。给，你需要这个。"她递给他一把勺子，看着他吃东西。

"非常好吃，"他说，"如果你不需要把汤碗带回去，我想留一些明天吃。"

她说："凉了味道就不好了。另外我已经带了明天早晨吃的东西。恐怕不太够，但能让你支撑下去。"她又把手伸进包里。"一些玉米粉，一点硬奶酪，一个洋葱。我们还剩下些玉米，德国人不喜欢吃这个。"

"我对你感激不尽。"

"没什么。"她给了他一个甜美的微笑。"整个世界都在发疯，我们必须力所能及地互相帮助。大多数邻居都很好，我们彼此分享仅有的一切。今天贝尼托逮到一只兔子，他分给我们一点，你正在吃的美味肉汤里就有。今天早上我回家时遇到古琦夫人，她看见我找到了蘑菇。"

"'野蘑菇!'她惊叫道,'我最爱吃野蘑菇,如果你能帮我采回来一些,我给你做烤面包和饼干。'

'嗯,拿去吧,我每天都可以出去给你找。'我说着把大部分蘑菇都给了她。"索菲亚抬头看着雨果,眼睛在烛灯下闪闪发亮。"古琦夫人很有钱,她儿子能从黑市上给她带东西。如果我能找到蘑菇给她,她可以分我们一些供给。而且……而且我就有正经理由上来了。她平时最喜欢闲聊,肯定会告诉所有人我有多么认真帮她采蘑菇。"

雨果对索菲亚笑了笑,"可是你今晚是怎么溜出来的?你丈夫的祖母不想知道你要去哪里吗?对了,现在几点了?"

"现在是晚上9点多,"她说,"老太太和我儿子都睡着了。他们以为我在自己房间里,我从后窗户爬出来了,没人看见。"

"你儿子多大了?"

"3岁。"她停顿了一下,"我丈夫从未见过他。小伦佐出生前他就被征召入伍派往非洲。"

"你不清楚他是否还活着?"

"没错。"她低头盯着自己的手,"我到现在也没收到过讣告,只好相信他还在某个集中营里。我必须心怀希望。"

雨果伸手握住她的手,这是他在家里绝不会有的行为。"我很抱歉。什么都不知道,一定很糟糕。但我妻子也不常收到我的消息,而且知道我在执行轰炸任务。她一定也很担心。"

"你有孩子吗?"

"有一个儿子,今年9岁了,但从他5岁起我就再也没见过他。我总是试着想象他长大以后的样子,可就是做不到。想象中的他始终是一个拖着玩具熊到处跑的小男孩。胆小的小家伙，见到人就跑回保姆身边。"

"奶奶[①]？你的奶奶和你们住在一起吗？"

"不，他的保姆。"

"一个保姆？这么说你很有钱？"

雨果犹豫了一下说："我们有一幢大房子。钱倒不是很多，但有很多土地和用人。"

"所以你是勋爵吗？"她正惊讶地看着他。

"我父亲是。等他去世以后我就是了。确切地说不叫勋爵，是其中的一个爵位，准男爵。"

"雨果爵士。想象一下，如果村里人知道我在和一位爵士说话，天知道他们会说些什么。"她说得特别戏剧化，逗得他哈哈大笑。

"可现在一切似乎都无关紧要了，不是吗？高贵的爵士和扫烟囱的工人并肩战斗，并肩死去，没有人在乎他们以前是干吗的。"

"这倒是真的，你一定非常想念你可怜的妻子吧。"

他有点迟疑，他想念她吗？"说实话我也不知道，我和她并不亲密。但我相当怀念以前的生活。多么轻松啊！有人为我做饭、洗衣服、准备马鞍，而我也享受得心安理得。但显然你很想念你的丈夫。"

"噢，是的。我非常想念我的圭多。我们相遇的时候我才18岁，从小在卢卡的孤儿院长大。那种体验不到爱的环境，你懂吧。18岁的时候，我被派到一个大农场当用人，圭多是在地里干活的雇工。圣母玛利亚！他是那么英俊，他朝我微笑的样子，让我觉得自己像

---

① 书中原文 Nanny：在英文中可以表示对祖母或是保姆的昵称，因而索菲亚误以为雨果的祖母和他们生活在一起。

燃烧的蜡烛一样融化了。我们一见钟情，他父亲去世后我们结婚了，回到他在圣萨尔瓦多的家。他父亲有几块地——虽然不多吧，但足够生活了：我们经营着一片橄榄树林和山羊牧场，有一小群山羊，在市场上卖山羊奶酪。但是这样的生活就过一年，战争来了，圭多被带走了。"

"你们还期待着孩子的降生。"

"是的。那是我人生中最糟糕的一天，眼看着他和其他男人一起被卡车载走，他向我挥手，那是我最后一次见他。"

"我很抱歉。"索菲亚点点头，雨果看到她强忍住泪水。

"不过，为了儿子我必须活下去。这太难了，我们靠着橄榄树林生计，德国人一来就抢走大部分橄榄油。我们靠种蔬菜活着，他们也抢走。"

"那山羊呢？"

"早就被抢走了，我恳求他们给我留下一头，这样就可以给孩子喝羊奶了，那个时候他身体不好。但德国人不会说意大利语，我也不会说他们的语言，只能亲眼看着山羊一头一头被装进卡车里。"寒风从门外吹进来，索菲亚把围巾紧紧地裹在身上。"我不应该抱怨的，每个人都有同样的遭遇。德国人抢走了我们的一切：牛，鸡，甚至蔬菜。"

"我听到村子里有公鸡打鸣，所以肯定还有人养鸡。"雨果说。

"那是我们的镇长，普奇先生。他装作对德国人很友好，所以他们给他留了几只鸡。还有一个村民有几只羔羊。德国人不喜欢羔羊肉的味道。"她苦笑道，"所以我们还活着。我比一些人幸运。我种玉米和蔬菜。我把夏天收获的豆子晒干。把玉米磨成面做玉米粉。只要我还活着，我们就不会挨饿，你也不会挨饿。"

雨果喝光了汤，暖意在身体里蔓延。

"太感谢你了。"他把空碗还给她。

"这没什么，看，我还给你带了其他东西。"她伸手去拿袋子，像魔法师一样掏出几样东西。"毯子！能帮你抵御外面的严寒。旧床单，洗干净的，你可以撕下来包扎伤口。"然后她拿起一个小瓶子，"这是格拉巴酒，也能御寒。我还找到了这个。"她举起一个像是餐椅靠背的东西，"等你的骨头愈合的时候，这个可以当作夹板。"

"你太厉害了，"雨果说，"但是你家人不会发现少了这些东西吗？"

"我告诉你个秘密。"她把食指放在嘴唇上，像是怕别人听见，尽管黑暗中只有他们两个，"我丈夫家世代住在这里，阁楼上堆满了不用的东西。我有时间再去看看还能找到什么。"

"你现在必须走了，"他说，"我已经非常满足于肚子里的食物和这条毯子。明天应该会恢复得更好。"

"让我们向圣母祈祷你会好的，不过我不知道掌管断腿或伤口的圣徒是谁。我得去问菲利波神父。他应该知道。"

"菲利波神父？"

"我们教区的牧师。他很聪明，什么都知道。"

"千万别告诉他我的事！"雨果声音越来越大。

"我必须说实话，用忏悔的方式。但忏悔圣印是无比神圣的。[①]他向上帝许下了诺言，不会将忏悔的内容告诉任何人，不用担心。"

她拍拍他的手，把汤碗放进袋子里，重新把围巾披在头和肩上。

---

① 天主教会中，忏悔圣印是牧师的绝对职责，不能对外披露任何他们从忏悔者里听到的事情。

"愿圣母玛利亚庇佑你直到我回来，雨果爵士。"

　　雨果看着她手里的灯火在黑暗的教堂里闪烁。索菲亚走到门口，转过身来，朝他笑了笑。他竟然有一种想要吻她的滑稽念头。然后听到她走下石阶的脚步声渐渐消失在寂静的夜晚。

第十一章　乔安娜

1973 年 6 月

火车抵达佛罗伦萨的时候已经是 6 月初。英国家乡那边连着几天阴雨蒙蒙，人们纷纷抱怨今年夏天姗姗来迟，有新闻报道说早熟的农作物被冰雹夷为平地。而这里，天空一片晴朗，正是多年以来一直出现在父亲画作里的那种蓝。土黄和赤红色搭配的建筑上，亮红色的瓦片在饱满的阳光下闪闪发亮。我站在原地环顾四周，打量着附近的人。他们的表情生动活泼，不像伦敦那样，人们只顾迎着风埋头走路。前方是一座圆顶教堂，高出周围其他建筑许多。远处群山耸立，一座座披着树林外衣。一切都美得令人窒息。

我感到无与伦比的自由，像一只刚刚破茧的蝴蝶。值得称赞的是，当我向斯嘉丽宣布我要去意大利查明父亲在战争期间的遭遇时，她并没有觉得我彻底疯了。

"好主意。远离这里的一切污浊和那个浑蛋阿德里安，给自己一个把烦恼抛诸脑后的机会。"她并没有质问，"那你的论文呢？你的出庭律师还会允许你回来吗？法律考试怎么办？你打算什么时候安定下来？"

其实我问过自己这些问题，但最终还是选择置之不理。我一直是个好孩子，想要取悦别人，想要成功，想要做正确的事。看看这些想法把我弄成什么鬼样子。现在，我好歹有了点钱，（我也提醒过自己，这笔钱足够支付一套公寓的首付）我要做一件相当鲁莽、完全不符合我一贯作风的事情，这种感觉太棒了。

我和奈杰尔·巴顿在伦敦又碰了次面，他告诉我已经可以随意支取父亲银行账户里的钱，而那些画像修复师也认为作品本身应该比这次粗略的清理要值钱。

"一旦开始拍卖我就通知你。"奈杰尔说，"等我们对这些画像有了更多了解，你就可以决定是留着它们，还是同样拿去拍卖。"

"谢谢你。"我说，"你真是太好了。"

"这是我分内的工作，我父亲经常说这句话。"他笑了，"那么你现在该回去工作了吧，但我知道悲伤会伴随你一段时间，换谁也是一样。"

泪水刺痛我的眼睛。"我想我一点也不伤心。"我说道，"我父亲不是一个容易相处的人。他非常挑剔，从不愿意与人亲近。但现在我真的很想念他，希望能多花点时间了解他。"

我权衡着要不要把信拿给奈杰尔看，告诉他我的计划。"实际上，我刚刚发现他'二战'期间在意大利。"我说，"虽然从小就知道他在飞机失事中幸存下来，但是不知道在哪儿。我想我应该亲自去看看那个地方——看看当地人是否还记得关于他的任何事情。"

"噢，好主意，正好你现在有一些可支配的收入。"他说，"意大利什么地方？"

"托斯卡纳地区，"我说，"村镇的名字叫圣萨尔瓦多。我不太清楚具体在哪里。"

他皱起眉头。"圣萨尔瓦多？名字不太熟。我只去过那些旅游景点：锡耶纳、科托纳、佛罗伦萨之类的，你对意大利有了解吗？"

"除了以前和学校组织到巴黎旅行过两天，我从来没出过国。"

我坦白道。

他笑了，看上去相当有魅力，"你会爱卜那里的，还有当地的美食！"

"意大利菜好吃吗？"

"无与伦比，光是意大利面就有各种各样的酱料和香草料，我保证你会变胖的。当然我知道你并不担心，你这么苗条。"

我猜"苗条"这个词并不是他真正的意思，似乎用"瘦削"更贴切，过去几个月我掉了太多体重。"那我就'敬请期待'了。"我说道，"我妈妈做菜很好吃，但从她去世以后，我就没怎么好好吃过饭了。"

"对了，还有当地的葡萄酒。"他说，"真希望我能有个假期，我想和你一起去。"

"我目前只打算待几天。"我犹犹豫豫地说道。因为他又显得有点迫不及待了。

"慢慢来，好好享受你的旅程吧。"他说。

过去几周我在伦敦报了一个意大利语速成班。当然，说得还不够流利，但我有足够信心出发。我在包里放了一小本意大利语词典和一本短语书以防万一，还有父亲的小盒子。我把它当作护身符随身携带。

夜间列车穿过法国和阿尔卑斯山，我颠簸得彻夜难眠，直到这一刻，我才开始质疑自己。我在做什么？我究竟想要达到什么目的？父亲信中的那个女人早就不在她原来的地址了，这意味着她搬走了或者死了。如果那里有个孩子，而这个孩子又被藏在没人找得到的地方，那他可能也早就死了。即使我奇迹般找到了索菲亚，不过是重新唤起过往的悲伤，如果她现在有丈夫或家人，也许还会给她带来麻烦。问题是我必须要弄清楚究竟发生了什么。首先我的确很好奇，更重要的是，我觉得我必须为父亲探寻真相，我要填补父亲生命中这段谜团的空白。也许这样我就能解释为什么一个才华横溢的年轻画家会突然停止创作，为什么他的余生都是一个空虚、孤独、沮丧的人。

　　火车离佛罗伦萨越来越近，我的态度也变得越来越积极。这是我的任务，无论接下来发生什么，我都认为自己在做正确的事。至于圣萨尔瓦多在哪儿，我毫无头绪。我在地图上找过，但没找到。这个小镇很有可能已经不存在了。许多地方在战争中被炸得面目全非，成为遗落之境，我清楚这一点。但我不打算放弃。在开始下一段旅程之前，我找到一家银行，用英镑兑换了一些意大利里拉，厚厚的一大摞，只想知道怎么算得清楚这成百上千的钱，于是在路边一家咖啡馆奖励了自己一杯卡布奇诺，还吃了一道用蜂蜜和杏仁做成的"罪恶"甜点。然后回到车站，想办法弄清下一段路怎么走。

　　就连车站旅行社的工作人员也不得不看着墙上的地图找这个地方。"圣萨尔瓦多，"他说，"听着有点熟悉，但是……"接着他把手指放在地图上。"啊，这就是我一开始找不到它的原因。我一直在往基安蒂地区南部看，但实际上它在托斯卡纳的北部。就在卢卡区的山上，你看这里。"我隔着他肩膀看向地图，点点头。在一大片绿色中间有一个小小的圆点。

　　"那我应该怎么走呢？我猜那里没有火车站吧。"

　　他说："第一段路可以坐火车。"说着又开始研究地图。"你得先坐到卢卡。"他说，"然后换乘支线，沿着塞吉奥山谷到一个叫莫里亚诺桥的小镇。到了以后，大概有一班开往山里的当地公共汽车，终点好像是一个叫奥扎拉的村子。"他打住话头，耸了耸肩，然后补充道，"其实租辆车可能更方便。"

我不想告诉他到现在我都没有驾照。"我开不惯左舵车。"我说道，"也开不惯山路。"我谢过他后买了车票，然后找到去站台的路。火车离开这个城市，驶过一个由工业园区和农业耕地混合组成的小镇到达卢卡古城。我在这里下了车，不得不先弄清楚乘坐哪一班车去莫里亚诺桥镇，然后被告知列车还没进站，发车还要在燥热的站台上等一个小时。我走出车站四下张望，目力所及只有一片草坪伸向一座高大的城墙，城墙后面是令人神往的塔楼和红色屋顶，除此之外什么都看不到。其实我很想去参观一下，但要走很长一段路，这么热的天提着行李箱到处走可不太明智。

终于听到鸣笛，我不得不和许多乘客一起往车厢上挤。看上去这列车似乎该修缮一下。木制座位上连个垫子都没有，窗户也脏得可怕。车厢里挤满了一眼就能认出的乡下人。一些女人头上戴着宽大的围巾。年长的女性穿着黑色衣服，头发裹在黑色围巾里。一只篮子里甚至放着活鸡。吵闹的孩子们在过道上跑来跑去，不时有婴儿的啼哭声。一位戴着宽大的黑色帽子的牧师用审视的目光看着我，好像能读出我过往犯下的罪行。我转过身去，牧师的注视令我感到不安。

列车带着我们穿过耕地和旧农舍，一条宽阔的河若隐若现。透过窗看向前方，最先映入眼底的是峡谷两侧遍布森林的山峰。现在我们离河更近了，我能看见湍急的河水穿过一座座古老的桥梁。列车停靠过几个小站，位置似乎都很偏僻。有不少葡萄园建在山坡和橄榄树林里。抵达莫里亚诺桥镇的时间比我预计的早得多。

只有我和旁边一对夫妇下了车。这两口子的亲戚等在站台上热情地迎接，他们相互拥抱，亲吻双颊。小镇的车站是座质朴的方形建筑，黄色的房屋，绿色的百叶窗，油漆剥落，墙面斑驳。我走出车站，发现自己站在空无一人的街道上，没有任何标志指明镇中心在哪里。苍蝇嗡嗡作响。天气很热，我现在又渴又饿。回到候车室，我用蹩脚的意大利语询问哪里可以乘坐去圣萨尔瓦多的公共汽车。售票处的人对我吐出一长串意大利语，完全听不懂。最后，我们用手势比画着，我想我应该弄明白了，要先到河对岸去。我拿起行李箱，沿着一条绿树成荫的长街向前走。

街道两侧的房子都带花园。然而，我还是不知道小镇的中心在哪儿。走到路的尽头，河岸上架着一座桥。我向一位一身黑衣、正在花园里干活的老妇人请教去哪儿坐公共汽车，她指了指桥对面。我拖着沉重的脚步穿过桥，疲惫不堪，心情烦躁，无暇欣赏山谷两侧高耸的山峰。显然，桥对面才是这个老镇子的中心。附近的商店全都中午歇业，还能看到几栋摇摇欲坠的古建筑。万幸，在一个小广场上，停着两辆公共汽车，一个男人正靠着其中一辆车抽烟。我用最拿手的意大利语询问去哪儿乘坐到圣萨尔瓦多的公共汽车。

"多马尼，"他说，"多马尼艾萨巴托。"①我反应了好一会儿，不知道自己听没听懂。

"明天？"我问道，"明天和星期六？"

他点点头。也就是说我要么在这个根本不想逗留的地方过夜，要么就只能想别的办法去那个村子。"既然今天没有公共汽车，"我绞尽脑汁搜罗正确的意大利词汇继续说道，"那我该怎么去圣萨尔瓦多？"

"你为什么想去那里？"他问道，"卢卡、比萨、佛罗伦萨……这些地方才是游客们喜欢的。圣萨尔瓦多一点也不美。没有历史建

---

① 原文 Domani è sabato：此处为意大利语的音译，"多马尼""艾""萨巴托"分别是"明天"和"星期六"的意思。

筑。没有城堡。”

“我知道。”我强忍着不耐烦，“我要去拜访那里的朋友们。”

“啊，朋友们。”他点点头，似乎认可了我的说法。“你在意大利有朋友。这很好。所以——你可以乘公共汽车去奥扎拉，那儿离圣萨尔瓦多大约五公里，也许有人会走那条路，顺便开车捎你一程。”

“好的。”我说，“去奥扎拉的车什么时候走？”

“当我启动发动机的时候。”他说着，对我咧嘴一笑。

乘客们陆续上车，刚刚驶出小镇，道路瞬间变陡，车子沿着曲折的小路开往山顶。现在这个时节，世间万物都是鲜绿色的——路边的草，葡萄藤上的叶子，森林里的橡树。在一片绿色中间，点缀着明亮的红色斑点。那是四处开满的罂粟花——葡萄园间，橄榄林间。老旧的农舍隐藏在这片绚烂的色彩中。有的用粗糙的石块建成，有的用褪色的红灰泥搭盖。每栋房子都是鲜绿色的百叶窗和铺着瓦片的屋顶。偶尔能看见几座高塔，不是教堂钟楼就是城堡。我们在一个小村庄停下来，接着又是一段上坡路，直到抵达山脊。车子两侧，地面一次次坠往深谷，然后伸向更高的山峰。群山绵延不绝，最后消失在蔚蓝的远方。

我们在一个只有零星几排房子和农家院落的村子里停了下来。司机扭过头告诉我该在此下车了。我一个人孤零零站在街道上，远处教堂敲响正午的钟声。附近除了一只黑猫伸开四肢躺在屋外黄色的砂石路上，似乎什么人也没有。太阳很毒，附近似乎没有咖啡馆或是树荫可躲。钟声响个不停，我好奇是不是有人在办葬礼。

我在原地站了一会儿，想要决定接下来怎么办。似乎注定要靠步行走完最后的五公里，但我不知道该往哪个方向走。这时，我听到一栋房子里传来收音机声，于是我走过去在门口深吸了一口气，然后敲敲门。又是一位身着黑衣的女人——显然这是超过某个年龄的女人必须穿的衣服——她打开门，瞪着我。

"中午好，"我用最流利的意大利语打了招呼，"请问去圣萨尔瓦多怎么走？"

她打量着我的外国面孔，还有我的牛仔裤和肩上的旅行包。

"右边，"她说，"往右走，上山。"说完就关上了门。

"友好的当地人。"我嘀咕了一句。这就是我要面对的吗？如果所有人都像她这样，那我大概没办法了解父亲更多情况了。我站在原地四下张望，仿佛站在世界之巅，四面八方都能看到风景，但北面和西面的覆盖着茂密森林的山更高一些。没有任何村庄的迹象。我叹了口气沿着路向前走去，然后发现一条两侧都是葡萄园的小路通向山里，最后消失在森林中。前方的山拔地而起，一幅令人望而却步的景象。我走了大约半公里，然后听到正在逐渐靠近的发动机声。赶紧停下脚步，做了这辈子只做过一次的动作：举起胳膊伸出大拇指。

一辆货车飞快驶过，司机看到我以后来了个急刹车。我向他跑过去。"请问你是要去圣萨尔瓦多吗？"我问道。

"如果不去，那我就是在这条路上浪费光阴。"他说道，"从现在开始别的地方都不去了，进来吧。"

司机是个胖胖的中年人，看上去很有安全感。我坐上车，把行李放在膝盖上，因为也没有别的地方可以放。货车里塞满了各种各样的工具。估计他不是管道工就是勤杂工。司机穿着一件不太干净的衣服，友好地对我笑了笑。"德国人？"他问道，大概是注意到我的金发和身高。

"英国人。"我说。

"啊,英国人。"他点点头,"而且你会说意大利语。"

"只会一点点,"我回答,"我希望能多学一些。"

"那么你为什么要去圣萨尔瓦多呢?"他问道,"那儿没什么可看的,没有历史建筑,也没有圣吉米尼亚诺那样的塔。"

"我父亲战争期间在那里。"我说,"我想去亲眼看看。"

这让他吃了一惊。"在圣萨尔瓦多?我一直以为是美国人解放了这个地区,英国人都在海岸线另一边。"

"他的飞机在这里坠毁了。"

"啊,原来如此。"两个人都沉默了一会儿。这条路比土路好不到哪儿去。货车先是爬过茂密的森林,然后开到一个长满柏树、景色壮观的山顶。在我们面前,山顶的建筑挤在一起。葡萄园和橄榄园消失在四周的小山谷里,又拼命长起来,就好像只为更靠近柏树林。对面的山顶是一片繁茂的多叶林,一块岩壁从顶部升起,最上面是一座古老的建筑废墟。整幅画面完全就是浪漫主义画家期待的那种场景,大概只差几个扛着锄头回家的快乐农民了。

货车开进小镇,沿着一条两侧是古老石制建筑的狭窄街道行驶,大部分人家在正午的阳光下合上了百叶窗。楼下是一排排正对着街道的商店:橱窗里挂着意大利腊肠的精肉店和熟食店,皮鞋店,门口立着红酒桶的酒水店。通往中央街道的几条小巷狭窄得令人难以置信,有的挂着洗好的衣服,有的门外放着红酒桶,每个明亮的窗台都摆满了天竺葵。街道是鹅卵石铺成的,货车一路颠簸开到一个中央广场。广场一侧是一座高大的灰色石制教堂。对面有个门上挂着纹章的市政建筑。广场另一侧有一个小酒馆,门口摆着几张桌子。几个男人围坐在梧桐树下的一张桌子旁边,桌上摆着几杯红酒、几盘面包和橄榄。

司机停了下来。"瞧，"他说，"这里就是圣萨尔瓦多，你得下车了，我还要去村外的农舍。"

我谢过他，钻了出去。货车开走了，我站在那里四处张望，意识到酒馆外的那几个男人正盯着我看。似乎没有其他人可以问，于是我鼓起勇气走过去向他们打听村子里有没有旅馆。

听了我的话，他们似乎想笑。

"没有旅馆，女士。如果你想住旅馆，马扎诺山谷可能有一家。除此之外嘛，"——他意味深长地摊开双手——"卢卡有的是好旅馆。"

我强忍住疲惫和挫折，昨天整晚都在火车上失眠，现在又热又饿。"村子里没人出租房间给游客吗？"我问道。

他们互相对视了一眼，小声嘀嘀咕咕。然后其中一个开口说："葆拉有，她把家里那个旧动物农舍布置出来给游客住，是吧？"

"啊，葆拉。是的，没错。"

几个人点点头。其中一人对我说："你应该去找罗西尼太太。她没准能给你留个房间。"

"谢谢你。"我回答，尽管这个旧动物农舍听着实在不怎么吸引人。"怎样才能找到罗西尼太太？"

一个人站了起来，有那么一瞬间，我以为他会带我去，甚至会主动帮我提箱子，我的箱子现在似乎有一吨重了。相反，他只是向我走来，然后指了指。"看到那个地下通道口了吗？穿过去一直往前走，明白吧。一直往前。然后走到村子最后几栋房子，就在你左手边第一个。"

我再次表示感谢，怀着不安的心情出发。"今晚就住在这儿吧，"我想着，"明天搭公共汽车回到山谷，在那儿找家像样的旅馆。"

第十二章　乔安娜

1973 年 6 月

广场外侧一条狭窄的小巷旁边有两家商店，一家是果蔬店，摆满新鲜蔬菜和水果，另一家看上去应该是红酒商店。再往里走就是地下通道，我有点犹豫，或许这只是当地流传的一个笑话，天知道我会在通道另一头发现什么，即使这条路真的通向什么地方，会是地牢吗？或者是个地窖？

我感觉到他们的目光依然聚焦在我身上，不想让他们看到我害怕的样子而感到满足，于是鼓起勇气向前走去。通道地面铺着大块鹅卵石，墙壁是山岩开凿而成。拐过一个弯出现两条岔路，一边通向出口，另一边里面看上去像个酒窖。我平安无事地穿过通道，沿着陡峭的小路走进山谷。仅仅走过几排房子，道路戛然而止，已经到了村子的尽头。我选了一条下山的小路，路面的泥土被马车和拖拉机的轮子留下两排长条小土堆。土堆之间，几朵罂粟花在杂草丛中探出头来。走过路边的房子，道路两侧变了样子，一边是茂密的藤蔓，另一边是家庭菜园，长着红花的菜豆秆盘绕在西红柿和其他我不认识的蔬菜上。我沿着小路下了山，面前左手边的建筑，正是货车上山时我欣赏过的一座古旧的农舍。整座农舍用褪色的粉红石头建造而成，赤褐色的屋顶在蔚蓝色天空的衬托下显得格外厚重。大门口有一个盘绕着许多节老葡萄藤的门廊，门廊旁边放着一个硕大的陶罐，上面撒满了迷迭香。前门开着，我走过去找到门环，试探着敲了下，没有回应。

"你好！中午好！"我打招呼道。还是没有回应。

我听到房子后面传来女人说话的声音，于是沿着走廊的砖道慢慢往前走，这条走廊通向一个充满阳光的大厨房，厨房里散发着美妙的香味——烤面包香和我分辨不出的香草料香。一排铜罐子挂在铁钩上。旁边是几瓣大蒜和晒干的香草料。厨房中间有一张擦得干干净净的木桌，上面摆着切好的各种各样蔬菜和香草料。右手边的墙上有一个老式红砖大烤炉，一次大概能烤十来个面包。在一个现代化的煤气炉旁，一个女人背对着我站在那里。看到她的第一眼，我顿时倒吸了一口气，愣在原地一动不动，整个人像是瞬间回到过去。这是我的母亲，同样结实的身材，同样头发盘成一个髻，同样在我放学回家的时候，站在炉子旁搅拌着魔法般诱人的食物。

现在她随时会转身，笑容满面张开双臂拥抱我。然而现实却是一只小狗突然从松木桌下钻出来冲着我狂吠。那个女人吓了一跳，转过身发出一声轻柔的命令。

"安静，布鲁诺，"女人说道，"趴下。"

小狗服从了，但带着怀疑的眼神盯着我。

"对不起，夫人。"我赶紧说道，"我刚才敲过门了，您没听见。"实际上，我大概说成了"我卡在门里了"，我的意大利词汇量太小，不知道"敲门"应该怎么说。

"没关系，"她说，"你已经在这里了，需要我为你做些什么吗？"

"我需要一个房间过夜。"我说，"村里的男人们告诉我您这里有地方住？"下山的时候我反复练习过这些短语，发音相当流畅。

她点点头，笑容满面。

"是的，当然有。我家花园里有个小房子。以前是动物住的，现在给人住了。挺好的不是吗？"

我报以微笑。很难说这个女人多大年纪了——大概四十多岁吧，皮肤出奇地平整，脸上没有一丝皱纹，头发也只是微微泛白。她穿着一条蓝黄相间的大围裙，里面是一件白衬衫，袖子卷到胳膊肘上面。她用围裙擦了擦手，向我走来。

"我是葆拉·罗西尼，"她说，"欢迎你。"

我握住她伸出的手，"很高兴见到您，罗西尼夫人。我叫乔安娜·兰利。"

"从英国来的？"

"是的。"

她点点头。"你的样子像个英国女孩。修长而优雅。你在意大利读书吗？"

"不，我是来拜访人的。我正在调查我父亲在意大利时去过的地方。"

"真的吗？他曾经来过圣萨尔瓦多？"

"我想是的。"我说，我暂时还不想谈论这件事。

这时候，一声响亮而刺耳的哭叫声响起，我想起来这里应该不只我们两个人，刚才经过前厅的时候听到房间里有谈话声。原来角落的椅子上正坐着一个年轻女人，乌黑的头发散落在肩上，膝上抱着一个刚出生的婴儿，正在好奇地打量着我。

"这是我女儿，安吉丽娜，"罗西尼夫人带着自豪的语气介绍道，"这个小东西是我的孙女玛塞拉。她才三周大，是个早产儿，有一阵子我们非常担心会失去她，但经过悉心照料和她妈妈健康的母乳喂养，她现在好多了，是不是，安吉丽娜？"

女人点点头，害羞地对我微笑。

"安吉丽娜的丈夫在一艘船上当乘务员。"罗西尼夫人说，"他现在出海了，还没有见过他的小女儿。所以安吉丽娜跑来找她老母亲，知道我会把她照顾得很好。"

我再也无法把目光从那个小小的、完美的身体上移开，也无法阻止自己去回忆那段不愿被触碰的往事。"已经过去三个月了……停下！"我命令自己。

"祝贺您的女儿。"我说道，这是我在意大利语课上学过的短语之一。安吉丽娜笑了。"你结婚了吗？"她问道，"你有孩子吗？"

我努力保持笑容。"还没有。"我说，"我正在学习成为一名律师。"

"噢，成为一名律师。"母女俩互相看看，点头表示钦佩。

葆拉耸耸鼻子，意识到炉子上还做着东西。"等我一会儿。"她说着赶忙跑了回去，用力地搅拌着锅里的东西。

"您在做什么菜？"我问道，"闻起来特别香。"

她转过身来，谦虚地耸耸肩，"没什么特别的，就是我们托斯卡纳人爱吃的家常菜。我们叫它'番茄烩汤'。欢迎你和我们一起品尝。我做了很多。"

"如果不打扰您的话，我非常愿意。"

"当然。"她转向女儿，"安吉丽娜，先把宝宝放在那儿睡觉，过来搅拌一下汤。我带这位年轻的英国女士去她的房间。我敢肯定她想在开饭前先梳洗一下。"

安吉丽娜站起身来，把裹好的婴儿放在墙边的摇篮里，孩子发出不满的号啼。

"让她哭吧，"葆拉说，"对肺活量有好处。"她转向我这里，"走吧，我给你带路。"

我拿起放在地板上的行李，跟着她走出后门。小狗布鲁诺围在我身边转，大概是认定如果它的主人喜欢我，那我一定是个好人。石板路从一个长满鲜花和蔬菜的花园通往山下。花园里的玫瑰错落在豌豆荚和西红柿中间。经过薰衣草和迷迭香，香味像是来自天堂。它们中间栽着成年的樱桃树和杏树，看上去快到采摘时候了，只有苹果树依然开着绿色的花蕾。小路的尽头是一座老旧的石头外屋，窗上围着护栏。老实说不怎么吸引人。葆拉走到近前，拿出一大把钥匙打开门。

"请进。"说着她站在门口邀请我先进门。房间布置极其简单：一个铁架床，一个白色抽屉柜，一排钉在墙上的挂衣钩，一张放在窗户下面的小桌子。房间的地板和厨房还有走廊过道一样铺着红砖。窗前挂着崭新的白色纱帘，床单是用白色亚麻织成的，上面铺着手工缝制的被子。

"还可以吧？"她问道。

"是的。"我感兴趣地点点头，"那么洗漱间在哪里？"

"啊，"她说着打开一扇旧门，里面有一间小浴室。"这里有独立供水，水源是外面的水井，最好别直接喝。不过可以洗热水澡。看，这样打开。必须确保把手是这样抬起的。"她向我展示着，"要小心，这东西能让水变得特别烫。"

我注意到墙上那个很醒目的装置，决定好好记住她的忠告。这间浴室有一个洗手池、一个马桶和一个小型淋浴间。虽然不大，但一尘不染。如果真的有奶牛曾经住在这里，确实没留下一点气味。不仅如此，浴室的窗户开着，淡淡的金银花香从老旧的墙外飘进来。

我顿时觉得这个地方有家的感觉。

"谢谢您，这样挺好。"我说，"这些要花多少钱？"

葆拉开了个价。我迅速把里拉换算成英镑和便士，收费相当合理。

"明天早上我们一起在农舍吃早餐，"她说，"如果你愿意晚餐也和我们一起吃，那我就多做一点。你可以早上再决定，我会做些特别的东西当晚餐。"

"谢谢您。如果不麻烦的话，我非常愿意和你们一起吃晚餐。"我突然感到有点无所适从，经历了几个月孤独的洗礼，这样的善意让我一时难以消受。

"那你在这儿休整一下，"她说道，"我先去做饭。你收拾好了就上来。"

葆拉离开的时候让门敞开着，微风吹进阵阵芬芳。一天一夜的火车之旅让我很想痛痛快快地冲个澡，但又不想让葆拉等太久。于是我从行李里拿出几样东西，洗了脸和手，换上一件新衬衫，梳好头发。然后关上门，沿着小路往回走。

桌子上摆着鲜艳的瓷盘和碗。中间是一大盘西红柿、一块白奶酪、几根意大利腊肠、一碗橄榄和一长条面包。葆拉示意我坐下，递给我一碗汤。这个汤浓稠得简直不能称之为汤了，闻上去有大蒜和我分辨不出来的香草料味道。我试着尝了一小口，浓郁的香味在嘴巴里化开。怎么会有人能把这么简单的西红柿和洋葱做出这么好吃的味道呢？

"真好吃。"我说道，希望自己用对了单词。"太好吃了。"

葆拉在我身后忙活着，然后从桌子底下抽出一把椅子，安吉丽娜也抱着婴儿来了。令我吃惊的是，她竟然直接解开上衣，把孩子放在又大又圆的乳房上，然后拿起自己的勺子。

"这样一来，每个人都可以开始吃饭了。"葆拉满意地说。

"您这个汤是怎么做的？"我问道。

她笑了，"非常简单，这是被我们称为'厨房烩菜'的一部分——乡下人吃的家常便饭而已。也是处理昨天剩下的面包的好办法。把剩面包泡在肉汤里，然后煮好大蒜、西红柿、胡萝卜和芹菜，一起加进去，最后洒一些橄榄油，仅此而已。"

我就着刚出炉的、热乎的面包擦着汤碗，吃个一干二净。葆拉拿起一个水壶，问我要不要来一杯。我点点头，惊讶地发现她倒的不是我以为的水而是红酒。

"请别倒太多给我。"我说，"我不太习惯在中午喝酒。"

"这只是最平常的红酒，一点也不烈。我们平时都会给孩子喝，这能让他们长得健壮。如果你愿意，可以兑点水进去。"她递给我一瓶水，我倒进去一点。

葆拉让我随意品尝桌上的食物。于是我又吃了一点意大利腊肠和奶酪，想不到连西红柿都比我以前吃过的任何一种还要香甜。

"这个奶酪叫什么名字？"我问道，"它和我吃过的任何一种奶酪味道都很不一样。"

"啊，因为这是绵羊奶而不是牛奶奶酪，应该和你们国家的差不多。我和我丈夫以前自己在家做这种奶酪。我们叫它佩科里诺，很好吃不是吗？又酸又浓的味道。"

"是的。"我点点头。

"再吃点，尝尝这个熏火腿。"葆拉在我盘子里放了更多的食物，一边看着我吃一边问我住在哪里，父母怎么样。

我告诉她我住在伦敦，父母都去世了，她悲伤地点点头。"失去爱的人是最痛苦的，恐怕这是个永远无法愈合的伤口。我亲爱的吉安·弗兰科去年去世了。"

"我很抱歉，"我说，"他生病了吗？"

她有些生气地摇摇头，"不，他的卡车在去市场的路上冲出公路翻了车。当时天气不好，风雨很大。但吉安·弗兰科是个好司机。有时候我会想是不是——"

"妈妈，您不能这么说。"安吉丽娜打断她的话，我投去询问的目光。"我妈妈认为也许是因为有些男人不喜欢我爸爸。他太老实了。不愿交保护费也不愿出售土地。"

"确实如此，我的确经常怀疑。我只知道我丈夫被夺走了。他还这么年轻。太年轻了。"

"所以您现在不得不自己经营农场？"我问道。

"对一个寡妇来说太难了，"葆拉说，"过去我们用绵羊奶和山羊奶做奶酪，现在羊都没了。我不得不卖掉它们，也正因为这样你才能住进它们的小房子。我把葡萄园也租给别人，留了几棵橄榄树榨油，在自家花园里种菜，就是你刚才看到的那些。然后每周去市场卖掉，再用水果做点蜜饯，也够生活了。"

气氛有些凝重，我们默默地吃了一会儿。红酒开始上头，下午的热气也让我昏昏欲睡。"如果您不介意的话，我想去睡一会儿，"我说，"我在火车上彻夜未眠。"

"当然。"葆拉也站起来。

"也许过一会儿您可以教教我怎么做你们这里的菜？"

"这将是我的荣幸，你喜欢做饭吗？"

"我想学做饭。"我说道，"我的母亲厨艺很好，但是我除了煎鸡蛋之外什么都没学过。"

"她从来不教你吗？"葆拉问道。

"不是。她在我 11 岁时就去世了。"

葆拉向我走过来，张开双臂，把我揽入她的怀抱。我能闻到大蒜味、汗味和淡淡的玫瑰香水味，但这种味道并不难闻。"没有女孩应该在失去母亲的陪伴下长大。"她说。

我强忍住泪水。

在酒精和疲倦的作用下，我睡了一个多小时，醒来时头昏脑涨，不得不往脸上泼点水让自己感觉舒服一点。回到厨房，我看见葆拉在一张大桌子旁忙前忙后。她笑着向我问好。

"啊，想学做饭的小家伙，你来得正是时候。看，我在做圆面，我们这里的一种意大利面，只用面粉和水做，不放鸡蛋。你愿意和我一起做吗？"

"噢，是的，谢谢您。我非常愿意。"我说。我在水池里洗过手，葆拉开始向我展示做面的过程。"你看，我们先从这两堆面粉开始，我个人喜欢用粗粒小麦粉和这个我们叫作 00 号的面粉。很不错，不是吗？接下来在面粉中间按个小坑，慢慢往里倒水，慢慢搅拌，然后开始揉面。"

我试着摆弄面前的面粉，并不像她说的那么容易。面粉挂在我手指上，变成一坨黏糊糊的东西。

"再多放些面粉。"葆拉一直耐心地指导，直到我面前出现一个光滑的面团。"现在真正的工作来了。我们得不停地揉，至少十分钟。"

我继续照着她说的做。还是有点费劲，但让自己双手动起来创造一些东西的感觉很好。我发现自己放松下来了——嘴角不自觉地挂着微笑。我一边揉面一边打量厨房。一捆捆香草料绑好挂在角落的一个架子上晾干，几个大号陶罐沿着墙排成一排，里面装满橄榄油和其他从我现在站的位置判断不出是什么的东西。

"现在我们必须让面团醒着。"葆拉说，"来吧，我们边等边喝杯咖啡，再吃点脆饼干。"

她倒了两杯浓浓的黑咖啡，又把一盘脆饼干推到我面前。我们坐在一起，慢慢地吃着。"味道不错吧？"她说道，"脆饼干泡在圣酒里吃味道更好。我待会儿给你试试。"

"这么吃就挺好的。"我说。尽管我其实不太习惯喝这么浓的咖啡，咖啡因让我的身体一阵阵颤动。

"现在我们接着做圆面。"葆拉站起来，从面团上取下屉布。"我来给你演示我们怎么擀面。"

她掰下一块面团放在撒着面粉的桌子上，然后用手卷起来，就像我小时候用黏土做的蛇一样，接着用手前后滚动着，直到面团变成一根均匀的细长条。之后她递给我一块。我学着她的样子做了一根，一点也不均匀，但我很享受这个过程。

"晚上我们吃圆面炖兔肉。"葆拉一边忙着一边说道，"那些兔子对我的菜来说是个祸害，所以我让村里的男孩帮我逮它们。他们喜欢抓兔子，我喜欢吃兔子。我再给他们一人一只带回家交给妈妈，皆大欢喜。"

我不得不集中精力去理解她说的是什么，因为我没学过"兔子"这个单词。不过当她提到在花园里偷菜吃的时候，我总算猜到了意思。"您打算怎么做兔肉？"

"一样也很简单，先放培根、洋葱、鼠尾草和迷迭香，当然还有西红柿和大蒜，然后文火慢炖。我今天一大早就做好了。"

我觉得是时候提一下我父亲的事了。"罗西尼夫人，我之前告诉过您我来这里是因为我父亲战争期间也在这里。"我停顿了一下，"他是一名英国飞行员，飞机被击落了。您有印象吗？一个英国空军飞行员？飞机在附近坠毁？"

她略带歉意地对我笑了笑。"战争的时候我不住在这里，"她说，"我的母亲把我送到山上姑妈家去了，因为德国人的缘故。那会儿我还是个年轻的姑娘，德国人……他们认为自己有权带走任何看上的姑娘。就像他们认为自己有权随时大开杀戒一样。一群畜生。我甚至无法描述我们遭受了多少痛苦。"

我理解地点点头，然后问道："您还记得村子里有个叫索菲亚·巴托利的女人吗？"

"索菲亚·巴托利？噢，是的，我当然记得她。我记得是她丈夫圭多在战前把她带回家的。她不是本地人，你懂的，所以镇上的人都看她不顺眼。他们不喜欢外地人。我记得她是个孤儿，没有家庭。虽然当时我只是个小女孩，不过我觉得她很漂亮，也很善良。后来听说她丈夫死在北非战场。"

"那您知道她后来怎么样了吗？"

"战争结束以后，我回到村子里，她已经走了。没人过多提起这件事，总之不是什么好事。她自己走了，留下她年幼的儿子。"

第十三章　雨　果

1944 年 12 月

　　雨果度过了一个寒冷而不适的夜晚。每当他想动弹，大腿就开始打战，疼痛传遍全身，毯子也没能帮他抵御石头地板的潮湿和阴冷。他喝了一小口格拉帕葡萄酒，酒像火一样在他的血管里流淌了一会儿。他摸摸胸前的口袋，掏出香烟和打火机，拿出一支躺下抽，意识到烟头的微弱光亮无法驱散四周的黑暗，但至少吸进去的烟雾安抚了神经。他高兴自己再一次见到清晨的第一缕曙光，听到远处的公鸡迎接黎明。他就着奶酪对付着吃了几口玉米糊，留着洋葱打算以后再吃，然后强迫自己坚持到外面找个地方解决内急。这是个晴朗、干冷的日子，偶尔几朵云彩从西边划过天空。他忍着疼痛一瘸一拐走到集雨桶的位置，每一步都在不停抽搐。他在那儿喝了水，洗了脸和手，用锡杯灌了更多水带回来。他还从破枕头里掏出更多填充物，又在瓦砾中找到一把勺子。小小的胜利让他高兴起来，他打算等自己恢复得再好一点就去附近接着探索一圈。搞不好那些掉落的瓦片或是石墙下面会有个床垫。

　　回来的时候，他尽量控制着身体平衡以免杯子里的水洒出来太多。回到教堂，他脱下裤子，撕开索菲亚带来的床单开始擦拭伤口。伤口还在向外渗出暗红色的血，看着很恶心。他把碘酒滴在自制纱布上，尽可能擦掉更多的血。伤口刺痛得厉害，他倒吸一口凉气低声咒骂，突然意识到圣母和几个残破的圣徒正在俯视他。包扎好伤口后，他开始用索菲亚带来的木头做夹板。他不确定有没有用，很明显这东西不足以支撑他的体重。以他现在的身体状况，不可能逃出南部地区。"我只能耐心等待了。"他告诉自己，还有些羞愧地发现心里竟然有一种幸福的念想，那就是至少他还能再见到索菲亚几天。

当天下午她又来了。

"我很幸运，"她一边说着走进教堂，一边把围巾从头上扯下来。"古琦夫人告诉所有人我昨天摘了蘑菇给她，并且承诺为她找更多的蘑菇。还夸我是个特别可爱善良的年轻女人。现在村里人看到我上山都会说：'啊，索菲亚。她要去摘蘑菇呢，多好的女人啊。'"

"我希望你真的能再找到一些，否则她会起疑心的。"

"我也希望如此。刚好最近几天空气很潮，是个长蘑菇的好天气。我想我还会看见更多栗子，这不错。我们这儿的人会用栗子面做烘焙，尤其是在吃不上像样面粉的时候。"她今天胳膊上挎着一个大篮子，"看看我给你带了什么：费吉奥里阿勒……"她说着递给他一碗白色糨糊。

他听不懂她的意大利方言，只知道"费吉奥里"这个词是豆子的意思，碗里的东西看起来不像豆子——更像是燕麦糊。可他不觉得自己在佛罗伦萨的时候见过什么燕麦食品，当然也没人吃燕麦糊当早餐。

"这是什么？"他问道。

"这个是用白腰豆做的，先用水煮熟，然后和橄榄油、迷迭香、鼠尾草还有大蒜一起在炭火上煮上一整夜。弄好后装在基安蒂酒瓶里用炭火的余温慢慢煨熟，最后拿出来捣碎。好吃又有营养，这些天我们吃不上肉和蛋，一直靠吃这个撑着。"她又把手伸进篮子里，"再来点面包。古琦夫人已经给我们烤了一整条。"

他接过她手里的硬舀子，用它舀起豆泥。这个叫费吉奥里的很好吃，放进嘴里特别顺滑，他猜一定是加了牛奶或者奶油。索菲亚看着他吃东西，表情就像一位母亲给自己孩子提供了最好的营养那样欣慰。等他吃完，她满意地点点头。"这些能让你再扛一段时间了。我还带了其他东西。给——这是圭多的衬衫，冬天在田里干活穿的，羊毛做的，能帮你保暖。"

"我不能拿走圭多的衬衫。"他说着，不愿从她伸出的手里接过去。

"请收下吧，反正他也不等着穿。而且谁知道呢，万一被虫蛀就没法穿了。如果他真的回来了，我会很高兴用市场上最好的布料给他做一件新的。"

"谢谢你。"雨果感激地接过来。

"对了，我想这里晚上一片漆黑，肯定很难挨。所以我带了一支蜡烛，请尽量省着点用。我家里也不多了，这些天经常停电。你需要火柴吗？"

"我有打火机。"他拍拍自己的口袋。

"你有烟？"

"是的，你想要一支吗？"他伸手去摸那包烟。

她摇摇头，"我不抽烟，谢谢你。只可惜我不能让任何人知道你的存在，不然的话，香烟在交换品里是最抢手的，这儿的男人甚至愿意用一只野鸡或者兔子来换一包。"她停顿了一下，接着又摇摇头，"但是，唉，让其他人看到英国烟可不太明智。"

"你该走了，去找找蘑菇。"他说。

她站起身，"你说得对，我不能离开太久。今天早上我儿子哭了，他想和我一起出来找蘑菇，我只能告诉他这里太远了。每次我离开家他都很害怕，可怜的小家伙。他以前看到过村里的男人被抓走，想起了他素未谋面的父亲。"

"务必小心，索菲亚。"雨果并没有立刻意识到自己在直接称呼她的名字。

两人眼神交汇。"别为我担心，我一直很小心。"

"村子里现在有德国人吗？"

她摇摇头。沉默很长一段时间然后说："今天早上来了一辆德国人的车，因为有人报告看到一架飞机坠毁。我们告诉他们听到过撞击声，但当时是半夜什么也没看到。然后他们就走了。"

雨果松了一口气，"他们经常去村子吗？"

她还是摇摇头，"这些天没怎么来，他们已经拿走了我们大部分东西。而且我们这儿离主干道太远。但谁知道呢。我每天晚上都向圣母玛利亚祈祷，希望美国人能把他们赶回北方。再见，雨果。愿上帝与你同在。"

走到门口，她停下来，整理一下头发和肩上的围巾，回过头看着雨果，然后笑了。雨果像雕像一样一动不动地坐在那儿看着她离去。"她还是个孩子。"他想。假如她是 18 岁结的婚，现在也不过二十出头，然而她却能以如此体面和坚毅的态度承受这般忧愁和艰苦，从不向上帝抱怨，也不为失去丈夫而哭哭啼啼。只是顽强地坚持生活，就像雨果从小被教导的那样。

"她只是个孩子。"他再次提醒自己。年轻到绝对不能打动一颗 35 岁男人的心。

一只鸽子扇着翅膀落在一根倒下的横梁上。这动静又吓到了他。

"陷阱，"他想，"我应该试着设个陷阱。"他回想起童年，兰利家族的树林出现过偷猎者，护林员跟他们玩起了没完没了的猫鼠游戏。多此一举，真的，雨果曾经这么想过。因为偷猎者大多只抓兔子。在打猎之前必须被看护起来的其实是雉鸡。雨果记得他和埃里森那个性情乖戾的护林员一起在庄园巡视过一圈，那老家伙不停抱怨那些小流氓和庄稼汉，喋喋不休地说着逮到他们以后怎么惩罚。他只有在发现和捣毁陷阱的时候才会闭上嘴。其中一些是危险的钢齿装置，强到可以深深地扎进动物的腿脚。剩下的大概是当地年轻人设的简易陷阱——在小动物触碰到机关后可以自动收紧的金属环。雨果试着回忆它们的外形和工作原理。说实在的，没意义，他没有金属丝，但这件事让他心心念念。他想着要是能送给索菲亚一对鸽子她该有多么高兴。

夹板固定以后站起来更费力了，他拄着木棍做的拐杖一瘸一拐走到门口。清晨时淡淡的云朵被浓重的乌云取代，正从西边压过来。风也越刮越大，雨果想要行走，被狂风猛烈地拍打着身体。不久就要下雨了，这是肯定的。他又从集雨桶里喝了几口水，想在瓦砾中多翻出点食物，但他迈不过松散的石堆和砖块，也没办法弯下腰搬动任何碎石。他没找到任何金属丝或是绳子，但他想办法把厨房的旧抽屉从废墟里拖了出来。"也许能派上用场。"他想，就在他开始往回搬东西的时候，第一颗雨点已经滴落在岩石上。

他刚走到距离他的小棚子还有一半的路程，狂风骤雨袭来。天空像被撕开一个口子，无数雨滴拍打在他的皮夹克上。他努力加快脚步，却感觉自己马上就要滑倒。于是赶紧抓住一根房梁以免自己跌倒，汗水和雨水混在脸上。等到他终于钻回棚子盖上降落伞，已经浑身湿透。他躺在那儿瑟瑟发抖，雨水被狂风吹进木板间的缝隙。

丝质的降落伞并不像他预期的那样防水，反而湿漉漉地黏在身上。一道闪电划过，紧接着是一声霹雳。他首先想到的是索菲亚。她安全回到村子了吗？他蜷缩着把身体裹在降落伞里，担心她会被闪电击中，或是因为淋雨而感冒。他开始咒骂自己的无能。他是个男人，他应该拯救她，把她和她儿子带到一个远离战争威胁的地方。

"这该死的破腿。"他大声叫道。

暴风雨持续了将近一整天。傍晚的几场阵雨之间有一段短暂的宁静。雨果不想浪费蜡烛，借着最后一丝天光，他把降落伞摊开挂在棚子上晾好。这才想起自己还有降落伞绳。"白痴，"他对自己说，"这不就是能设陷阱的材料吗？"明天他会设个完美的陷阱逮住鸽子。

他就着洋葱吃掉最后一点面包，味道出奇地好，然后安顿好自己准备度过一个漫长的夜晚。幸好毯子没怎么湿，他把自己裹在里面。"明天我就要行动了。"他告诉自己。

完全不知道第二天早上情况会发生多么戏剧性的变化。

第十四章　乔安娜

1973 年 6 月

我的心跳得越来越快。她留下了男婴，父亲信中那个漂亮的男孩，他可能还在这里。

我深吸了一口气，在脑子里整理词汇然后问道："那么，现在索菲亚的儿子还在村子里吗？"

葆拉笑着点点头，"是的，当然。他被柯希莫领走当自己的儿子抚养成人。"

"柯希莫？"

她脸上的笑容消失了。"柯希莫·迪·乔吉奥，我们这一带最富有的人，拥有很多土地，他想买我的橄榄林，他的目标是掌控所有橄榄林，但我不想卖。在我们这儿，他是个令人又敬又怕的角色。他是个英雄，是个游击队战士——唯一在德国人的大屠杀中幸存下来的人。德国士兵拿着刺刀四处走动，他不得不躺在尸体中间装死。你能想象那种场面吗？"

"所以是他收养了索菲亚的孩子？"我问。

她点点头。"是的，那孩子真幸运。圭多和索菲亚，他们俩和我们其他人一样都是穷人，但现在伦佐是柯希莫的继承人了。总有一天他会富起来，有钱有势。"

我再一次小心翼翼表达了我的意思："如果我想见这个人，伦佐，要怎么做？”

"如果你六七点钟上山到村里去，会发现大多数男人都坐在露天广场。他们习惯在妻子做饭的时候聚会。我确定他们有人知道去哪儿可以找到柯希莫和伦佐。柯希莫得中风恐怕有几年了。"

"中风？"这个意大利词对我来说完全陌生。

她解释道："血管阻塞，左半边身体动不了了。现在他得拄着拐杖走路，伦佐一直陪在他父亲身边。"

她拿出毛巾盖住面盆，用围裙擦了擦手。

"我们做完圆面了吗？"我问，"需要我再帮您做些什么吗？"

"煮熟之前不用了。去忙你的事情吧，开心点，年轻的女士。"

我笑着点点头，"也许我应该去散散步，逛逛镇子。我想去看看索菲亚·巴托利的家。"

"想去就去嘛，沿着这条街道上去，拐进右手边最后一条小巷。索菲亚家在最里面。"

"她的家人还住在那儿吗？"

"噢，不。她丈夫没能从非洲战场回来，你懂的。家里只剩下年迈的祖母，在我回到圣萨尔瓦多后不久祖母就去世了。"

我点点头，明白了这一点。"我还想去和广场上的男人们谈谈，"我说，"不知道他们是否能告诉我点儿什么，也许他们见过我父亲。"

"也许吧。" 她的声音听起来不太乐观。

"然后，如果可以的话，我想回来和你们一起吃晚饭。真的很想尝尝圆面和炖兔肉。"

"好的。"她点头表示同意，"当然欢迎你加入我们，能有个年轻人和安吉丽娜一起聊天真是太好了。她和老母亲一直待在一起会无聊的。我敢肯定她非常想了解英国时尚，还有音乐。她内心还是个十几岁的孩子!"葆拉发出咯咯的笑声。

"她多大了?"我问。

"快20岁啦。"葆拉说,"是时候静下心来,专心做个妻子和母亲了,而不是整天听着流行音乐想着跳舞。"

"快20岁就做母亲了。"我思索着,"然而25岁的我仍然认为自己很年轻,有足够的时间来决定我未来的人生该做些什么。"

我回到房间,拿起相机和手提袋,鉴于下午炽热的阳光,我又戴了一顶帽子。然后沿着小路走回小镇。在被太阳烘烤着后背爬上山后,地下通道和小巷显得格外凉爽。我站在通道里,透过洞口向外眺望远处的景色。到处是橄榄树林,如果这些都是柯希莫的,那他确实很有钱。透过树林能看到一座废墟建筑——大概是城堡吧?或许值得看看,前提是我不介意徒步穿越橄榄树林的话。想到这儿,我停下来思索:我打算在这里待多久?如果镇上没人知道关于父亲的任何事,那我留在这儿又有什么意义呢?但我想起葆拉和她那明亮、温暖的厨房,又觉得也许这里是个能让我治愈自己的地方。

下午时分,广场上空无一人,阳光洒向鹅卵石地面,反射在褪色的黄色市政建筑上。梧桐树在暴晒下显得灰蒙蒙,萎靡不振。我迈上台阶走进教堂。浓重的熏香味扑鼻而来,阳光穿过又高又窄的窗户,香灰在光线里飞舞。墙上挂着古老的绘画和圣人雕像。当我来到一座祭坛上时,我犹豫了。祭坛下面的玻璃柜里摆着一具骷髅,穿着主教的长袍,头盖骨上戴着王冠。是本地的圣人遗骸吗?作为一个仅仅和英国圣公会①做过最小限度接触的人,我一直觉得天主教教堂是个可怕的地方——离黑魔法只有一步之遥。这时,一位牧

---

① 英国圣公会:英国国教,又称基督教安立甘宗。欧洲宗教改革时期产生于英国,是新教主要宗派之一。基督教徒视天主教为异教,所以乔安娜也对天主教有偏见。

师出现在高高的祭坛后面，我赶忙逃离这里。

我沿着广场的一条小路向山上走去，只有零星几家商店和一排杂乱的房子紧靠在山坡上。到处都是小巷子，有些巷子实在太窄了，我甚至能伸出双手摸到两边的墙。炎热的午后，家家户户紧闭着百叶窗。有些房子的木制阳台上装饰着几盆天竺葵。其他阳台摆着大小不一的陶罐，就像葆拉家门口放的那个一样，所有罐子都装满鲜花和香草料。偶尔能看到一只猫趴在上面晒着太阳。除此之外，街上空无一人。到了准备晚饭的时候，房子里传来锅碗瓢盆的叮当声，婴儿的啼哭声，收音机发出的哀怨歌声。

越过前方最后一排房子，可以看见远处绿树成荫和蔚蓝的天空。我拐进右手边最后一条小巷，发现自己正对着索菲亚家。房子比附近的大，墙上的黄色油漆已经褪色，墙面斑驳。这栋两层楼高的房子正面有个阳台，想必房子背面能看到附近乡村的景色。我有点好奇现在谁住在里面，但房子有一种被遗弃的感觉。没有天竺葵，窗台上也放着花箱。这栋房子给我一种悲凉的感觉，我转身离去。

当我走到圣萨尔瓦多的最高处时，道路在一个小公园前到了尽头，路边有几棵大树、几张长椅。一对老夫妇坐在阴凉处的一张长椅上，老妇人从头到脚穿着黑色衣服，就像在火车上见到的那个一样。老先生穿着一件浆洗过的白衬衫，留着一撮被烟碱熏黄的大胡子，显得格外潇洒。我感动地看着他们手牵着手，他们也饶有兴致地看着我。我点头致意然后说道："下午好。"

"晚上好。"他们回应，算是个善意的纠正，相当于告诉我现在已经正式进入晚上了。

我继续走到一堵圈着矮墙的石壁，石壁旁边竖着一个大十字架。铭文上写着："献给我们在 1939-1945 年战争中失去生命的勇敢的儿子。"远处是一幅壮丽的景色:一座座被森林覆盖的山丘,有些山的山顶上有和这里一样的村庄。石壁正下方,土地陷入深谷,我能看到那里一条小路,但绝没办法直接走下去,显然这里曾经是个防御工事。

我站在那儿拍风景照。等再回头看去,那对老夫妇已经不见了。这让我有点怀疑他们是否只是我想象出来的。实际上,这个小镇本身对我来说就有一点不真实,像一个美好却无法安定下来的梦。就在昨天,我还身处雨水泛滥的伦敦吗?就在一年前,我和阿德里安同居了吗?父亲早就明确告诉我他有多不赞成这件事……然后……我紧闭双眼,好像这样就能把痛苦的回忆拒之门外。"在这么短时间究竟发生了多少事。"我想道。生命轨迹变化得太快了。或许,是时候再次做出改变了。我身处一个美丽的地方,和一个善良的女人住在一起,我要好好享受生活,无论结果怎样。

做了这个决定后,我开始穿过小镇往回走。仅仅过了半个小时左右,整个村子一下子像活了一样。小男孩们在街上踢足球,一个小女孩坐在台阶上看着他们。果蔬店老板提着几箱菜,准备关门歇业。一群女人站在一起交谈,表现力丰富地挥舞着双手,典型的意大利肢体语言。几家房子敞开的前门飘出诱人的饭香味和收音机或电视机播放的声音。等我走回去时,广场已经浸入深色的阴影和令人舒适的凉爽中。我看到那些男人再次回到餐馆外的桌子旁,正在大声地激烈争吵着什么,有点担心那里随时会爆发一场打斗。

于是我缩回小巷的阴影里,不想让他们看到我在如此剑拔弩张的时刻出现。这时候,他们中的一个人举起双臂,做了个无所谓的手势,另一个人笑了,紧张的气氛立刻消失。有人从桌上的玻璃瓶里倒出红酒,似乎大家都心满意足了。在回广场的路上,我一直在为即将面对的谈话反复练习。其实我在火车上已经写了一部分，为的就是先背下来以免初学乍练的意大利语在压力下忘得一干二净。

接连做了几秒钟深呼吸，我才鼓起勇气穿过广场走向他们。听到我靠近的脚步声，他们抬起头。

"啊，之前那个女士，"一个人说，"你找到葆拉了？是住在她饲养动物的小屋里吗？"

"是的，谢谢你，"我说，"那儿非常不错，她也很善良。"

"葆拉是个好女人，"其中一个男人表示同意，"她会把你喂得好好的。你得多吃点。骨头上都没什么肉。"

我不太懂他什么意思，但我看到他们都用批判的眼神看着我。大概是我不够丰满，不像意大利女孩那样。

"我是来了解一些我父亲的情况，"我说，"他是英国飞行员。他的飞机在战争中坠毁在这个镇子附近，但他幸存下来。我想问问你们有谁了解他或者见过他。"

这是一群中年人，有的年纪甚至更大。他们当中一定有人当时肯定在村子里。但我却只看到了茫然的表情。

接着，一个又老又瘦的男人说："有一架飞机在保罗的地里坠毁了，记得吗？德国人来问过这件事，但我们一无所知。"

"我记得马可很生气，飞机烧坏了他两棵上好的橄榄树。"另一个人表示同意，"但我敢肯定那架飞机上没有幸存者。它烧得一干二净。"

我想他们谈论的应该不是我父亲驾驶的飞机。或许他的飞机不是坠毁在这个区域，当时他经过圣萨尔瓦多，正在向南飞逃离德占区。显然，这些人根本不知道镇子里来过一个英国飞行员。我决定换个话题。"你们谁还记得一个叫索菲亚·巴托利的女人？"

这立刻引起他们的强烈反应。一个个用敌视的目光看着我，有个人转身朝地上啐了一口。

　　"这个女人做了什么坏事吗？"我问。

　　"她和一个德国佬私奔了，"一个男人忍不住开口，"就在盟军把肮脏的德国人赶回北方之前。有人看见她半夜和德国佬溜出来，开着军车逃跑了。"

　　"自愿跟他走的？"我问道，"你确定吗？"

　　"当然确定。就是那个住在她家的德国人，一个相貌英俊的军官。索菲亚的祖母告诉过我妻子，她知道索菲亚看上那男人了。当一个女人对一个男人有了感觉的时候，总是能看出来的，不是吗？"

　　"显然她认为自己在德国的生活会比在这儿的田里日复一日地劳作更好。"桌子尽头的一个男人喃喃自语，"尤其是如果她丈夫已经死了。"更多人小声表示同意。

　　"她留下一个孩子？"我问，"一个小男孩？"

　　所有人都点头。"是的，伦佐。她的儿子，她抛弃了他。"

　　"那么伦佐还住在这个镇上吗？"

　　其中一人抬起头，"他正在过来，和他父亲一起。"

第十五章　乔安娜

1973 年 6 月

两个男人并肩走进广场。其中一个是中年男子，体格健壮得像头牛，一头灰色卷发，轮廓酷似罗马恺撒大帝，尽管他外表威风凛凛，走路却拄着拐杖。另一个身材高大，肌肉发达，相貌非常出众。他有着同样结实的下巴，乌黑的眼睛和一头乱蓬蓬的黑色卷发。他穿着一件解开几颗扣子的白衬衫，露出晒黑的胸膛，下面穿着一条合体的深色裤子。整个人像一位浪漫主义诗人笔下的人物，尽管看起来更健康。我脑子里闪过一个念头：如果我这辈子所见过最有魅力的男人竟然是我哥哥，那可太不公平了——直到我想起自己发过誓再也不碰男人了。

我一直盯着他看，想从他身上找出一点父亲的影子。但他一点也不像我那身材单薄、满头金发的父亲。

我正在考虑如何跟他们开口，一个男人招呼道："这位年轻的英国女士在问索菲亚·巴托利的儿子。"

那个我猜测是伦佐的年轻人，冷冷地瞪了我一眼。"很不幸，我就是那个女人的儿子。"

他用相当流利的英语说道。"但我对她一点印象也没有了。你想知道什么？"

"你会说英语？"我既惊讶又佩服。

男人点点头。"我在伦敦的一个餐馆里工作过一年。"

"是当服务员吗？"我希望能消除来自他明显的敌意。

"我是去学习成为一名厨师的，"他说，"但后来我的父亲中风了，我只好回家帮他管理土地和生意。"他转过身恭敬地向老人点头致意。

一个人站起来，给老人拉出椅子。"这里，柯希莫。坐我这里。"他说。

"没有必要，"老人说，"我们进去吃饭，已经订好了桌子。"所以他就是柯希莫，镇上最有钱的男人，除了葆拉的那些，所有橄榄树林都是他的。

他扶着伦佐的胳膊，飞快地用意大利语说了一大堆话。

伦佐转向我，"我父亲想知道你对索菲亚·巴托利什么事感兴趣。"

我犹豫了，"我认为我父亲以前认识她。"

老男人又飞快地用意大利语说了些什么，男人们都笑了。伦佐看上去很不自在地说：

"我父亲觉得可能有不少男人认识她。"

老人依旧盯着我。"我想你是德国人。"他用带着口音的英语说。

"不，我是英国人。"

"我觉得是德国人，"他重复道，"我猜你是索菲亚·巴托利和那个德国畜生的孩子，现在你想来要回她的土地和橄榄树林。"

"绝对不是。"我生气地说，"我父亲是一名英国飞行员。他的飞机被击落，他受了重伤。"

我还在打量伦佐，好奇他到底是不是那个被藏在只有索菲亚和我父亲才能找到地方的漂亮男孩。但我父亲写的是"我们的漂亮男孩"，而不是"你的"。这意味着这孩子是他们的，不是她的。也可能是他和这个小男孩相处时产生了真正的感情。"告诉我，"我说，"你在战争期间有没有被藏起来过？"

"藏？你这是什么意思？"

"藏在没人能找到你的地方，为了你的安全？"

"躲避德国人？"他皱起眉，然后摇摇头，"我没有这样的记忆，实际上，不可能有。我记得有个德国军官住在我家。他对我很好，我对他印象不坏。他还给我糖果吃。"

"你多大了？"我问道，意识到自己的话听起来可能很不礼貌。

伦佐说："作为一个女人和陌生人，你问的问题够多了，我不知道这和你有什么关系，但是我今年 32 岁。如果你还想问这个，我没有结婚。你呢？"

我觉得自己肯定脸红了。"我也没结婚。"也就是说他年龄太大了，不是我父亲的孩子。我知道父亲是在战争快结束的时候坠机受伤的，而面前这个男人大概是 1940 年或者 1941 年出生的。

"那你有弟弟吗？"我问。

"不可能有。"他给我一个严厉的表情，"我的生父在我出生前就被派到非洲，他再也没有回来。如果不是柯希莫，我就会变成一个穷困的孤儿，这一切我都欠他的。"他把手搭在柯希莫的手臂上，"现在，请原谅我，我父亲想在他最喜欢的座位上喝一杯。"

他们一起走进小酒馆。等他们进去后，座位离我最近的人低声说："那可是柯希莫，得罪他可不好。他很有势力，在这一带有很多土地，还有橄榄油机。"

一个年轻人站起来，示意我坐在旁边。"来。和我们一起喝一杯，"他说，"坐吧，给她拿个杯子，马西莫。尝尝我们本地的橄榄。最棒的。"

我迟疑了一下，不知道如何拒绝，也不知道是否有可能从他们身上了解到更多情况。那人一再坚持，我还是选择坐下。一杯深红色葡萄酒被放在我面前。一碗橄榄，一长条粗面包和一壶橄榄油也推了过来。向我发出邀请的瘦小男人梳着油亮的背头，表情轻佻。他撕了一块面包给我，又往我面前的盘子里倒了一点橄榄油。

"这是我们自家橄榄树榨的油，"他说，"上等托斯卡纳橄榄油，特级初榨，哈？特级初榨①是最棒的。"

他说"初榨"的语气和他看着我的样子令我感到不安，但随即他笑起来，我断定他只是在调侃。

"看看我们橄榄油的颜色？"坐在我对面一个臂膀宽阔的男人说道，"鲜绿色，春天的颜色。这就是托斯卡纳橄榄油的颜色。最棒的，当然，原料必须出自我的树。"

"你的树？"坐在桌子最远处的一个人问道，"你把大部分树卖给了柯希莫。现在是出自他的树了。"

"瞎说。最好的树我自己留着呢。"

"我听说他开的条件很好，你根本没法拒绝，要不就是你有把柄落在他手里。"

"胡说八道，你撒谎！"

两个人的声音越来越大，我以为他们很可能要拳脚相向。但这时一个年长的男人说：

"这位女士会认为坐在了野生动物中间，注意你们的行为。现在，女士，尽情享受美食美酒吧。"

---

① 原文 virgin，也有处女的意思，文中的男人用这个词调侃乔安娜。

所有人看着我把面包蘸到橄榄油里，边吃边露出满意的表情。

"味道很好，不是吗？"他们齐声说道，"本地区最好的橄榄所榨。"

"其实还可以更好。"表情轻佻的年轻男人说着递过来一个我无法理解的眼神。

另一个人赶忙把手指放在他嘴唇上。"这么说可不明智，詹尼。尤其是可能有人无意中听到我们说话的时候。看好你的嘴巴，否则你会后悔的。"

一位白发苍苍、受人尊敬的老者接过话题问道："那么跟我们说说，女士。你的父亲，英国飞行员，他还活着吗？是他让你来找索菲亚·巴托利的？"

"不是，先生，"我说，"他一个月前去世了。我来这里是因为在他的遗物中发现提到过索菲亚的名字。他从没跟我或是我母亲说起过她，但我很好奇。现在我明白我不该探究这段历史。假如我父亲得知她的行为肯定会不高兴的。不过至少我亲眼见到了这个美丽的地方，我很高兴自己来到这里。"

"你这就回英格兰吗？"老者问道。

"我可能会再待几天。我在罗西尼夫人家的小房子里住得很开心，还想四处走走，好好欣赏你们这里的乡村美景。"

这句话得到一致认同。"你一定得让我带你看看我的绵羊，"表情挑逗的男人说，"我在山顶最好的草地放牧，还在那儿做佩科里诺干酪。我会为你展示奶酪的制作过程。"

"你得小心那家伙，女士。"那位受人尊敬的老者说，"他可是在女人堆里享有盛誉的。他的话你一个字也不能相信。"

"什么，我吗？"那个我隐约记得叫詹尼的男人把手放在心口说，"我只是对一个年轻的陌生人表现出好客而已。我是个绝对安全的已婚男人。"

"已婚，是。安全，不。"远处一个人评论道，逗得大家敞笑。

詹尼看上去有点害臊，"我们应该请这位年轻女士吃饭。光是面包和橄榄是不够的。我们点一个普切塔①。"

"噢，不，不用了。"我举起手，"我得回罗西尼夫人家吃饭。"

"几个小时之内她不会开饭的，"詹尼说，"怎么说也要等太阳落山。到时候你都饿昏了。"

说完他站起来，身影消失在餐馆里。过了一会儿，他自鸣得意地走回来。"待会儿他们会给我们端一盘普切塔过来。本地最好吃的东西，你等着瞧吧。"

其实我根本不知道普切塔是什么。我对意大利菜的了解仅限于意式肉酱面或是罐装的小方饺。不一会儿，一个穿着围裙的消瘦男人把一个大盘子端上桌。盘里放着厚厚的面包片，搭配不同的调料。詹尼饶有兴致地看着我，低声对旁边的人说了些什么，那人回应了。他们交换一个微笑。没有人给我翻译。

"那么现在你来尝尝普切塔，"受人尊敬的老者说，"每种调料都是我们喜欢的口味。这个是鸡肝拌凤尾鱼，这个是橄榄酱，这个是茴香山羊奶酪片。吃吧。每一样都很好吃。"

尽管我相当清楚回到葆拉家肯定要吃一顿大餐，但盛情难却。他们坚持让我尝遍每种口味，并用期待的眼神看着我，以至于我每吃一口都要面带微笑满意地点点头。当然这不难做到，确实每种味道都很完美。我从小到大吃的都是简单的英国菜——牛排腰子馅饼、

---

① 普切塔：烤面包加番茄、奶酪、冷熟肉和蔬菜等，在意大利通常当作开胃菜。

肉馅土豆泥饼、炸鱼薯条、小羊排——作为一名穷学生，我在吃什么这个问题上的选择完全受到预算的限制，仅限于中餐和印度菜(确切地说是中餐和印度菜的英国版本)。因此，我完全不熟悉大蒜、罗勒或者其他我正在体验的风味。最后，吃了满满一肚子食物和酒，唯一能作为离席借口的就是葆拉还在家里等我，并且晚餐迟到是非常不礼貌的事情。

詹尼，那个提出要带我参观他的牧场，并坚持要上普切塔的男人立刻站了起来。"我将非常荣幸地护送这位年轻女士回家。"他说。

"哦，不，谢谢你。没几步路，而且我知道怎么走，再说现在天色也不太晚。"我说。喝了这么多红酒以后，我已经说不出意大利语了。

"小事一桩，"詹尼说，"我也要穿过地下通道才能回家。走吧。"

他用手托着我的肘部扶我站起来。我并不太想和他一起穿过一条又长又黑的地下通道，尽管我认为他不敢在离这里能听到喊声的地方做任何事情。幸运的是，在想出办法拒绝他之前，已经有人替我作决定了。

"没关系，詹尼。"桌子尽头的一个声音说。我看向对面一个穿着破旧衬衫的大个子。

"我也路过葆拉家，并且如果我不想挨老婆骂的话也该动身了。来吧，女士，你和我一起走会很安全。家里的 10 个孩子和母老虎时刻提醒我不能越界。"

桌子周围的人纷纷发出调侃的笑声，白发苍苍的老者说："是的，女士，你和阿尔贝托一起走会很安全的。"

我对他们的盛情款待表示了由衷的感谢，并再次称赞他们橄榄油的品质。大家笑容满面。至少说明我做对了。

"那么明天，女士。"詹尼仍然在我身边徘徊，"什么时候你想看我的羊和奶酪就来找我，好吗？我可以给你讲很多有趣的事，包括战争期间的。"

"你对那场战争能了解多少？"其中一人大声说道，"你那时候只是个孩子。我们参战了。我们可以告诉她当时是什么情况。"

"我那会儿是个孩子，没错，但我负责跑腿。我是给游击队传情报的，我见识得多了。"詹尼说，"我想你会有兴趣知道的，女士。"

"你和你那些无稽之谈。"阿尔贝托推开他，拉着我的胳膊离开那群人。

"那个詹尼，只会夸大其词，"阿尔贝托对我说，"你必须对他的话保持怀疑，女士。战争期间他确实是传情报的，不过更像是给黑市商人，而不是给游击队跑腿。没有哪个游击队员敢把重要信息托付给他。他总是会把消息说给不该说的人，要是德国人盘问他，他肯定会告密。"

我们两个默默地穿过广场，走进地下通道。我怀疑他现在不敢多说话，没准已经在担心万一他那位多疑的老婆看见他和一个年轻女人在一起会说什么。走出地下通道的另一头，天空仅剩最后一点粉红的暮色。这时候有蝙蝠飞过来冲向我们，扑袭四周嗡嗡作响的蚊子。然后我们走到葆拉家正门口的小路。

"我们到了，女士，"阿尔贝托说，"祝你晚餐胃口好，然后睡个好觉。"他向我鞠了一个传统礼节的躬，然后大步走下通往山谷的小路。

第十六章　雨　果

1944 年 12 月

午夜时分，雨果醒了，冻得牙齿打战浑身发抖。他坐起来，摸索着之前被他塞进降落伞袋枕在头下的那件圭多的羊毛衬衫。光是把衬衫拽出来，再脱下自己的短夹克，然后再穿上衬衫就花了好长时间。衬衫闻上去有股潮乎乎的羊膻味，但实际上很干爽。等他再次把夹克穿好，已经无法控制自己身体的颤动。他想让自己缩成一团，但腿上绑着夹板根本不可能做到。

颤抖终于停止了，弄得他筋疲力尽浑身是汗。现在他唯一能做的就是控制自己别扯开夹克。接着他坠入一片黑色梦境。他梦见自己在飞，周围全是想要扑上来叮咬他的蚊子。接着蚊子变成了德国飞机，残暴的小飞机在他头顶盘旋，他徒劳地拍打着。

"滚开！"他对着黑暗喊道，"离我远点！"

这时候飞机又变成一股流动的飞行生物，掠过一片红色天空，飞向正在橄榄林中穿行的索菲亚。然后它们向她扑去，抓起她的围巾和裙子想要把她提拉起来。

"不！别碰索菲亚！"他开始尖叫，挣扎着站起来跑向她。但在身体的重压下两腿发软瘫倒在地，无助地看着它们把她抓向天空，带着她消失在黑暗中。

"索菲亚！"他绝望地大喊道，"别走，别离开我。"

"我在这儿。"一个声音在他身边低语。有人在抚摸他的头发。

他艰难地睁开眼。天亮了，透过教堂参差不齐的墙壁边缘，隐约能看到浅浅的阳光。他头痛欲裂很难集中注意力，但渐渐地，他能认出是索菲亚那张精灵般甜美的面孔正关切地看着他。

"你刚才一直在喊。"她说。

"是吗？我大概在做梦。"

她跪在他身旁。"而且你的额头这么烫。你发高烧了。恐怕是伤口感染了。让我看看。"

他已经虚弱到无力阻止她解开自己的腰带并把裤子褪下来了。

"你的衣服被汗湿透了。"她说着，摇了摇头。小心翼翼地把"应急"绷带一点点拆下来，然后又摇了摇头。"你需要看医生。情况太糟了。"她盯着他的腿，像个紧张的孩子一样咬着嘴唇，试图下定决心。

"我觉得马蒂尼医生是个好人……伦佐出荨麻疹的时候，他把他照顾得很好。"

"不能找医生，"雨果说，"我们不能冒这个险，总会有人发现他来过这里。"

"这倒是。"她点点头，"但是如果我不带医生过来，我想你可能会死的。"

"那就死吧，"他说，"我宁死也不会再让你冒一点生命危险了。"

她握住他的手。"你是个勇敢的人，雨果。我希望你的妻子能欣赏你这样一个善良的男人。"

尽管他发着烧，这句话还是把他逗笑了。他并不认为布兰达会夸他勇敢、坚强或者善良。不过他以前在家里的时候也确实是另外一种人：傲慢、自私、玩世不恭的庄园主。

"我尽量为你做点什么，"她说，"我们试试用这个给伤口消毒。"她拿起那小瓶格拉帕葡萄酒，"不错，幸好你没喝完。"

她撕下一条旧床单，然后泡在酒里。他在她为他清洗伤口时疼得尖叫起来，然后为自己感到羞愧，为了不再叫出声来，他用力咬住嘴唇。

"我尽力而为啦，"她说，"伤口外面看上去清理干净了。当然我不知道里面情况怎么样，也不知道子弹有没有伤到一部分血管。现在我们只能祈祷了。"

他看着她用干净的亚麻布做了一块垫子绑在他的腿上。

"你没有吗啡了？"她问道。

"恐怕没有了，原本就只有一支注射器的剂量，已经被我用了。"

"没有其他药了？"

他检查了急救包。有几小块橡皮膏，大概也就能应付手指割伤，还有一板阿司匹林。

"我还有这些东西。"

"阿司匹林，它能帮助你退烧。但是你不能再着凉了。"她把手伸进他夹克里，"衬衫也湿了，但我觉得现在先别脱。我们抓紧把裤子提上去，然后我用毯子和降落伞把你裹起来。"

她小心翼翼地把他的裤子拉过伤口的位置，然后迅速往上提到他的臀部。接着拿了水，扶着他的头，让他就着水吞下四片阿司匹林。

"我又带了豆子汤，"她说，"你需要营养。你现在吃得下东西吗？"

她打开碗盖，扶着他坐起来靠着自己，喂他喝汤。他试着喝了几口，然后筋疲力尽倒在她身上。

"你必须吃东西，你得保持体力。"她说。

"我吃不下去，对不起。"

她站起身来，托着他重新靠在枕头上。"我这就回村子里的药房，看看在不引起怀疑的情况下能弄来什么药。你的伤口需要酒精消毒，这是肯定的。格拉帕酒已经用光了。我不认为没有处方他们会给我开消炎药，但可以试试。我就说伦佐喉咙痛。不过他确实生病了，但只是感冒，没什么大事。然后我晚上尽量想办法过来。"

"你对我太好了。"他说。

"等这场愚蠢的战争结束，我回到家以后一定想办法补偿你。我会送你儿子去一所好学校。给你买更多的山羊。或者任何你想要的东西。"

"我们不要谈论未来，"她说着露出悲伤的笑容，"谁知道将来会发生什么，我们的命运都掌握在上帝和圣徒手中。"

然后她像是照顾孩子一样为他掖好毯子，接着把降落伞裹在他身上。"休息吧。"她站起来，"看，我给你留了水喝，还有剩下的汤，如果你能吃得下去的话。我觉得你应该试试。"

说着她对他摇晃着手指，像是在教育小孩子。逗得他笑了。

"你说得对。我会试试的。"

等她离开教堂，他又开始担心自己能不能再见到她。

第十七章　乔安娜

1973 年 6 月

葆拉肯定是在等我，她打开前门时，看上去明显松了一口气。

"噢，兰利女士，我亲爱的，你总算回来了。我担心你出了什么事。我告诉安吉丽娜你肯定不想这么晚一个人独自在外面。到时候你该怎么办？"

"我很抱歉，夫人，"我说，"我和广场那些男人们交谈来着，他们坚持要我一起喝一杯，然后又点了普切塔，如果拒绝的话就太无礼了。我告诉过他们要回来吃晚饭，但他们说您要到很晚才会开饭。"

葆拉笑了。"没关系我的孩子。我只是担心你的安全。倒不是说你在这个村子里会有人身安全的隐患，但在黑暗的小巷里，你可能会绊到自己而受伤。好啦，来坐吧。晚餐在等着我们呢。"

我跟着她穿过前厅，然后被领进一间餐厅，这一次，餐桌上摆着蜡烛，布置得相当雅致。安吉丽娜已经坐在那儿了。婴儿睡在她脚边的摇篮里。

"你看，妈妈，我说过她不会有事的。"安吉丽娜说，"人家是伦敦来的大城市女孩，知道如何照顾好自己和保持警惕。"

我笑了。"我确实对那个叫詹尼的人提出送我回来的请求说了不。"我说，"我觉得他友好得有点过头了。"

葆拉耸耸肩。"他那个人就会嘴上说说，对人不会有威胁，至少对女士不会。你要是反过来挑逗他一下，他会立刻躲得远远的。"

安吉丽娜也笑了，她说："不过有时候在生意往来中，他确实喜欢玩火。"

"我们并不了解真相。"葆拉说，"只是流言而已。"

"他们说他和一些似乎是黑手党的人走得很近。可能在交易赃物，还有人说橄榄油厂……"

"橄榄油厂？"我问道。

安吉丽娜点点头。"这一片地区只有柯希莫有。你见过他了吗？"

"见过了，他看起来非常……"我不知道意大利语的"强势"怎么说。

"他很有势力，"葆拉说，"财大气粗，打起交道来很危险。他拥有唯一的橄榄油厂，所以他喜欢的人或者他欠了人情的人往往能在第一时间去榨橄榄油。如果他不喜欢你——如果你拒绝把树林卖给他，比如我——那你会发现你榨油的时间被安排在夜里两点。"

"橄榄油厂昼夜不停？"

"是的，采摘季的时候越早压榨，油的品质就越好。所以每个人都在柯希莫的炼油厂抢时间。"

"那么詹尼做了什么会激怒柯希莫？"我问道。

"他还留着一片橄榄树林，就在修道院旧址那边。柯希莫一直不喜欢他，他总是给詹尼安排最差的时间，有时候甚至让他等好几天。所以詹尼才想与本地的农民建立合作，自己弄一个橄榄油厂。我不知道詹尼是什么时候冒出的这个想法，但柯希莫一定会生气有人试图和他对着干。"

"詹尼是个傻瓜，"安吉丽娜说，"他喜欢说大话。但如果真到了和柯希莫当面对峙的地步，估计他会夹着尾巴溜的。"

我们交谈的时候，葆拉已经端出盘子摆在我们面前。"花园里种的芦笋，"她说，"现在是芦笋季。它的周期很短，我们必须充分利用时间，所以最近几乎每顿饭都有芦笋。"

她把一盘白芦笋茎摆在我面前，淋上橄榄油，再撒上磨碎的大块帕尔马干酪。我以前也吃过芦笋——当然并不是经常，毕竟它在英国是比较少见的菜品——但从来没有尝过这种味道的。每一口都是天堂般的美味，奶酪的浓郁与蔬菜的甘甜形成鲜明对比。

吃完这道菜，安吉丽娜收拾好盘子然后捧着一个大汤碗回来。葆拉打开碗盖，香草料的香味顿时在房间四溢。她给我盛了一大份，比我想要的多得多，但又不好意思拒绝。"你看——这是你和我今天下午做的圆面，这是兔肉酱，尽情享受吧。"

我确实尽情享受了。不知怎么，我的胃似乎腾出了足够吃光一整盘的空间。肉酱里的兔肉非常入味，搭配香草料和西红柿让它变得如此美味。我下决心在离开这里之前跟葆拉学习香草料的知识，以后我自己有了花园，我也要自己种。

吃完主菜以后，脆饼干和小玻璃杯装的深琥珀色液体一起摆上桌子。"这是我跟你说过的文桑托，"葆拉说，"圣酒。"

我看起来很惊讶，"这真的是教堂里的圣酒吗？"

她笑了。"这只是我们对它的称呼。不，现在不是来自教堂了。关于这个名字有不少传说。有人说它是一种备受大众青睐的葡萄干酿造的酒。也有人说曾经有位神父带着圣餐留下的酒奔走四方治病救人。这个时节用它配甜点味道最好。我们就是这么吃脆饼干的。先蘸一蘸然后再吃。"

安吉丽娜站起来，"我要去睡觉了，妈妈。我累了，小家伙昨晚基本上一直在折腾我。上帝，她现在总算睡了一会儿。"

葆拉紧紧拥抱她，亲吻她的双颊。安吉丽娜握了下我的手，害羞地笑了笑。"明天你必须给我讲讲伦敦的生活，"她说，"我想知道关于时尚、音乐和电影明星的一切。"

"没问题。"我微笑回答她。

她拿起小摇篮，提着它走出房间。她走后，葆拉靠在我身边说，"真高兴看到她又活跃起来。"她说，"孩子出生后，有一段时间她对任何东西都不感兴趣。她病得很重，你知道。医生不得不提前把孩子接生出来，否则她会死的。我以为我会失去她，我唯一的孩子。但现在，感谢上帝和圣母玛利亚，她总算开始康复了。"

她的手搭在我肩膀上。"你失去了你可怜的妈妈，所以你懂得失去爱的人是什么滋味。自从我亲爱的丈夫离去，我真的无法承受悲剧再次发生了。母亲失去孩子是这个世界上最糟糕的事情。"

泪水涌上眼睛，我拼命把眼泪挤回去。酒精已经击穿了我内心的防线。我很想告诉她关于自己的事，想有个人倾诉，想让她搂着我，温柔地告诉我她明白我的心情。但出唇的最后一刻我停了下来。我甚至不敢告诉这个可爱善良的女人自己失去孩子的感觉。

"别这么难过啦，"她摸着我的脸颊说，"一切都还好。我们经受了磨炼，我们生存下来，生活会重新好起来的。"

带着这些安慰的言辞，我向她道了晚安，回到房间上床睡觉。

直到整个人蜷缩在床，脸颊贴着柔软而冰凉的床单的时候，我才敢让眼泪流下来。

也许我确实坚持到了现在，但真的多一秒也忍不住了。脑海浮现过往的每一刻。还记得医生说我怀孕了的时候我有多么惊讶，但最初的惊慌很快被欣慰取代。尽管怀孕并不在计划中，比我们预期来得要早，但我相信阿德里安会作出正确的选择然后和我结婚。我要做的只是暂时离开助理律师的岗位，仅此而已。可事实并非如此，阿德里安先是感到害怕，接着又很恼火。"你确定吗？来得也太不是时候了，不是吗？我们马上就要参加律师考试了。当然没有任何立场安定下来成家。"他停顿了一下，眉头紧锁的样子彻底毁了那张光滑英俊的面孔。接着他又放松下来，对我微微一笑。"别担心，"他说，"一切都会好起来的。我认识个人能搞定这事儿。"

过了好长时间我才反应过来他想让我流产。震惊、恐惧、厌恶，一起涌上心头。

"堕胎？这就是你想的主意吗？"

阿德里安依然很镇定。"那家伙是个好人，知道自己在做什么。"

"阿德里安，那是我们的孩子啊，你怎么能这样？"

"噢，得了吧，乔安娜，都二十世纪七十年代了，随时有女人堕胎，别大惊小怪的，又不是什么大事。"

"可对孩子来说是，"我说，"对我来说也是。如果我父亲知道了，他永远不会原谅我。"

"你父亲几乎是这个世界上最不支持你的人，你忘了吗？"阿德里安问道，"那个不可救药的老顽固。看在上帝的分上，他连我们住在一起都不能接受。"

"好吧，"我深吸一口气，"我会永远无法原谅自己的。就这样。反正我已经说了，如果你这么不在乎我……"

"我当然在乎你，"阿德里安说，"只是我不打算让一个我们都不想要的孩子毁掉两个人的生活。"他把手搭在我肩上，"我知道你心里难受，好好考虑一下，相信你会发现这是最好的解决办法。"

我确实有好好考虑过。我告诉自己根本没有其他出路。只要我还和阿德里安住在一起，他就会一直向我施压。他当然不愿意给原本就没打算要，而且可能会毁了他声誉的孩子一个家。如果搬出去呢？我不敢保证父亲会收留我，除了阿德里安，我根本没人能依靠。而最令我震惊的是我这才认识到阿德里安，我的阿德里安，这个我一度认为是灵魂伴侣、至爱和最好的朋友的人，其实什么也不是。他只是一个我再也不能依靠的人。我告诉自己他是对的，我们还没有能力成家。而这个生理阶段的孩子还不能称之为生命，只是一小块"肉"而已。但我真的做不到。

奇怪的是，一向崇尚自由开放精神的斯嘉丽这次竟然站在我这一边。"如果你觉得不对，就别这么做。"她说，"要是那个浑蛋阿德里安敢强迫你，马上离开他。你还有我呢，我会帮你渡过难关的。我敢打赌，一旦你爸爸接受了现实，他也会帮你的。索性直接去见他，然后坦白一切。当然他肯定会咆哮一阵，但很快就会回心转意的。"

"我不确定，"我说，"你也知道我和阿德里安同居时候他是多么大惊小怪。"

"可现在他唯一的女儿有麻烦了。我打赌他一定不会让你失望。他会照顾你的。"

我为此苦恼不已。即使父亲能原谅我，我也没办法和他一起生活。一想到霍尼韦尔小姐夸张的表情和女学生们的嘲笑声，我就觉得似乎没有任何出路了。我差一点就心软了，想去告诉阿德里安他是对的。只是我真的做不到。

我漫无目的地在伦敦闲逛，思索着是否要去萨里见父亲，想要琢磨出某种解决方案…… 然后我就这么一步步穿过切尔西国王大道，完全没看到拐角处有辆出租车飞驰而来。我到现在还记得自己腾空的感觉，记得躺在人行道上无数张面孔低头盯着自己的感觉。记得一个善良的男人用他的夹克盖住我，记得来了一辆救护车。接下来的几天都一片空白，直到斯嘉丽来医院探望我。她问是不是该给我父亲打个电话，但我不想让她打。我已经虚弱得无法面对父亲。直到几天以后才有人告诉我，在身体同时受了这么多处伤的情况下——肋骨骨折、锁骨骨折、严重脑震荡——我流产了，失去了孩子。我应该如释重负才对，但我哭了。

阿德里安也来看望我，他坐在床边局促地握着我的手，小声安慰说这样对我也好，不是吗，说我很快就能迎来新的生活。事实上，我花了很长时间才痊愈。我经常头晕，头疼得厉害。甚至呼吸也疼痛不已。一开始阿德里安每天都来看我，后来就不那么频繁了。等到我即将出院的时候，他过来坐在我旁边，说他觉得我还是回家让父亲陪着休养比较好。说有些话一直想告诉我，但他一直在等我恢复健康。他说他爱上了别人。他要结婚了——和他律师事务所高级合伙人的女儿。

事情似乎就这么顺理成章地发生了。我收拾好东西，逃到唯一能感到安全的地方：斯嘉丽的公寓。上帝保佑她，她热烈地欢迎我。让我借宿在她的沙发上并帮助我恢复。但我依然脆弱到无法回去工作。一开始我的出庭律师们表示理解，他们知道我遭受了严重的事故并祝我身体健康。但最近他们已经明确表示不会永远等下去。

身体的创伤已经痊愈，但内心仍旧极度空虚。这感觉就像我只是曾经的自己的一个影子，就像一个空洞的，没有明确目标的，坦白说更没有希望的人。我只想要我的母亲。父亲在她去世后从不允许我痛哭流涕。为了所谓的家族信念，我们必须全力以赴坚持下去。这就是我一直被教导的，直到现在，我才有机会哀悼她的离世。我多想有个像葆拉一样的人爱我。

最后，我哭着睡着了。第二天早上，在乡村的自然声音中醒来：公鸡在啼叫，鸟儿在歌唱黎明。一缕缕阳光透过百叶窗。起床后，我意外地发现自己充满活力焕然一新，看着浴室镜子里的自己，被那张浮肿变形的脸吓到了。最好在让葆拉见到自己之前先洗个澡。

我拉开淋浴的把手，只流出一小股水，然后就完全停了。我觉得也许是自己弄错了，试着把它转到另一个方向。可无论怎么做都没有水。

现在有点沮丧，我穿上昨天的衣服，梳好头发，试图用粉遮住满脸红斑，然后出去查看水井。是水泵出了什么问题停止运转了吗？这口井被建在一个木质结构里，井盖用一块大石头压住。我搬开石头想要抬起井盖。它太重了，一个人根本抬不起来，或者说至少我抬不起来。我又试了几次，最后放弃了，承认自己做不到，然后往农舍走去。不知道葆拉会不会起这么早，但走近厨房就听到她的歌声。透过敞开的窗户，我看见她在餐桌上揉面。真是一个温馨而舒适的场景。我敲了敲后门以免吓她一跳，然后走进去。她转向我，脸上带着欢迎的笑容。"啊，我的小家伙，天刚亮你就醒了。昨晚睡得好吗？"

她并没有提我脸色看起来不太好，如果她确实注意到了的话。

"很抱歉打扰到您，"我说，"但是淋浴不出水了。我试过往两边转动把手，还是没有水。本来想看一下是不是井的问题，但我一个人抬不动井盖。"

她看上去有点疑惑，"奇怪了，可能是井里的水泵出了故障，但前几天我检查的时候还在正常运转。走吧，我们去看看。"

我跟着她穿过花园，来到我住的房子后面的小棚子里。"来，我们一起搬开盖子。"她说。

我们两个一人站在一边把盖子抬了起来。

"现在我们看看是怎么回事。"她说。我们一起伸头往井里看去。

我不确定我们中间是谁发出的尖叫，但声音瞬间穿透我的脑袋，而且我知道自己吓得张大了嘴。因为，一个男人的尸体被塞进了井口。

第十八章　雨　果

1944 年 12 月

奇迹般地，阿司匹林似乎确实缓解了一点雨果的高烧。他觉得
自己像一块软塌塌的破布提不起劲，但想起索菲亚一脸严肃的告诫，
他还是逼着自己喝了一口汤。然后再次躺下，气喘吁吁，额头满是
汗珠。接下来会发生什么？他很担心。如果伤口腐烂坏疽，他的腿
不得不截肢怎么办？很明显，他不可能穿过德占区追上盟军，索菲
亚是对的，如果他在这种身体条件下遇到德国人，他们会把他当作
妨碍和负担立即送他"上路"。意识到自己生还的希望非常渺茫，
他想知道他是否应该去做正确的事——努力走到山下那条路静候命
运的安排，不再让索菲亚冒险探望自己。

他想要起床，但恶心和眩晕击倒了他。他意识到以自己现在的
身体条件哪儿也去不了。想到这里，他掏出军用左轮手枪，检查之
后掉转枪头。现在可以自我了结了。这应该是最好的办法，有尊严
地死去。他感受着手枪的重量，想象着如何用它指着太阳穴，握稳
之后咔嗒一声，一切都结束了。但他犹豫了。并不是害怕结束自己
的生命，而是不想让索菲亚见到他的头被轰掉。他不愿这样不辞而别。

"如果腿伤更严重了，"他对自己说，"如果真的生了坏疽，
那我就自尽。但我会告诉索菲亚我要做什么，告诉她为什么这是唯
一的解决办法。"

然后，他躺下来，发着烧，怀着不安的心情进入梦乡。

不知道过了多少天，他意识模糊地感觉到她又来了，清洗伤口的时候，不知道用了什么疼得他哇哇大叫。她好像抱着他的头，喂他服下了某种药，接着擦去他额头的汗水，又喂他喝了热汤。但这些片段像是在焦躁不安的梦境里，他不确定是否真的发生过。

所以当他在一个晴朗的早晨睁开眼睛，发现自己身上暖烘烘的，高烧也已经退去的时候，真是相当惊喜。等他彻底恢复知觉，这才意识到脑袋下面是一个真正的枕头，身上也盖着一张羊皮，手腕还绑着什么东西。他抬起手臂，看到一枚徽章，是某位圣徒的宗教徽章。无论这位圣徒是谁，反正是起作用了，他这样想。

他试着从裹在身上的"茧"中挣脱出来。但即使是这样一个简单的任务也做不到，他重新躺好，再次尝试。这次成功了。他挣脱出来，扭动着钻出棚子，感受着石地板的凉气逐渐离开身体。他试图站起来，却感到整个房子在他周围晃动，一阵恶心，于是放弃了。他吸吮了一点水，咬了几口留在旁边长凳上的面包。等他鼓起勇气准备脱下裤子检查伤口的时候，这才惊讶地发现身上穿的不是自己的裤子。而是一条粗糙的黑色羊绒裤。而且内裤也不是原来的了。大概是他熟睡的时候，她给他换的衣服。他把脸转向墙壁，脸颊一阵火辣辣，感到非常尴尬和羞愧，尽管自己当时毫不知情。

他小心翼翼拉起裤腿，直到看见绷带。上面不再浸满鲜血，这是个好兆头。而且伤口没有腐烂的味道，这就更好了。他解开绷带，把纱布从伤口上撕下来。看起来有点吓人，一层血肉也被撕了下来，但也不是太糟，显然伤口是在愈合。他用剩下的水清洗了伤口，接着找了块干净的纱布重新包扎好。

然后他又躲进自己的藏身之处，等待着索菲亚到来。他瞥了一眼手表，但是表停了。也对，已经好几天没上发条了。从墙上阴影的位置判断，他觉得应该还是清晨。

远处响起教堂的钟声，紧接着又响起另一声，显然这不是在报时。钟声不停地响，声音回荡在天空。星期天，他想到，一定是星期天，他为附近的人都去教堂祈祷而感到欣慰。其实他自己一向不怎么祈祷。英国贵族们去教堂不过是为了表示与下层阶级的团结，但实际上他们根本不信。至少他父亲不信。他曾经对雨果说过，"当你在战壕里看着人们被炸成碎片或是掩埋在泥土里，你根本无法相信有哪个上帝会任由这些事情发生却从不干涉。"

然而，索菲亚把那枚圣人徽章系在了他手腕上，而且似乎真的起了作用。他也想试着祈祷一下。"亲爱的上帝，如果您能听见我的声音，请保护她的安全。让我回家吧。请保佑兰利庄园和里面的人。还有，亲爱的上帝，保佑索菲亚和她的家人。"他本想补充一句，"让她丈夫活着回到她身边"，但还是说不出口。

钟声沉寂下来。他伸手去摸自己那包香烟。原本的 20 支烟还剩 12 支。他点燃一根，躺下抽着烟，盯着寒冷空气中飘散的一丝烟雾。这一天很静。没有鸟鸣，没有风声，没有犬吠，彻底的寂静。好像这个世界只有他一个人。

他不知道她什么时候会来。他觉得她不可能星期天也出来找蘑菇。他回忆起自己在意大利的时光，星期天是去教堂礼拜和家庭聚餐的日子。倒不是说她真的有很多食物或是很多家人，而是她不得不和他们待在一起。他觉得腹内饥饿，于是强忍着啃完了已经发霉的面包。一只鸽子扑扇着翅膀从墙头飞过，他真希望自己有力气站起来设下那个陷阱，可他确实浑身没劲。

日出日落，一天过去了，她还是没有来。他只好一边失望一边安慰自己。她当然没办法在星期天过来，他已经意识到这点了。也许她会再次趁着夜色溜出来，尽管他不愿意她一个人穿过橄榄林，毕竟可能会有德国人、游击队或黑市贩子在附近徘徊。他点起蜡烛，但又怕浪费，最后还是吹灭了。就这么睁着眼睛躺在那儿聆听夜晚的声音，猫头鹰在嚎叫，风在叹息。她现在不会来了，他对自己说。担忧随之而来。她出什么事了吗？是不是有人看见她穿过橄榄林，出卖了她……他试图把这些阴暗的想法抛诸脑后，但它们就是不肯平复。

他一定是睡着了，因为自己突然被附近的一声响亮的声音惊醒，然后赶忙伸手去摸武器。

"是我，雨果。"一个温柔的声音传过来。"别害怕。"他看着灯笼发出的光亮晃动着离他越来越近。

她把灯笼放在长凳上，跪在他身边，烛光下，她的脸因喜悦而显得容光焕发。

"你醒了，还能自己坐起来。这真是个好消息。我很担心。每次我回来都以为你死了。但我把你托付给了圣妇丽塔。"

"圣妇丽塔？她是谁？"

"她是伤病的守护神。"

"就是你绑在我手腕上的这枚徽章吗？"

"当然，"她说，"她治愈了你，是不是？"

"我感觉好多了，"他说，"烧退了，伤口也开始愈合。我对你感激不尽，索菲亚。你把我照顾得这么好，甚至还帮我换了衣服，像是照顾婴儿。"

她笑了。"我不能让你就那样躺在那儿。我把你的衣服带回去洗了，下次我就带回来。"

"我现在穿的是圭多的衣服吗？"

"当然。反正他不在这里等着穿。给你穿总比便宜了蛀虫好。"

他握住她的手，"我一定会补偿你的，我保证。等我回家以后就寄钱给你买新衣服，高级衣服，上好羊毛的。"

"我们别再谈论这些了。"她说，"谁知道明天会发生什么？我觉得不会有好事。不过先吃东西吧，我给你带汤来了，你一定饿坏了。"

她一打开碗盖，他就迫不及待地吃起来。其实这也算不上是汤，真的。只有几片卷心菜和胡萝卜叶，还有一点点豆子。她好像看出了他的心思，说道："我知道没有多少，我们已经好几天吃不上肉了，但好歹汤是热的。"

"你太善良了，仅有的一点吃的也愿意分给我。"他说道。

她转过身。"我不知道我还能坚持来这里多久，"她说，"今天德国人来村子了，你听到教堂的钟声了吗？"

"我还以为今天是星期天。"

"不，只要有德国人靠近，每个村庄都会敲钟。这样一来，村里的青壮年就知道该去树林里躲着了，年轻女人也会找个地方藏起来。我今天一整天都躲在阁楼的一个旧衣柜里。"她停顿了一下，看着他的眼睛，恳求他能理解。"这些人是畜生，雨果。"她说，"战争把他们变成了畜生。他们一来到附近，女人们就会无时无刻为自己的贞洁感到恐惧。他们以前带走过面包师的女儿——一个15岁的小女孩——然后一个接一个地侵犯她。从那以后，那个孩子就再也不一样了。她被吓得精神失常。"

"太可怕了，我非常抱歉。但我可以向你保证，英国士兵绝对不会那样做。"

她做了个意大利式耸肩。"那谁说得准呢？这些德国人肯定也有的是家里的好孩子。他们在田里为家人劳作，或者在银行上班，带女孩子跳舞。但战争改变了他们，毁掉了他们。"

"德国人还在吗？"

她摇摇头，"不，感谢圣徒的庇佑。他们只是来看看我们村子是不是过冬的好地方。他们的军队在这里以北建立了一条防线，正在寻找可以防住南边路线的地方，盟军会从那边过来。但我可以高兴地告诉你，他们并不满意村子的视野，并且我们也没有什么值得带走的了，他们离开了。实际上，也没有空手离开，他们抢走了镇长仅有的几只鸡……愿他们的灵魂在地狱腐烂。"

一阵风吹进来，灯笼里的烛火闪烁，四周影子乱晃。"所以你暂时安全了？"

"也许吧。我们希望他们收到盟军推进的消息然后逃回德国，和平从这里撤出。但有人说盟军要到春天才会行军。马上就要下雪了，山路很快就无法通行。"

"这意味着我也会被困在这里直到春天来临？"

"我们这里不常下雪。这里的山没有那么高。但是从这儿到海岸线之间有很高的山。或许等你的腿恢复得差不多了，我们可以找一条路带你去南方。我们没有汽车也没有汽油，但是有农用手推车，那些种地的农民们用它们把货运到市场上。"

"他们冬天种什么？"他问。

"根茎类的蔬菜：萝卜、马铃薯、菜花、卷心菜——尽管德国人把我们所有的卷心菜都吃光了。出于某种原因他们很喜欢卷心菜。我在自己那小块地上种了一些萝卜和大头菜，快到收获的时节了。"

"那很好，不过蘑菇找得怎么样了？"

她叹了口气，"恐怕我不能再用那个借口了。附近没有蘑菇了，大概我把所有蘑菇都翻出来了。我得像刚才那样半夜溜出来。"

"我现在感觉好多了。真的，索菲亚，你不需要经常来。偶尔来给我放点吃的，我就能扛过去了。"

"别傻了。不吃东西你怎么可能恢复健康？你看，天上挂着新月①，很快就不用打着灯笼走路了，然后我穿上深色衣服。没有人会看到我，别担心。"

"现在几点了？"

"一点多了。在确定所有德国人都走了之前我还不能离开这儿。他们在镇长的酒窖里找到几瓶红酒，他们会待得很晚，唱着愚蠢的歌。"

"但这样你就没法睡觉了。你会生病的。"

她拍拍他的手，"别担心，大多数晚上村子在9点就安静了。村子里只剩下妇女和儿童，留下来的男人都和游击队一起在夜里尽其所能袭击德国人。"

"所有男人都是抵抗组织成员吗？"

"谁知道呢？我们不问，他们也不说。假如有德国人要盘问谁的话，什么都不知道对大家更好。我只能告诉你游击队在附近很活跃，我们本地的男人确实有可能参与其中。并不是说所有人都去参加游击队了。还有少数曾经在南方与德国人并肩作战，直到我们改

---

① 新月：月亮运行到太阳与地球之间时，黑暗的一面对着地且与太阳同升同没。此时月相称为"新月"或"朔月"。 新月期过后，月亮渐渐移出地球与太阳之间的区域，可以看到月亮被阳光照亮的一小部分。文中索菲亚的意思是夜晚会变得越来越亮。

变了阵营。后来他们在被德国人征召或是送进集中营之前就溜走了。但他们也是勇敢的孩子，这点我敢肯定，其实我很高兴他们可以放下手中的枪。那个柯希莫对我有点过于感兴趣了。"

"柯希莫？"雨果的声音变得有些生硬。

她点点头。"有人私下说他是游击队的领袖。毫无疑问他是个勇敢的人。长得也不难看，而且很强壮。但我告诉过他除非我收到丈夫的讣告，否则我仍然是他的妻子。可他最近依然围着我家转悠。偶尔会给我们带一个鸡蛋或者一瓶葡萄酒，我们也不问他从哪儿弄来的。但我猜这是他来找我的借口。所以每次他离开几天我都会很开心。"

"他不会是想……"雨果从牙缝里挤出几个字。

"哦，不，没有这回事，他是一个正直的人，我相信。他对我儿子很友善，可我并不想被他讨好。"

"等我逃跑时，你一定要和我一起走。"雨果说。

她悲伤地笑了。"如果圭多回到家发现我不在怎么办？我不能抛弃他的祖母。他走的时候我答应过照顾她。"

雨果想再说些什么，但每个想法似乎都没什么希望。于是他转而问道：

"世间万物都有圣徒掌管吗？"

"噢，是的，"她回答很干脆，"圣安妮负责想要孩子的人，圣布莱斯负责咽喉痛，还有负责风湿、冻疮的圣徒……"

他笑了，然后问道："那么也有保护妇女和儿童的圣徒？"

"我们向圣母玛利亚祈祷这些，"她回答，"她失去了自己的儿子。亲眼看见他死了。她了解我们的感受。"

"那么你戴着圣母玛利亚的徽章吗？"

"圭多走的时候，我把我的拿给了他。"她说，"我能做的只有祈祷圣母保佑他的安全，保佑他还活着。可我担心事实并非如此。直觉告诉我他已经死了。"

　　雨果握住她的手，她猛地抓住他，两人在摇曳的烛光里紧紧依靠，分担各自的忧愁。

第十九章　乔安娜

1973 年 6 月

安吉丽娜被叫醒了，葆拉让她去请宪兵。两名身着引人注目的军装男人面红耳赤地从山上跑下来。尸体在井里被卡住，他们花了好半天才把它弄出来，看到被他们放在石子路上的尸体我顿时吓得倒吸一口凉气。是詹尼，那个昨晚主动提出送我回家，然后被更可靠的阿尔贝托挤到一边的人。

两名宪兵立刻认出是他。"但这肯定是詹尼啊。"其中一人说。他们交换了一个我看不太懂的眼神。一位医生被派来验尸，他宣布詹尼先是后脑勺被钝器击中，然后头朝下被推进了井里，死因是溺水。

我不停地发抖。这太可怕了，简直无法想象。葆拉看向我，然后用一只胳膊搂住我的肩膀。"这个可怜的年轻女士受到惊吓了。她甚至连早饭都没来得及吃。来吧，亲爱的，我先给你倒杯咖啡，喝下去会感觉好些的。"

"这位年轻的女士是谁？"一个警官问道。

"她是英国来的游客，"葆拉说，"她刚到这里，现在住在我的客房。"

"这就是客房吗？"警官指着我敞开的门问。

"是的。"葆拉确认道。

"离这口井距离这么近。"一位警官说。他是个矮胖的人，看上去很不高兴，两只像猪一样的小眼睛盯着我。"你之前睡在这儿吗，女士？然而这个人被谋杀的时候你什么也没听到？"

"我什么也没听到。"我说。

他又问了一个问题。这一次，我已经听不懂他的意大利语了。"很抱歉，我只会说一点点你们的语言，"我说，"如果你说慢一点我能听明白。"

"我问是谁发现了尸体？"他重复道。

我的大脑现在根本无法正常工作。即使用英语思维都不清晰，更别提用意大利语造句了。"葆拉夫人和我一起发现的。"我结结巴巴地说，一边挥舞着手臂，和人们在说一门外语或是缺乏词汇表达时一样。"我想洗个澡，但发现没水。于是就走到井边，但是……"

我费了半天劲才说出这几句话，显然我的意大利语不及格。

"因为她身体不够强壮，自己掀不动井盖，所以找到我，我们一起打开的。"葆拉说，"我们同时看到了尸体，我想我们都尖叫了。我们当时都吓坏了。"

"你认识这个人吗？"另一位警官问道。

"我熟悉他，"葆拉说，"和你一样熟悉。他这辈子都住在圣萨尔瓦多。但这位年轻女士并不是，我已经告诉过你了，她是刚来到这儿的。"

"那你知道詹尼为什么会在晚上到你家附近转悠吗？"那讨厌的宪兵说话的声音里带着一种嘲讽的味道。

"反正不是为了追求我，"葆拉激动道，"我们肯定不知道原因。我和女儿安吉丽娜还有兰利小姐在一起享用晚餐，然后就各自上床睡觉了。这就是我们昨晚的故事。至于这个人是怎么死在我家井里的，我想说他很可能是在出城的路上被击倒，我家的井引起了袭击者的注意，因为这儿离小路最近，所以是藏尸的好地方。"

"我们现在还不能作出任何假设，"其中一人说，"你们两个都要到我们城里的总部来做一份正式笔录，到时候会有进一步的问询。没准市政督察也会从卢卡来，因为这显然是一起谋杀案。你们不能擅自离开这个地方，明白了吗？"

我还是听不懂他的话，但听到葆拉的回答理解了不少："我本来就哪儿都没打算去，但是这位年轻女士，她可能很快就要回国了。她不该因为对一桩谋杀案毫不知情而耽误行程。"

"这个嘛，等我们做进一步调查的时候再说吧。"那个胖警官说，"她暂时得留在这里，明白吗？"

我点点头，渐渐明白了这里面牵连的一切。昨天在那张桌子就座的人肯定会接受讯问。他们会说出詹尼想送我回家但我拒绝了这件事。还可能会说詹尼有对我调情。我能预见到扭曲的想象力大概会解读出更多情节。也许他们都希望把谋杀归咎于一个外来的人。我非常难受。

葆拉似乎没有一点不安。"我就不打扰你们公务了，请尽快把这个人的尸体从这里弄走。"她说，"至于这口井，我觉得井水已经被污染了。可怜的兰利小姐在问题解决之前肯定不想在这儿洗澡了。来吧，亲爱的，你可以到农舍的浴室去，用我的浴盆好好泡上一会儿。里面的水是从总水管出来的。"

说完，她紧紧地搂住我的肩膀，带我离开犯罪现场。

"别让他们烦到你。"她说着关上我们身后的厨房门，"那些人都是恶霸。他们不是本地人。宪兵就是乡下的警察，都是从粗野人里挑出来的。他们中的许多人来自西西里岛，我想我们都知道那里住着什么样的人，不是吗？歹徒、黑手党之类的。不过法律不允许他们调查重大犯罪案件。幸运的是有位卢卡的高级督察会被派来，一切都会好的。不说这些了，我先给你倒杯咖啡，你应该在洗澡之前吃一顿丰盛的早餐。"

安吉丽娜一直站在厨房门外，怀里抱着孩子远远地看着。等我们走近时，婴儿开始号啕。安吉丽娜前后轻轻摇晃着她。"那些可怕的人走了吗，妈妈？"她问道，"真的有人被杀了？我不想离那里太近，免得吓到我挤不出奶水，喂不了孩子。"

"是真的，我亲爱的。"葆拉说，"丢了性命的倒霉鬼是詹尼。"

"哦，詹尼。"安吉丽娜若有所思地点头，把孩子放在肩上，拍拍他的背。"嗯，我想这并不是特别让人意外，对吗？"

"如果一个人不是寿终正寝，那就总是会让人意外的。"葆拉说，"去把小家伙儿放下来，我们一起吃早饭。你看看，这位可怜的年轻女士身体抖得像站在冰天雪地似的。"

我就像一个无助的孩子一样被她安置在桌子旁，然后她把一杯牛奶咖啡放在我面前，接着把面包、果酱和奶酪摆上桌子。"吃东西吧，会感觉舒服点。"

我的胃像是打了结，我觉得自己什么也吃不进去，但葆拉就在身边用鼓励的眼神看着我，我只好喝了几口热咖啡，又往面包上涂了点杏子酱。这个面包肯定是今天早上烤的，还带着余温，黄油和鲜杏果酱融化在一起，我几乎要为这种口感和味道的结合而愉悦地长舒一口气了。谁能想到面包和果酱能吃出这样的感觉？我拿起第二片面包，接着撒了些硬奶酪，吃掉以后，我感觉自己回归到正常人的状态，甚至能应付得了最粗野的宪兵了。

安吉丽娜回来了，给自己切了一大块面包，上面涂满黄油。

"为什么你会说对詹尼的死不感到意外？"我问她。

她耸耸肩，"听说詹尼有时候会做一些不太合法的交易，你懂吧？比如倒卖来往海岸线船只运来的香烟。或是其他类似的勾当。"

"可我们并不知情，"葆拉说，"全都是谣传。不过他在镇子里的确不受欢迎，也不受信任，现在又牵扯到榨油厂生意的事。"

"他想和别人建一个属于他自己的榨油厂，是这个意思吗？"我问。她点点头。"柯希莫当然会对这个想法感到不满。但我觉得它也只能是个想法。其他人肯定不敢冒险违抗柯希莫。詹尼只会自讨没趣。"

我试图让自己理解她说的这些，不单单是她们说的意大利单词，还有她们的言外之意。詹尼参与了一些不太合法的事，然后被人推到井里淹死，这就是歹徒们会做的事，为的是给别人一个教训。但他也确实想过要触碰柯希莫的底线。我想象着这个男人强势的面孔，当他盯着我说"我觉得你是德国人"的时候，眼神是那么冷酷。不，我可不想招惹到他。

但是他中风了，而且很明显他已经偏瘫了——肯定不能把那么重的井盖抬起来再把一具尸体推下去。不过呢，像柯希莫这样有权势的人估计有听从他命令的手下。而且他还有个强壮的养子，我不得不记住这一点！

"明天是星期六，"葆拉说，"圣萨尔瓦多的集市日。你们两个都来帮我挑挑哪些蔬菜和水果可以采摘送到市场。"

"难道我们不需要去镇上警察局做笔录吗？"我说。

葆拉做了一个不屑一顾的手势。"呸，让那些人等着吧。我们对詹尼做了什么可能导致他早逝的行为一无所知。有事情做对我们来说有好处，在上帝创造的自然中劳作总是可以抚慰灵魂的。"她把手搭在我肩膀上。"为什么我们不现在就去呢，在太阳暴晒之前，然后你可以等我们忙完之后再去洗澡？"

我其实想先洗个澡的，刚才匆忙中穿的还是昨天那身衣服，但葆拉对我这么好，我不想和她争执。于是我跟着她去了花园。"我们来看看，"她说，"这些西红柿——是的，我们要摘掉已经成熟的西红柿，但是得等明天出发前最后一刻再收。还有这些蚕豆，它们必须像现在这样嫩的才好吃。这些扁豆——还需要等几周的时间。"她停顿了一下，弯下身去，看着一棵羽毛状的植物。"至于芦笋嘛，我们想自己多留一些，不过今年的长势非常不错。很好。"

她继续向前走，对于这样一个身材宽大的女人来说，她的行动兼具优雅和速度。"啊，看，安吉丽娜。西葫芦开花了。完美。"

我看见她在检查一朵黄花。"您要用它们做什么菜？"我问，"这些花也能吃吗？"

"噢，是的！西葫芦花。我们用它做馅料，可好吃了。如果你想尝尝，我今晚就做一点出来。这种植物会在这一整季都让我们不停地收获西葫芦。"

我忽然看到一些没想到会在这片精心培育的土地上发现的东西。它看起来像一棵巨大的蓟①。"但是这个肯定不能吃吧？"我指着它问道。

葆拉看起来很惊讶，"你们国家没有朝鲜蓟②吗？"

"我从来没有见过这样的东西。"

———————————

① 蓟：多年生草本植物，蓟开的花也是苏格兰国花。
② 朝鲜蓟：又名洋蓟、法国百合，原产于地中海沿岸，主要食用部分为花苞中肥嫩的苞片，是一种名贵、高营养价值的保健蔬菜，在西方被誉为"蔬菜之皇"。

"今晚我煎一些当作开胃菜。它们很好吃，你会喜欢的。"

我们继续向前走。又发现了一些成熟的樱桃和杏，桃子还要过一段时间才能成熟。"我们今晚太阳下山后再来摘水果，芦笋也差不多可以摘了，嗯，至于西红柿和西葫芦花……要等到出发前最后一刻再来摘。"她露出一个心满意足的微笑，"非常好。明天一定会在市场上卖个好价钱。"最后我和安吉丽娜跟着葆拉回到农舍。

我回到小屋去拿浴绵和毛巾，满心期待着在浴缸里泡个舒服的澡。正在包里翻找干净的内衣时，我注意到有一张纸从百叶窗的缝隙间探了出来，昨天肯定还没有。费了点力气才把它拽了出来。是一封信，我坐在床上拆开信封，正要准备拿出信，里面有三个东西掉在被子上。我拿起来逐一查看。其中一个是星星形状的翻领别针。还有一小块棕色的布，上面沾着油漆之类的东西，已经干硬了。第三个是一张钞票。上面印着"帝国马克"的字样，应该是一张"二战"时期的德国钞票。

把它们放被子上，我开始读信。字迹有些不好辨认，我的意大利语读写能力也不好。于是拿起字典，费劲地逐字逐句翻译。

"我想告诉你关于索菲亚的真相。我了解隐情。因为担心生命安全，直到现在我始终保持沉默。但你是一个外人。我会带你到我的羊群那里去，在那儿没人能听见我们谈话。"

没有签名，但显然是詹尼写的，因为昨晚只有他邀请我去看羊群。我发现自己拿着信的手止不住地颤抖，盯着床上的三样东西。不知道它们代表什么，但我很害怕。难道詹尼被杀是因为他要告诉我关于战争期间发生的事情的真相吗？

第二十章　乔安娜

1973 年 6 月

我重新拿起床上的三样东西，放在手里仔细端详，思索着它们究竟代表什么意义。德国钞票很容易理解，有人收了德国人钱。但另外两个呢？我盯着那块棕色的干布，提到鼻子前闻了闻上面油漆的味道，然后赶紧拿开。这不是油漆，布上透着一股淡淡的铁锈味，肯定是血。我急忙把三样东西收拾起来，从行李里掏出我用来藏东西的鞋，把它们塞进鞋缝里。然后折好信放回信封，小心翼翼地把信封夹在字典的两页之间以防万一。

我不能告诉任何人——这一点很明确。葆拉也不行。绝对不能置她于危险当中。我现在才意识到，詹尼昨晚一直想单独约我并不是为了风流快活，而是想告诉我一些事情，他知道关于索菲亚的真相。他一定也知道我父亲的事，足以令他丧命的事。我透过护栏盯着窗外刺眼的阳光。昨晚有人跟踪他到这儿了吗？有人看见他把信封从护栏塞进百叶窗，然后打了他的头吗？如果真是那样的话，我现在也有危险。我突然想到应该把信封放回一开始发现的地方，这样一来，无论是谁跑到这里搜都会以为我完全不知道信的内容，但现在已经太迟了。

对我来说，最明智的做法就是立刻到佛罗伦萨坐下一班火车回英国。只要离开这个国家我就安全了。可是那两位宪兵说过，在我得到允许前不能离开这个地方。而且这里没有公共汽车，任何让我搭车的人都可能被认为是协助我逃跑而惹上麻烦。也就是说，我被困在这里了。现在我必须确保自己和葆拉待在一起，她不会让任何事发生在我身上。

我赶忙抓起浴棉和毛巾，几乎是跑着回到农舍。

"看来你确实很想泡个澡。"葆拉注意到我上气不接下气的样子，"放松点，我的孩子。忘掉你所看到的。忘了那些人。詹尼和他犯的错与我们无关。愿上帝怜悯他的灵魂和他可怜的妻子，她和我一样成了寡妇。没办法放羊，没办法做奶酪。我得去安慰安慰她，但今天不行，她可能还不知道发生了什么，可怜的人啊。"

葆拉领着我穿过一条砖道长廊，然后把我带进一间超大的浴室。浴室墙边放着一个大号猫爪浴缸①。她打开笼头，把水放到适宜的温度，然后满意地点点头。"好了，"她说，"尽情享用，洗掉你所有的烦恼。"

趁着浴缸放水的时候，我刷好了牙。绝对不会再用那口井里的水做任何事，除了冲厕所！我让身体一点点浸入温水里，慢慢躺下，盯着高高的天花板，但却放松不下来。我很庆幸看到这里的窗户也有护栏，至少目前是安全的。洗完澡后，我赶忙去找葆拉和安吉丽娜，亲眼看到她们在花园里摘蚕豆，这才松了一口气。假如我有什么需要，她们很快就能赶过来。而且如果有人从镇上的小路上走过来，她们也能第一时间看到。我换好衣服，把字典放进手提包里，然后走出农舍，想看看自己能否帮上忙。

"剩下的我们先不管了，等晚上天气凉快了再说。"葆拉说道，

---

① 猫爪浴缸：底部带有四只脚作为支撑的浴缸，又称猫脚浴缸。

"现在我们得去一趟镇子，不然那些宪兵畜生会来找麻烦的。我们先把这件事搞定。"

我跟着她们进了房子。出发之前，葆拉换下围裙戴上帽子。来到广场以后才发现那儿现在格外人声嘈杂。我们刚一出现就被围住了。大部分意大利语对我来说太快了，根本听不懂。而且他们说的还是托斯卡纳方言，不过我能明白他们的意思。詹尼真的被杀了吗？是在葆拉家的井里被发现的？这个姑娘什么也没听到？也没人呼救？谁会做这样的事？

说到最后一个问题，他们相互交换了一下眼神。"好吧，那个詹尼。"一个女人一边说着，身子贴得离我们更远了，好像不想让我们这一小撮之外的人听到她讲话似的。"他很可能是自找麻烦。那个人来找他时，我丈夫提醒过他。记得我以前告诉过你们的吗？"

周围人纷纷点头。"是他倒卖格拉帕酒的那次？谁知道酒是从哪儿弄来的？反正不是咱们这儿。"

从他们的表情，我看出大家都松了口气。不是从这儿弄来的，所以他的死与圣萨尔瓦多的任何人无关。

"我们得去宪兵队做笔录了。"葆拉说。

"祝你好运。"一个一直在人群边缘徘徊的男人说，"进了那鬼地方，走运的话也许还能出来。"

人群发出咯咯的笑声，但我看得出他们都下意识瞥了一眼黄色建筑。

"别说这种话。"一个穿黑衣服的女人转过身来重重地推了他一把，"你不是应该看好自己的店铺吗？与你无关的事瞎掺和什么。"

那个人灰溜溜地走开了。葆拉挽住我胳膊，带着我走到宪兵队办公楼门口。"别在意他说的，那家伙也是个爱惹是生非的。"她说，"他和詹尼一样坏。他自己不是也在店里出售一些非法的格拉帕葡萄酒吗？还口口声声说他不知道有什么问题。"

我们迈上三级台阶，走进阴凉昏暗的房子。刚一进门就闻到一股浑浊的烟味。我们被安排的房间里只有一面墙的高处装着一扇小窗户，窗上还安着护栏。我觉得自己像是进了一间牢房，紧张地瞥了葆拉一眼，她似乎一点也不担心。

"我们来做笔录了。抓紧开始抓紧结束。明天的集市我还有很多事情要做呢。"她对着桌旁一位我们今天上午见过的宪兵说道。

"啊，你们来了。很好，只要说实话，一切都好办。"他说。

"我们当然会说实话，因为我们本来就什么都不知道。"葆拉说，"有人选择在我家了结自己的性命，这可不是我的错。那么，纸在哪里？笔呢？我们没有时间可以浪费。"

一张纸递了过来，宪兵指着椅子让葆拉坐下。他正打算给我一张纸，我摇摇头。

"我不会写意大利语，"我说道，"说得也不太流利。"我当时的想法是，如果他们把我当成一个不了解情况的陌生人，就不会把发生的事和我联系起来，这样更好。

"好吧。"宪兵拿起一支笔，抬头看着我，"你来圣萨尔瓦多多长时间了？""我昨天才到。"我回答他，"我以前没到过这儿，也从没来过意大利。镇上的人我一个也不认识。有人告诉我罗西尼夫人可以出租房间。这就是我会出现在那儿的原因。"

"那么你来圣萨尔瓦多的理由是什么？"他皱着眉头问我，"我们这里既没有古董，也没有著名的教堂。这里可不是锡耶纳或者佛罗伦萨。"

一开始我想编出一个不牵扯父亲或是战争而来这里的理由——

一个清白的理由。比如我是一名农业专业的学生，正在写一篇关于橄榄树的论文？但接着我意识到，肯定会有人告诉他们我在打听索菲亚·巴托利和我父亲的事。所以还是说实话比较好。除了藏在字典里的那封信，我没什么好隐瞒的。

"我的父亲是一名英国飞行员，他的飞机在这个镇子附近被击落。我想亲自到这里看看，因为他最近去世了。"

"啊，是这样。"这个回答似乎让他比较满意。"我明白了。那么这个被杀的人，你不认识他吗？"

"我昨天才到这儿，"我说，"昨晚向人打听我父亲的情况时，有一群人对我很友好。我猜他也是其中之一。他们在广场请我喝了一杯酒。然后我就回到罗西尼夫人家，和她们一起吃晚饭了。晚饭后我觉得很疲倦，很早就睡着了。今天早上我想洗澡，但是发现没有水。也就是在那时候我去请了罗西尼夫人帮忙，她帮我搬开了井盖，然后我们看到了那具尸体。这是我知道的全部了。"

"很好，女士。"他说。我能看出他的表情现在放松了。我不是犯罪嫌疑人。

"我现在能自由离开镇子了吗？"我问。

他摇摇头，"我们必须把这件事报告给卢卡的探员。他们会派一个督察过来，他还要再次确认你讲给我的事情。走个过场，你懂的，不过他来之前你必须待在这儿。"

"他什么时候能来？"我问道，"我必须回英国去。"

他意味深长地耸了耸肩，"明天是星期六吧？也许明天，也许要等到星期一，我们只能看情况了。"

我试图告诉自己再等个两三天也没什么不好。我会和葆拉待在一起，我会很安全的。然后我紧紧攥住手里的包。会不会有人看到詹尼把信封塞进护栏？如果是这样，他们愿意付出多大代价从我手中夺回它？早知道我就把信封封好留在房间里了。我琢磨着。但接着又想到除非他们能打烂厚重的房门，不然谁也进不去。

我跟着葆拉，两人重新走回炽热的阳光下。"搞定了，感谢圣母玛利亚。"她说，"现在聊聊更重要的事，我想我们应该去肉店买些牛小腿做晚餐。你喜欢吃牛小腿肉吗？"

"我从没吃过。"我回答道，其实我根本不知道这个意大利单词是什么意思。

"你在英国都吃些什么？"她问道，"只有烤牛肉吗？"

"不，我们还吃羔羊肉、香肠、鱼。还有马铃薯，各种做法的马铃薯，没有意大利面。"

她怜悯地看着我，"这就是为什么你们都瘦得皮包骨头。"她说，"你必须在我这儿待足够长的时间，我得把你养肥点。谁会想娶一个身上没点肉的女孩呢？"

"我也不是一直这么瘦，"我赶忙说道，"我今年生病了。"

"啊，这就解释了为什么你脸色苍白得像个行走的雕像一样。留在这儿，我亲爱的，你会看到阳光和美食能给你带来什么。"

这个提议非常有诱惑力。此时此刻，我心目中最美好的事情，就是和葆拉待在一起，学习做饭，受到她母亲般的照顾。除了一点，有个男人被杀了，而且很可能是因为我来到了圣萨尔瓦多的缘故。信上说他知道关于索菲亚的真相，这是不是意味着镇子里还有其他人知道真相，并打算隐瞒下去？我向广场四周望去。这个时间段，餐馆外的桌子还空着。街道附近只有捧着篮子采购的家庭主妇，几个孩子追逐着在天上盘旋、又扑扇着翅膀落下来的鸽子。

教堂塔顶的钟声敲响了。一开始我以为是在报时，但它一直响个不停，葆拉在胸前画着十字。"这是祈祷钟①，已经中午了。走吧，我们必须在商家关门吃午饭之前赶过去，那个懒惰的屠夫至少要到下午4点才会再开门营业。"

她健步如飞，我几乎要小跑着才能跟上。我们买了几块带骨头的肉，我猜这就是葆拉说的牛小腿肉。然后我们去了隔壁的熟食店，葆拉从货架上数不清有多少种的萨拉米香肠里挑了几样，最后又买了一些白奶酪。

"现在我们回家吃饭，"她满意地点头说，"你可以和我一起给西葫芦花填馅。"

我们回到她家。"先去摘花，然后做馅。"她说。

"我去放一下手提包，"我说道，"然后就过来帮您。"

我拿着钥匙穿过花园，向小房子走去。门锁着，没有被动过的痕迹。我松了口气。进房间后立刻检查三样东西是否还藏在鞋里。我放下手提包，走出来回身锁上门。往窗户的位置瞄了一眼，忽然发现松软的土地上有一个大号靴印。今天早上就有吗？我不这么认为，可是我又不确定自己之前是否注意到了。也许是昨晚詹尼留下的？但我记得他的穿着相当考究——敞着领口的淡蓝色衬衫，黑色紧身裤。所以脚上肯定不是工匠或者干活的人穿的靴子。也就是说，我们不在家的时候，有人试图从那扇窗户向屋里窥探。

---

① 祈祷钟：罗马天主教堂在晨、午、晚会敲钟，提醒教友纪念耶稣降生救世的圣迹。

第二十一章　雨　果

1944 年 12 月

雨果的腿伤确实有所好转。尽管还是不能把重心放在那条腿上，但至少不会一直剧烈疼痛了，发烧也没有再反复。清晨，他起床试着练习拄拐走路。阳光透过断壁残垣照射进来，等他走到外面看着眼前的景色，立刻惊讶得停下来倒吸了一口气。就在他所处的下方，整个世界笼罩在一片白色雾气海洋中。只有教堂的钟楼露出一个尖顶，远处的山峰也只看得到山顶。这似乎是个四处搜索一番的好机会，因为他知道没人能从下面看到他。地面结着一层霜，他小心翼翼地挪动着身体，行走在残破的建筑周围，寻找任何可能用得上的东西。他找到一个煮饭的陶罐，另有一把勺子。最令人兴奋的是，他还翻出一个罐头。尽管看不出里面是什么，商品标签已经损毁了，但这让他有了坚持下去的动力。他把"战利品"塞进夹克，走到更远一些的地方"探险"。地上有只靴子从一大块砖石下面伸出来。或许另一只也在附近。对索菲亚来说，这玩意儿应该是个能用来交易的好东西。他用尽全力把大石块移到一边，紧接着发现原来那只靴子上还连着一条腿，顿时吓得往后一缩。自己几乎忘记了这里曾是被盟军轰炸过的德军炮台。肯定还有其他尸体埋在这儿。想到这一点，刚才的探险给他带来的那股幼稚的兴奋和快感荡然无存。

他小心翼翼地把"新宝贝"带回藏身之处，开始着手制作捕鸽子的陷阱。计划很简单：用一根木棍支住一个他从废墟里"抢救"出来的抽屉，棍子上绑一截降落伞绳，等待鸽子跑进去啄食他撒好的面包屑，然后扯动绳子扣住鸽子。他割断了一条降落伞绳，手里拿着刀，忽然想起索菲亚想要一些做内衣的材料。既然她给他带了铺盖，他也就不再需要降落伞了，于是他把降落伞切成一块块能用的形状，一想到她见到这些时的表情，他就满怀期待地笑了。

　　他设好陷阱，在地上撒了面包屑，然后退回到躲藏的地方。现在唯一能做的就是等待。一上午过去了。他尽量不让自己发出动静。一只鸽子拍打着翅膀飞过来两次，其中一次落在一根横梁上，但接着又飞走了。终于它还是落了陷阱附近。一点点向前走，低沉地发出咕咕的声音。雨果欣赏着它斑斓的羽毛，一时间甚至有些不忍杀死它，但终于还是把仁慈的想法从脑子里赶了出去。索菲亚需要肉，而他可以提供肉，就这么简单。鸽子一摇一摆地钻进抽屉下面，随即开始啄面包屑。他猛地一拉绳子。棍子飞了出来。抽屉哗啦一声拍在地上，鸽子被困住了。一切如他所愿。

　　他半爬半蹭地把身体移过去，接着掀起抽屉，伸手抓住鸽子。手拿出来的时候，鸽子用力扑腾着，挣扎着，但他还是扭断了它的脖子，鸽子瞬间歪倒不动。他盯着它看，意识到这是自己第一次徒手杀死任何一种生命。孩提时代的他已经懂得家附近的农场里养殖的猪和鸡最后会被杀死。而作为一名轰炸机飞行员，当他向车队和铁路货场投下炸弹时，肯定也会有人被炸死，但那是远距离的，不带个人情感的。而这次完全不同。鲜活的生命如此轻而易举地被终结，他为此感到震惊。但一想到索菲亚看到他为她所做的一切时脸上的表情，震惊立刻变成了期待。这是他第一次能够为她做些什么当作回报。

这个念头再次让他回忆起最初索菲亚看到丝质降落伞的兴奋劲。双重惊喜。这让雨果兴奋不已。他筋疲力尽地躺下，想要回忆自己曾经送给布兰达的礼物。她有对那些礼物感到过兴奋吗？在他们刚开始恋爱的时候，他为她画过肖像。她也非常喜欢。但后来呢？他怀着羞愧和不安的心情发现，他的礼物只是例行公事：随意挑选的昂贵的香水或一双高筒丝袜而已。假如有一天他们分开了，那既是她的错，也是他的错。

战后我一定会补偿她的，还有我们的儿子小泰迪。他想道。索菲亚怎么办？脑海中有个声音出现。再也不见她了？废话，他对自己强调。你不应该爱上索菲亚。尽管在你最需要帮助的时候，她表现得那么善良，但你才认识她最多几周时间。况且你身体虚弱又生了病。男人爱上他们的护士是很常见的……

他把这个想法抛到一边，直到那天晚上她来找他。索菲亚接过他递来的两份礼物，脸上洋溢着喜悦的光芒，他觉得心在融化——仿佛在寒冰中冻了太久，现在又回到了年轻时候的自己，回到了赞叹世界的美丽、对未来充满希望的自己。

"一只鸽子，"她说，"你是怎么抓到的？"

"很简单，真的。我设了个陷阱。鸽子来了，中了圈套。"他咧嘴一笑，"希望它还有兄弟姐妹。"

"我可以把它炖了，做一锅好汤。"她说，"我的儿子伦佐最近看起来很虚弱。他嗓子疼，不停地咳嗽。这对他有好处。对你也是。"

"不，"他语带坚持，"全部留给伦佐、祖母和你自己。这是个礼物。"

　　"别胡说，"她说，"我们都要分享这份恩赐。"

　　然后她用手指抚摸着裁好的降落伞布。"这么柔软。真是太奢侈了，"她说，"我要用它做最好的衬裙和内裤。"她把布举到脸上，微笑着对他说，"可惜我做完衣服以后，不太方便给你看。"现在她的表情绝对是在调情。

　　"主要是现在太冷了。"他指出这一点，她笑了。

　　"这倒也是。"然后她开始思索。"或许我可以用这些丝绸来交换我们需要的东西，比如更多的橄榄油。我知道贝纳迪尼家的地下室里藏着几罐。吉娜·贝纳迪尼喜欢这种好东西……"她停下来，抬头看着他，"你觉得怎么样？"

　　"他们会发现布是降落伞上裁下来的，进而他们会知道我的存在。"

　　"但如果我告诉他们是在森林里捡到的降落伞呢？"

　　"那他们就会知道有个人逃到这个区域了，有人会告诉德国人，德国人会来找我。"

　　她叹了口气，"你是对的，我不能冒这个险。"随即又高兴起来，"但等盟军来到这里，德国人最终离开时，我们还是要进行物物交换的，我会留一些布料，以防万一。"

　　雨果吃完了她拿来的玉米糊和橄榄酱，把包裹用的布还给了她。她把布折好，然后抬起头说："你时常想你的妻子吗？就像我一直在思念我的圭多一样？"

　　"不，"他说，"恐怕我并没有，不够时常，完全不够。"

　　"你的婚姻不幸福吗？"

"我想应该算不上幸福。其实我和她性格大相径庭。我们是在佛罗伦萨上学时认识的。如果在英国，我可能永远不会认识她。我出生在一个贵族家庭，而她的家庭，嗯，这么说吧，属于中下阶层。她父亲在一家银行工作，只是一名雇员。这当然没什么错，可我们永远不会有交集，但我们都热爱艺术。她长得很漂亮，腿很美。她喜欢享乐，喜欢出去跳舞和喝酒。我想我们两个之所以在一起，是因为我们都作为异乡人生活在一个陌生的国度。"他停下来看着她，想让她理解话中的含义。"我本以为在结束佛罗伦萨一年的学习之后，我们会分道扬镳，但那时我们太年轻，很多事情没有经验。布兰达告诉我她怀孕了，于是我做了该做的事情——娶了她。我们在伦敦生活了一段时间。我开始画画，在一家画廊工作。然后孩子出生了。一切都还顺利。"

"之后呢？"她问道，"发生了什么事吗？"

"之后我父亲的身体每况愈下。你知道，他在一战的时候中了毒气。他把我叫回家，说需要我回到兰利，因为他不能再经营庄园了。所以我带着布兰达和孩子住在乡下那所大房子里。但她从来都不喜欢。那里远离城市的灯红酒绿和生活乐趣。她从来没有和我父亲和睦相处过。"

"那么等这次你回家以后怎么办呢？"

"我也不知道，"他说，"走一步看一步吧。"

"至少她喜欢艺术。这是件好事。"

"给我讲讲你的艺术作品和研究吧。我很想多了解一点。"

"现在就算了。你需要睡觉，回家吧。"他说。

"哦，但我喜欢听关于艺术的东西。"她说，"你知道，我们生活在一个充满伟大艺术的国度。米开朗琪罗、达·芬奇、安吉利科^①、波提切利^②。"

这令他感到惊讶。他怀疑在英国，没有哪个乡下姑娘能一口气说出这么多本土画家的名字。

"你了解艺术？"

她耸着肩道："这些大师的作品就在我们的教堂里。战前有一次我参加学校组织的旅行去了佛罗伦萨的教堂。真不敢相信有人能画出如此令人着迷的东西。对了，还有雕塑，你看过米开朗琪罗的《大卫》吗？修女不让我们看，因为他光着身子。但是他很美，不是吗？"

"这么说你还是看了？"他莞尔一笑。

她有些尴尬地笑了笑，"我只是在学习伟大的艺术，这并没有罪。你画过裸体吗？"

他又笑了起来，"恐怕没有。我画过的作品里人们都穿着衣服。"

"我希望能看到你的画。"她说，"如果我能给你找一些颜料和纸，你可以画这里的风景。这儿很美，不是吗？"

"是的，"他表示同意，"但颜料和纸不是现在我们该考虑的。"他握住她的手，她默许了。"你真的应该走了，"他说，"如果睡眠不足，你会生病的。"

"祖母说我最近变得越来越懒了，因为我直到早晨7点才睡醒。"她说道，"她总是5点钟起床。过去也一直如此。她已经81岁了，仍然想去田里帮忙。她一直想说服我带她一起去摘萝卜，

---

① 弗拉·安吉利科：意大利文艺复兴早期画家。只为教堂作画，且只画宗教题材画。他的作品将哥特艺术晚期的优雅和装饰与文艺复兴时期的光线和空间渲染技术结合在一起。

② 桑德罗·波提切利：文艺复兴早期佛罗伦萨画派的最后一位画家。是意大利肖像画的先驱者。

说她待在家里无所事事觉得自己很没用。"

"已经到了收获萝卜的季节吗？"

"快到了。就在圣诞节前。这再好不过。或许我可以用萝卜交换节日需要的东西。和往日不同了，以前这个时节我们已经在忙着烘焙了。而现在，哪怕能吃上烤栗子蛋糕就很幸运了。没有干果，没有奶油，没有黄油，也许连肉都吃不上，真是个悲惨的节日。"

"让我们期待这将是打败德国人前过的最后一个悲惨的节日。"

索菲亚画了个十字。"希望如你所愿。"她说。

第二十二章　乔安娜

1973 年 6 月

地上的靴子印其实很容易解释，我想道。很明显是两名宪兵想在犯罪现场寻找线索。他们可能在我房间外的窗户上撒了指纹粉。但万一这不是警方搜查留下的痕迹，那一定是有人在监视房子，并且看见我从这儿离开了。我紧张地四下查看，直到听见葆拉招呼安吉丽娜去拿一个大碗的声音，这才松了口气。于是赶忙跑到葆拉身边，她给我演示了如何挑选西葫芦花以及怎样采摘它们才能确保茎完好无损。之后，她又砍掉一些朝鲜蓟，挖了几个萝卜，最后挑了几个成熟的西红柿。然后在香草料附近停步，摘下各种各样的叶子，我一个也认不出来，不过她把它们交给我拿着时，确实能闻到味道很冲。然后我们走回农舍。我发现自己一直在到处张望，想确认有没有被监视。三个人边走边聊，我和葆拉告诉安吉丽娜不久前在宪兵队的遭遇，以及镇上的人都说了些什么。

"你看，我是对的。"安吉丽娜说，"我告诉过你们，都是因为詹尼和坏人在一起厮混，他总喜欢在危险边缘试探。这就是他被杀的原因。"

"可为什么偏偏要挑咱们家的井呢？这才是我想知道的。"葆拉说，"为什么不在詹尼自己的地盘上杀了他呢？那里更偏远，而且在树林里行凶不容易被发现。为什么凶手不跟着他回去呢？"

"也许詹尼看见有人跟踪他。也许他反抗了，凶手不得不匆忙杀人。"安吉丽娜耸耸肩，"妈妈，我们吃饭吧。我饿了，我相信乔安娜女士也饿了。"

"那你就快去收拾桌子，切好面包。"葆拉说着快步走到我们前面，迈步进了凉爽的厨房。然后她拿出意大利腊肠和白奶酪，又把萝卜洗干净。接着身子转向我。"乔安娜，如果你想学习我们是怎么填西葫芦花馅的，现在要注意咯。"

我看着她把几块白奶酪放进碗里切碎，放上一点现在回想起来应该是薄荷的香草料，之后在上面洒满磨碎的柠檬皮。然后拿出一把勺子，小心翼翼地把这种馅塞进每一朵花里。最后舀了一勺橄榄油淋在平底锅上，点燃锅下的煤气。

"现在该做面糊了。"她说着把鸡蛋打到面粉里，搅匀，加水。接着拿起一朵西葫芦花蘸上面糊。油吱吱冒响的时候，她把花放进锅里，剩下的也一个接一个重复刚才的步骤，然后等了一会儿再把西葫芦花翻个面，等到它们变脆了再夹出来。

"我打算今晚朝鲜蓟也这么煎着吃，"她说，"这些东西做完了就要趁热吃。"

我们三个人坐在桌旁。面包和西红柿片一起被递到我面前，西红柿片上浇着浓浓的甜醋。我吃了人生第一口西葫芦花。

"非常美味。"我说，这时候真希望自己的意大利语赞美词汇能更丰富些。我们默默地吃了一小会儿，直到安吉丽娜听见孩子的哭声，她赶忙站起来走过去抱住她。"今天喂了她两次奶，中间睡了三个小时。这是个好兆头，对吗妈妈？"

"是的，她的确变得越来越健康了。"葆拉说，"我想现在我们可以有把握地说，孩子的命保住了。"

吃完甜杏饭，这一餐结束了。

"现在，我们都去眯一会儿，然后去摘蔬菜，把明天要用的东西装上车。"葆拉对我说："我想你也累了，我亲爱的。"

我不敢让葆拉和安吉丽娜留我自己一个人去睡觉。

"我还不累，"我说道，"我想坐在前廊的阴凉处看会儿书。"

"如你所愿。至于我嘛，得去打个盹了。"

我走到前廊，在树荫下的长凳上坐好。天气凉爽而宁静。蜜蜂围着茉莉花嗡嗡作响。麻雀在尘土里跳来跳去，叽叽喳喳。远处有一头驴子在嘶鸣。但我始终不能读进去书或是放松心情。我发现自己不时从书本上抬起头来，双眼盯着沿村子蜿蜒而下的小路。我试图搞清楚究竟发生了什么事。在圣萨尔瓦多，似乎没有人见过我父亲，甚至没人认识他。然而詹尼却在想办法和我独处，打算告诉我一些重要的事情，一些他担心自己生命安全而一直隐瞒到现在的事情。

还有那个"漂亮男孩"，父亲把他藏在只有他自己和索菲亚才能找到的地方。而唯一能对号入座的男孩伦佐却根本不记得自己被藏起来过，也不记得我父亲。并且要说他是父亲的孩子，年纪确实也太大了吧。我在想索菲亚是不是对父亲隐瞒了自己怀孕的事。可是在一个有这么多好事之徒的村子里，这可能吗？伦佐当时只有3岁，也许不会注意到母亲身材的变化，但其他女人会。并且最大的问题是：假如父亲在这地方待的时间长到足以坠入爱河，并且真的有了一个孩子，那么他自己能藏在哪儿呢？索菲亚家吗？可伦佐说过当时有一名德国军官住在他们家。这样的话肯定有人见过父亲，根本说不通。实际上，对我来说，最合乎正常人逻辑的做法是尽快离开这个地方。如果索菲亚·巴托利已经和德国人私奔，并且伤透了父亲的心，那我也不想再去了解她什么了。

这个下午平安无事地过去了。葆拉从午睡中醒来，然后我们去了花园摘菜。太阳落山的时候，我们已经把放在木制托盘里的蔬菜装满了平板车，做好了明早送到市场的准备。我看着身边的手推车，想知道我们是不是还要把它拉上山去。这看起来是个相当"沉重"的工作。葆拉把手推车放在房子旁边的阴凉处。"明天早上卡洛会来取的，"她说道，"现在我们该开饭了。"

晚餐是从一种叫马苏里拉的圆形白色而闪着光亮的奶酪球开始的，搭配着西红柿片和新鲜的绿色罗勒。然后是炸朝鲜蓟。我发现这东西有点嚼不烂，不像西葫芦花那么好吃。不过主菜是用醇厚的葡萄酒调味过的小牛肉排骨——嗯，那味道真是太棒了。

吃过饭，我们坐下来聊了会儿天，直到我鼓起勇气回到我的房间。尽管不想恳求葆拉陪着我，但我还是忍不住开口道："我们不会有什么危险吧，对吗？我的意思是，毕竟有一个男人被杀了，而且就在我房间旁边。"

葆拉笑着摇摇头，"你不会有危险，我的孩子。你和这个人没有任何关系，我也没有。他的结局确实很悲惨，但这很可能是他咎由自取。别担心。"她搂住我的肩膀，和我一起走向那所小房子。我进门后立刻上了锁。尽管如此还是觉得难以入睡。想象着有人试图从窗外的护栏冲进来，甚至在我睡着的时候拿着手枪朝我开一枪。房间里又热又闷，但我还是关上了百叶窗和玻璃窗，最后终于在一个几乎没有空气流通的环境下睡着了。

我被喊叫声惊醒，吓得从床上蹿了下来，心怦怦直跳。天色还不太亮，脑袋隐隐作痛，像是喝了太多酒。我打开门，发现外面的吵闹声是一个男人开着一辆拖拉机来了，正在把葆拉装蔬菜的平板车挂上去，而葆拉一边挥舞着手臂一边大喊着指挥。我匆匆穿好衣服，走过去和他们碰面。

"我们吵醒你了吗，小家伙儿？"她说，"我很抱歉。你再去睡一会儿，等一下再来找我。我现在得到镇子里去摆摊，不过我把咖啡和面包给你留在桌上了。如果你愿意和我一起去，那就收拾一下上来。浴室随时可以用，如果还需要什么，等一下安吉丽娜也该醒了。"

我意识到自己跑出来的时候没有把门锁上，于是匆忙跑了回去。看上去没有东西被动过。我带上了洗漱包、毛巾和今天要穿的干净衣服。这一次，在泡澡和去吃早餐之前，我确认自己小心翼翼地锁好了门。我正吃着东西，安吉丽娜出现了，睡意蒙眬地揉着眼睛。

"当一个母亲真不容易。"她说道，"孩子哭闹了一整夜，每两个小时就要喂一次奶。看来你把精力放在事业上而不是选择婚姻是明智的。我真希望那时候能好好学习，而不是被马里奥迷得神魂颠倒。"她停顿了一下，露出渴望的表情，"但是他真的很英俊。"

"他不在的时候，你一定很想他。"

她点点头，"当然。但他去工作也是为了我们，这样我们就能存下一些钱，也许还能做点小生意。我很期待那一天的到来。"

"你有妈妈帮忙真的太幸福了。"

"是的，尽管她有时态度强硬，总是就如何照顾孩子而对我说教。你知道，她那一套已经过时了。但她从不肯听我在书上读到的新思想。"

"至少她陪伴在你身边，"我说，"我至今都在想念我的母亲。她和你妈妈一样是个善良的人，把我和爸爸照顾得很好。"

"你没有兄弟姐妹？"

我摇摇头，"我出生的时候，妈妈已经四十多岁了。我的父母都是晚婚。她从来没有想过自己还能有一个孩子，我的到来让她非常惊喜。她说我是她的小奇迹。"

"我还有个哥哥，"安吉丽娜说，"但他在婴儿时期就去世了。得了小儿麻痹症，你知道那种病吧？太令人难过了。生命总是充满了悲伤，不是吗？我妈妈到现在还会为我爸爸的离去而哭泣。"

"是的，"我表示同意，"生活的确充满了悲伤。但你现在有了一个可以逗你开心的宝宝。"

"如果她不会整晚都闹着吃奶的话。"安吉利娜说。我们俩都笑了。

"我答应了你母亲要去广场帮她。"我说道。没过多久我就动身上山了。早晨天气凉爽，几朵白云从西边涌来。也许是要阴天了。路上没有遇到任何人，不得不承认，我几乎是跑着穿过的地下通道，但当我到了镇子里的广场时，没想到这么一大早那里竟然如此热闹。葆拉已经做上了一笔生意，见到我来她显得很高兴。

"啊，你来啦。"她说，"我要给你安排工作咯。这个篮子里的杏再装一些过来。还有这边的西红柿也装一点。另外要确保罗勒不会被阳光照到，不然会晒蔫的。"

我全部照她说的做了。

"对了，我答应了要给小酒馆送芹菜。"

"我替你去吧。"我自告奋勇。

她摇摇头，"不用，我最好自己去一趟。我得知道他们明天过节大概都需要什么。"

"节日？"

她笑了。"一个宗教节日，基督圣体节①。在我们这儿会有一个盛大的游行，然后在这个广场上举行宴会，每个人都带食物来分享。我相信你会喜欢的。"

　　说完她离开了。其实我有点紧张，怕自己听不懂顾客的表达，但等了好几分钟都没有人来。正在我把一托盘西红柿移开太阳直晒的地方的时候，看见一个人影向这边走来。我抬起头，原来是伦佐。

　　"哦，是你，"他用英语说道，"你怎么还在这里？"

　　"宪兵不允许我离开。"我回答。

　　"这不是葆拉的摊位吗？"他环顾一圈，问道，"她在哪儿？"

　　"她给餐馆送芹菜去了，"我说，"需要我做些什么吗？"

　　"嗯，我想是的。我需要你这儿所有的西红柿、罗勒和洋葱，另外有大蒜吗？我还需要很多大蒜。"

　　"你是有多饿呀。"我说道，想要调侃他一下。

　　"明天是宗教庆典，"他并没有笑，"我父亲会犒劳所有工人。他会用烤叉烤羔羊肉，我的任务是给羔羊肉配上沙拉和意大利面。"

　　"他有很多工人吗？"我问。

　　"他有很多地产，"伦佐说，"橄榄园，葡萄园，橄榄油加工厂。他是个有钱人。"

　　"你会继承所有财产吗？"我问道，"你没有兄弟姐妹吗？"

　　"父亲从未结过婚，"他说，"他只告诉我，他爱的姑娘不爱他，而他也不想和别人在一起。这样的真爱应该受到赞扬，你说是不是？"

---

① 基督圣体节：又称"耶稣圣体瞻"，天主教规定恭敬"耶稣圣体"的节日。天主教认为经过祝圣后的饼和酒，虽然在可见的物质属性上未变，实体却已在质料和形式上都神秘地变成了耶稣的身体和血。

　　"嗯，我想是的。"我略带迟疑地说，"但我不认同，如果得不到想要的那个人，我会选择孤独一生。"听到自己说出这句话，我也有点惊讶。这是不是意味着我已经准备好离开阿德里安了，也许那条黑暗的尽头会有一线光明？我抬头瞥了伦佐一眼。"所以当你想要结婚的时候，你一定得选一个愿意生活在这里的女孩，否则柯希莫将孤独终老。"

　　他脸上现出一言难尽的复杂表情。"是的，"他说，"未来的妻子必须愿意成为我在这里生活的一部分。但这并不容易。谁会想一直把自己困在乡下呢？"

　　"这里很美。"我说。

　　"或许吧。"

　　"你梦想成为一名主厨，"我说，"但你为了照顾你的养父而放弃了梦想，这一点值得称赞。我非常后悔让父亲孤独地离开这个世界。""你父亲去世了？""一个月前去世的。这就是我为什么会出现在这里，因为我想知道他在战争年代发生了什么事。""很抱歉我们帮不上忙。"这时他换了一种更客气的语气说话。一个男人走近摊位，我们停止了交谈。"抱歉，"我对伦佐说，"我得先招呼这个客人了，为了葆拉。但愿我能听懂他说什么。你们的本地方言对我来说有点难。"面前的男人穿着浅色西装，留着醒目的黑色胡子。

　　"你是兰利女士吗？"他问道。"是的，先生。""麻烦你跟我来一下。我是卢卡区刑事调查部的督察多泰利。我需要跟你了解一些关于詹尼·马蒂内利被谋杀的情况。"

第二十三章　乔安娜

1973 年 6 月

我尽量不让自己露出惊慌的表情，赶忙用半吊子的意大利语回答道："但我已经做过笔录了，我把我看到的一切都告诉那个宪兵了。"

督察摊开双手。"那只是走个过场，"他说道，"你得跟我到警察局去一趟。"

"可我在替罗西尼夫人照看摊位，"我赶忙解释，"在她回来之前我不能离开。"

"这个男人可以替你照看。"他说着，不屑一顾地朝伦佐招了招手。

"他只是我们的一个大客户，在为明天的宴会采购蔬菜。"我回答道，发现自己的脸因为尴尬而涨得通红。"我没有理由让他把时间浪费在这里。"我结结巴巴地说着意大利语，心里很慌乱。"况且我也不知道如何回答你的问题，"我补充道，"我只会说一点意大利语。我是从英国来的游客。"

"但是你刚才就在和这个人交谈。我看到了。"督察指责地摇了摇手指。他在讲话时用了很多手势。

"那是因为我们说的是英语，"我说，"这个人以前在伦敦工作。"

"那就让他和你一起来，当你的翻译。"督察说。

"我还有事情需要处理，"伦佐冷冷地说，"没有时间。"

"我不是在征求你们的许可。"督察说，"这是警方的命令。应该不会太久。"他抬起头，"啊，正好这位女士回来了。好了，你们跟我来吧。"

葆拉向我们跑过来，表情像是随时准备战斗。"怎么回事？发生了什么？"她问道。

"这位从卢卡来的督察，"我对督察点着头说道，"他想询问我一些问题。"

"我们已经对宪兵讲述了所知道的一切。"葆拉说，"这位年轻的女士对这里很陌生。她帮不了你，我也不希望她不开心。"

"她不会不开心的，只要她好好回答我的问题并告诉我真相。来，跟我来。今天是星期六，我和你们一样希望这件事能尽快得到解决。"

说完，他把手搭在我胳膊肘上，就这么拽着我穿过广场到了市政大楼。我回头瞥了伦佐一眼，他还在和葆拉交谈，大概是预留采购的东西。伦佐一边跟着我们走向昏暗的门口，一边仍在对她嘱咐着。督察仅仅挥了挥手，一名年轻的宪兵就被赶出了他的办公桌。接着督察坐在了那个位置。

"你留下来帮我做笔录，"督察对正要从房间里溜出去的宪兵说，"给这位女士搬把椅子来，你坐在我旁边。"

年轻人搬着一把椅子回来了，然后在督察旁边坐了下来，看上去有些不自在。伦佐没有椅子坐。他站在我后面。我现在不仅感到尴尬，而且有点害怕。我看到了伦佐对我轻视的表情。万一他翻译错我的回答，让我看起来像是杀了詹尼的凶手呢？我的心脏怦怦地跳。

"现在，"督察员开始说道，"你的姓名、居住地和来这里的理由。"

我回头望着伦佐，想给大家一种我根本听不明白这些简单话语的印象。然后缓慢说出了我的名字和居住地。"我之所以来这里，是因为我父亲是一名英国飞行员。他的飞机在战争中被击落在这附近，我想亲眼看看那个地方。"

伦佐翻译了我的话。督察听完点点头。

"你什么时候到这个镇子里的？"

"就在两天前。"其实我心里感觉时间要久得多。

"你就是发现詹尼·马蒂内利尸体的人？"

"我和罗西尼夫人一起发现了尸体。"我说道，"我睡在她花园尽头的小房子里。房间后面的井就是负责供水的。当时我想冲个澡，但是没有水。于是我找到夫人并告诉她。之后我们一起掀开沉重的井盖，看到了尸体。我们俩都尖叫起来，非常害怕。"

督察听完伦佐的翻译，然后看着年轻的警察记录。接着抬头看向我。"然后你们做了什么？"

"我们让罗西尼夫人的女儿去请宪兵。他们来后把尸体从井里搬了出来。那不是一件容易的事。有人把他的身体头朝下按进了井口，他保持着那个姿势掉进水里了。太可怕了。"

"他们把那个人弄出来的时候，你认出他了吗？"

"是的，"我说，"我头天晚上见过他。"

"噢。这么说你认识他？"

"我不认识。我只知道他是广场上围坐在餐馆桌旁的人之一。我询问过他们是否记得我的父亲，但他们一个也不记得。"

"这就是全部经过吗？"

"是的，"我说道，"那是我唯一一次见到这个人。"

这时督察脸上露出一个讨人嫌的得意笑容。"这和我听到的可不太一样，"他说，"我听说詹尼对你很感兴趣，他还和你调情来着，想带你去看他的农场。"

伦佐在翻译的时候也显得很尴尬。

"他只是出于友好。"我说，"因为我告诉那些人，我想四处逛逛，这个詹尼，主动提出给我看他是怎么做奶酪的。"

"怎么做奶酪的？他们现在管约会的叫这个了吗？"督察看着年轻的宪兵，咯咯地笑了。

我的不安终于变成了愤怒。"督察先生，我和他们所有人坐在同一张桌子旁边。他们笑着说我应该提防詹尼，于是我意识到他可能不值得信任。所以当他提出送我回家时，我拒绝了。幸运的是，另一个叫阿尔贝托的人说他可以送我，因为他回家的路会经过葆拉的农场。"

"那是你最后一次见到詹尼吗？"

"唯一的一次。"

一段长时间的沉默，督察始终盯着我。"告诉我，兰利女士。在你们国家，一个女孩独自走向坐满男人的桌子，接受他们喝一杯的邀请，这正常吗？这是可以接受的行为吗？"

"首先，我不是女孩了。我今年25岁，即将参加律师考试。"我能感觉到他对"律师"这个词有一点反应。"其次，"我继续说，"我需要了解我父亲的情况，我觉得在镇子的广场上与人交流很安全。我接受了喝一杯酒的邀请，是因为贸然拒绝是不礼貌的。"

"然后呢？"

"然后我就走回家了。我已经告诉过你了，一个叫阿尔贝托的人主动提出送我，因为他要经过我住的农舍。天快黑了，我接受了他的提议。他送我回到农舍前门。我谢过他后就走进去和罗西尼夫人还有她的女儿共进晚餐。晚餐后我就去睡觉了。我能告诉你的只有这些了。"

"在那之后你什么也没听到吗？一个人被杀了，推到井里，你什么都没听到？我觉得很奇怪。几乎难以置信。"

"因为我喝了红酒。"我说，"我不常喝酒，所以一定睡得很沉。"

督察发出笑声，笑得直咳嗽。"你知道我是怎么想的吗？"他说，"我认为詹尼被你迷住了。一个来自遥远城市的年轻女士，也许和我们当地的女孩有着不同的人生观。他大概听说过伦敦姑娘和她们放荡的生活方式。他想征服你，于是那天晚上他到你的房间来找你。也许他还想强迫你，你拒绝了。用石头打了他，他被打昏了，然后你被自己的举动吓坏了，于是把他的尸体藏在井里。"

"荒谬至极。"我说，抬头盯着伦佐，示意他为我翻译。"首先，如果詹尼真的已经在对我用强，我根本没有强壮到有力气去打他的头。"

"好吧，那我们这样假设吧，你把他推开了。对一个正直的年轻女子来说，这是值得称赞的行为。结果他绊了一下，向后跌倒，头撞在石头上。不是蓄意杀人，而是出于自卫。可以理解。任何陪审团都会看出你是在捍卫自己的清誉。"说完他又停顿了一下。

"但这根本不是实情，"我辩解道，"我怎么可能把他的尸体丢到井里呢？我已经说过了，我不够强壮，我一个人连井盖都掀不起来。"

"所以你接受了夫人的帮助。"他又伸出手指对我摇了摇，"你们一起把这个可怜人推到井里淹死了。"

伦佐翻译的时候，我深吸了一口气，努力保持冷静和理智。"如果我像你说的那样，把尸体塞进井里，还会在早上告诉夫人我没有洗澡水吗？还会揭开盖子，发现尸体，然后去叫宪兵吗？不，我会对尸体的事保持沉默。我会离开小镇，搭上第一趟回英国的火车，等到有人发现尸体的时候，我早已经不见了。"

督察听着我这段话被伦佐译成了意大利语。我意识到自己在说话时也挥动着手臂，就像真正的意大利人那样。这时候伦佐的表情有点奇怪。接着他说："督察先生，我不能在这地方浪费时间了。我还有事要处理，请您谅解。很明显这位年轻女士没有杀死詹尼。"

"那你告诉我，"督察说道，"为什么在井边发现的一块大石头上会有她的指纹呢？回答我这个问题。"

"我可以回答，"我赶忙说道，不等伦佐翻译。"那块石头是压在井盖上的。那时候我想打开井盖，就先把它拿了下来。"

"啊，原来你会说意大利语。"督察说。

"但还不足以表达我的真正意思，"我回答，"而且人们说话太快我听不懂。"

"这个问题我们留到下个星期解决。"督察说道，"我不相信她是无辜的。我还要再询问罗西尼女士。她可能是犯罪同伙。如果她犯了罪，我会有办法让她招供的。我们需要做更多考量，询问更多的证人。整个地区都要搜查，寻找线索和指纹。不过女士，我会善待你的，不会带你去卢卡的监狱。我允许你留在这个镇上，直到我们弄清这宗罪行的真相之前你不准离开，明白了吗？"

我只好点头。

"很好。你们现在可以走了。"他挥手让我们离开房间。

再次从昏暗走进明亮的白天，我突然感觉到手腕被猛地抓住。我吓得倒吸了一口气，挣扎着抬头看向攻击我的人。竟然是伦佐。他瞪眼看着我，脸上带着愤怒的表情。

"你从哪儿弄来的戒指？"他问道，"你抢劫了我的房子吗？"

我低头看向被抓住的手。"这是我的图章戒指，"我说，"我的家族徽章。我父亲送给我的 21 岁生日礼物。"

"不，你错了，"伦佐喊道，"这是我的家族徽章。我的家族！一定是你父亲在这儿的时候偷的。"

"你完全在胡扯！"我的恐惧和愤怒交织在一起，吼了出来。"你好好看看上面的纹章。那是狮鹫。在我家兰利庄园的正门上也刻着同样的纹章。公元 1600 年就开始代表我的家族了。"

这一刻我从他脸上看出动摇的神色。"但我家里也有一枚一模一样的戒指。"他说，"而且是男人戴的戒指，在我母亲的遗物中找到的。柯希莫告诉我，这是我亲生父亲的家族。巴托利家族。他说我应该为我们曾经是贵族而感到骄傲。"

"只能说柯希莫搞错了。"这时候我意识到也许柯希莫并不知道真相，不知道关于我父亲的事。不过我现在非常激动。因为这就是我父亲来过这里的确凿证据——戒指足以证明他认识索菲亚。我抬头盯着伦佐的脸，他现在正困惑地皱着眉头。"我想这一定是我父亲当作爱情的信物送给你母亲的。现在我们知道他确实来过这里，并且认识你母亲。你确定自己不记得他了吗？一个英国人，浅棕色头发，蓝眼睛，身材像我一样瘦？"

他摇摇头。"我从没见过他。"他说，"你凭什么断定他认识我母亲？你究竟因为什么来到这儿？"

"你看啊，戒指就是证据，不是吗？另外我还有一封我父亲写给她的信，一封情书。他告诉她，战争一结束他就会回来找她。他要娶她。"我停顿了一会儿，体会着自己说话时的激动情绪。"但信被原封不动地退回来了。信封上贴着：'查无此地，退回原处'。这些年来，他一直把它锁在一个小盒子里。"

"可她跟德国人走了，"他说，"她没有选择等你父亲。"

我点点头，几乎要哭出来。我们站在明媚的阳光下，凝视着对方。

"也就是说，你的父亲和我，我们都被她抛弃了。"

第二十四章　乔安娜

1973 年 6 月

听到葆拉的招呼声，我们抬起头来。

"你的西红柿准备好了，巴托利先生。你有车来运走它们吗？"

"我待会儿派几个人过来。"伦佐说，"我先把钱给你。麻烦你把它们放到阴凉的地方。"

他掏出钱包，递上几张钞票。葆拉满脸笑容，"你真是太大方了。"

我把头转向伦佐，"谢谢你帮我翻译。要不是你，我不可能顺利做完笔录。"

"别放在心上，"他说，"我相信督察心里清楚你是完全无辜的。有时候这些人就是喜欢显摆他们的权力，也可能他只是想偷懒，所以把火力瞄向最明显的犯罪嫌疑人。我会和柯希莫谈谈，让他会确保你被放行。我父亲在这地方有很大的影响力。"

"你觉得这个人到底为什么被杀了？"我忍不住问道。

伦佐耸耸肩，"我大概能猜到原因。他和不该打交道的人厮混在一起了，他喜欢把鼻子伸向不该闻的地方。或许是他偷听到了什么不该听的事。甚至有可能他想敲诈谁。我不会忘了他做过什么的。"

我告诉自己应该闭嘴了，但还是忍不住继续说了下去："我知道他还想搞自己的榨油厂。会是有人想阻止他那样做吗？"

伦佐摇摇头，"这只是詹尼众多的'伟大志向'之一。但永远不会发生。所有人都知道柯希莫的设备是这片土地上最现代化、最高效的榨油机。有什么必要再搞一个呢？尤其是像詹尼这样的人，肯定会偷工减料，弄出劣质产品。即使一开始有人借钱给他，也一定会不断出纰漏。"伦佐向我微微欠了欠身，"我得回去忙活了，已经迟到了。或许明天能在庆典上见到你？你应该来看看。我相信你会喜欢的。这是个相当'非英式'的庆典！"说完，他笑着转身离去。

我看着他的身影离开。真是个有魅力的男人，我想道。然后立刻提醒自己他是柯希莫的养子。他很可能清楚是谁杀了詹尼。假如柯希莫想要阻止别人搞榨油机，肯定有足够的人手来执行他的命令……包括他的儿子。我告诉自己，你不能忽略伦佐也参与了谋杀的可能性。

伦佐走到广场另一边，停下来和一个男人交谈，而我去了葆拉的摊位。詹尼的死也许根本与榨橄榄油机这件事无关，我理智地对自己说。他曾试图单独和我交谈。大概想告诉我那时候的真相，一定和索菲亚有关。是他把信封从我的窗口塞了进去，然而有人跟踪并杀害了他。战争时期这里发生了一些事，大概跟那块血渍和那张德国钞票有关。

我一整天都和葆拉待在货摊上，最后帮她把木箱和剩下的蔬菜收拾好。她看起来很高兴。"多亏了柯希莫和伦佐，差不多都卖出去了。现在我们一个星期都不用喝蔬菜汤啦！"

我们一起走回家。其实用"回家"这个词来形容有点奇怪，但给我的感觉真的像是走在回家的路上。

"那个蠢货督察，"她说道，"我们这种地方的警察有时候就是这样，他们不想对任何牵扯到'阴暗世界'或是太过复杂的事情刨根问底，总想着把罪行归咎于最无辜的人。他很清楚詹尼参与了犯罪活动，毫无疑问他想避免牵扯到任何帮派。但别担心，"她补充道，"这件事不会有坏结果的。我向你保证，你很快就可以离开了。在剩下的这段时间里，我要教你做一手意大利好菜，这样等你有了丈夫，就能让他心满意足啦。"

不管怎样，我得承认这句话把我逗笑了。

"给我讲讲战争期间的事吧，"我小心试探，"这附近传出过什么丑闻吗？比如有人给德国人当狗腿子？"

"我之前跟你讲过的，那时候我不在这里。"她说道，"我是在德国人离开后才回来的。当然，我听人们讲过许多可怕的故事。年轻女孩被侵犯。整个村庄被屠杀，因为德国人相信他们帮助了游击队。"

"游击队到底是干什么的？"我问。

"是个勇敢的反侵略组织，"她说，"倒也不算真正的组织，只能说是在各自居住的地区进行游击活动的小型独立团体。有些是法西斯分子，有些是共产主义者，有些是退役士兵，还有一些只是想为赢得战争而出力的善良人。他们摧毁了卡车，炸断了铁路线。做了很多勇敢的事情，很多人为此付出了生命。"

"这么说，这里也有这样一伙人？"

"有。直到他们当中出了叛徒，整个组织都被德国人干掉了。那时候柯希莫还是个小伙子。他也是其中之一。但他很幸运，子弹只擦过他的身体。可他不得不躺在尸体堆里装死，德国人就那么举着刺刀从他们中间走过去。第二天，他跟跟跄跄地回到家，浑身是血，悲愤交加。圣萨尔瓦多的村民很幸运，他们没有像其他城镇那样遭到处决报复。”

“这里的村民也知道游击队员是谁？”我问，“那些人的身份不是应该保密吗？”

“当然要保密。但其实人们一直知道。他们被德国人追捕时，附近的农民会把他们藏起来。等他们要离开家的时候，也会有人来为他们补给。有时他们会戴上一颗小星星的标志，这样大家就能确认这个人是不是他口中自称的‘干那个的’。所以是的，人们一直知道。”

人们知道，我开始思考。他们中间有人把自己人出卖给了德国人。为什么这么做？谁会从中获利？这也关乎谁能被德国人在关键时刻放一马，因为他提供了这些信息。我回想起那群围坐在餐馆外桌旁的男人，不知道如何才能弄清楚他们究竟知道点什么。

我们回到农舍，把箱子码放好，葆拉去睡午觉了。其实我也想睡一觉，但我实在太紧张了。于是和正在照顾孩子的安吉丽娜坐到一起。

“你想抱一会儿她吗？”她突然问道，“给。”

小婴儿被捧到我的怀里。我感受着这个小小的、温暖的身体，看上去这么小的孩子竟然重得出乎意料。太完美了，我想道。一个完美的小生命。她抬起眼皮，睁着一双黑色的小眼睛，饶有兴趣地盯着我看。

“你好呀，”我说道，“你不认识我，对不对？”

那一刻，我猜我捕捉到了她的微笑。

“她真漂亮。”我说。

“可不是吗？史上最完美的宝宝。”安吉丽娜说，“她是个早产儿，人们都说她可能坚持不了多久。但我每天都会祈祷。向圣安妮和圣母祈祷，她们一定听到了我的声音。现在，看看她。吃着我健康的奶水，一天比一天胖。马里奥回家以后见到她一定很开心。"

我低头看向怀里的小不点儿，她已经睡着了，眼皮一眨一眨的。我一个人真的做不到。我想到自己，要抚养一个孩子，需要一个回到家开开心心的"马里奥"，需要一个能照顾孩子和孩子母亲的外婆。

到了晚上，葆拉说她今天有点累了，我们简简单单吃一顿。然后她打了几个鸡蛋，用我们带回家的蔬菜——洋葱、西葫芦和豆子——做了一个肉馅煎蛋饼。依旧出奇地美味。

吃完奶酪和水果，葆拉开口对我说道："今晚我们都早点睡。明天是个大日子。先是 8 点钟的弥撒，然后是游行，最后是宴会。你会和我们一起吧？"

"当然当然。我很想去见识一下。"

"但我觉得你和我们的信仰不同。"她说。

我并不想说其实我没有任何信仰，只好开口道："我是在英国教会的环境里长大的，我觉得应该差不多。"

"我听说英国的宗教信仰一点也不虔诚。你们不朝拜圣徒，对不对？你们不会向他们祈祷。"

"那倒是。"我回答。

她发出不屑的声音，"如果你们不向圣徒祈祷，又怎么能得到他们的回应呢？上帝显然很忙，哪有时间回应每一个祈祷。"

我正在感叹这是个多么单纯而美好的信仰，忽然回想起父亲盒子里那枚别在丝带上的小徽章。那是别人送给他的，这个人很可能是索菲亚。我开始好奇上面的图案是哪一位圣徒。毕竟我那冷漠的、

典型英式做派的父亲不太可能随便把什么徽章别在丝带上。他一定
很爱她。我清楚地记得父亲在战前的那些画作，明亮而生意盎然。
紧接着又想道，看来当写给索菲亚的那封信原封不动地退还给他时，
他的"生命"就已经结束了。我不禁为之感叹。不知道从那以后为
了找到她，他又尝试了多少次，但最终还是放弃了，娶了我那可靠
而令人安心的母亲。

第二十五章　雨　果

1944 年 12 月

天气变得潮湿阴冷，情况糟透了。雨果蜷缩在他的小棚子里待了好几天，雨雪在周围飞溅。这天晚上，索菲亚来了，头发湿漉漉地紧贴在额头上，衣服也湿透了。

"下雨的时候别再来了。我能活下来，向你保证。这样湿冷的天气，你会得肺炎的。"他恳求道。

"我很强壮，雨果。我习惯了艰苦的日子，不用为我担心。"她说。

"可你回去以后怎么解释湿衣服呢？你的祖母会起疑心的。"

"奶奶爬不上楼梯了。我可以在楼上的衣橱里偷偷晾干我的东西。"她顽皮地笑了笑，"别担心。"

可是他做不到不担心。一天晚上，暴风雨刮得很厉害，索菲亚没有来。雷声在头顶轰隆，闪电不时照亮天空。雨果坐了起来，身子下面垫着他给自己留下的那块还算干燥的降落伞布。他开始为她担心。万一她来的时候被闪电击中了怎么办？万一树枝砸在她身上怎么办？与此同时，他也备受饥饿折磨。随着身体恢复得越来越好，他对食物的需求也增加了。现在他面临着一个严峻的现实：如果索菲亚出了什么事，他的下场大概会是饿死，除非他能想办法抓到更多鸟。可是想到自己要生吞下一只鸟，这实在令人厌恶，他只好不再考虑抓鸟的事。

我必须练习走路，他想。我必须习惯用这条腿。等明天一大早我就开始。

终于挨到了清晨，雨帘交织得像一层坚实的布，一直下到他周围的地面几乎变成了一个小水洼。他痛苦地蜷缩在角落里，任凭雨水在他头顶的祭坛上哗哗作响，情绪越来越低落。是时候面对现实了，他想。我逃脱的机会几乎为零。德国人仍然到处都是。盟军要到春天才会向北推进。即使我能下山走到公路上，如果被德国人发现，也逃不掉或是藏起来。

但他不能就这样放弃。作为一名英国军官，他的职责是尽其所能重新加入他所在的飞行中队。只要还能再见到索菲亚，希望之火就能令他坚持下去。下午3点左右，雨停了，太阳也出来了，水洼蒙起一层水汽。雨果从藏身之处钻出来，把降落伞铺开晾干。羊皮和毛毯奇迹般的没有彻底湿透。接着他小心翼翼地沿着边缘绕过水洼，站在教堂外享受阳光照在脸上的感觉。

一部分山顶依然阴云密布，他注意到相比前几天，有更多山峰被积雪覆盖。才刚刚拄着拐杖挪到湿漉漉的前庭，他就急着把重心放在受伤的腿上走路。随即立刻疼得叫出声来，如果不是戴着夹板，他一定会瘫倒在地。又一个想法就此终结。他把拐杖重新夹在腋下，一瘸一拐地走到集雨桶那儿，喝了好多水，又洗了脸。洗个澡，他想道。痛痛快快洗个热水澡。想象着自己回到兰利庄园的浴室，躺进巨大的猫爪浴缸、冒着热气的洗澡水里。我再也不会认为生命中的一切美好都是理所当然，他暗自下定决心。

思绪被山下的路面传来的引擎声打断。几辆军车正在向北行驶，从他的位置看上去，像是孩子的玩具车。他本能地躲到一堵墙后面。

然后耳边传来另一种声音——飞机引擎发出的低沉轰鸣声。不是德军飞机，也不是英军飞机。紧接着，飞机从南方飞来。他推测是一架美军轻型轰炸机。飞机飞得越来越低，直到他能清晰地看见阳光闪耀在"美洲星"①上。就在德军车队上空，一颗炸弹落了下来，紧接着又是一颗。即使身处山顶，他也能清晰地感受到爆炸的回声。随着油箱的二次爆炸，火球喷出的烟直冲他的鼻孔。飞机继续前行，德军车队一片火海。即使身处这里，战争从未远离，这个想法让他清醒过来。同时也振作起来，因为他知道，盟军正在追捕德国人，摧毁他们，德军开始逃往北方。也许战争真的很快就要结束了。

回到藏身之处的路上，他偶然发现地板上有一根羽毛——被他杀死的鸽子掉落的。他弯腰把它捡起来。那是一种漂亮的蓝灰色，边缘又似彩虹。这让他再次陷入悔恨，因为他杀死了如此美丽、如此无辜的生命。他把羽毛塞进胸前的口袋，一瘸一拐地穿过教堂。

当天晚上，他重新整理好"床铺"，揣测着索菲亚能不能来。现在，他的饥饿感如此强烈，以至于脑子里根本装不下别的事情了。他幻想着烤牛肉和约克郡布丁、羊排和牛排腰子馅饼。他从碎石堆里翻出之前找到的罐头，不知道自己能不能用小刀把它打开。本打算一起送给索菲亚，但那时她对鸽子和降落伞布兴奋不已，所以他想把惊喜留到下次。他把罐头翻过来拿在手里，随即又放了下来——这样做会有弄坏刀刃的风险。再说，万一里面是那种需要烹饪才能食用的东西呢？她今晚一定会来的，说不定还会带点炖鸽子肉来。

但她没有来。他几乎整夜都干坐在那里，静静地听着外面的动静，除了风吹过树和草发出的轻柔叹息外，什么声音也没有。

---

① "二战"时期美军轰炸机机身的标志。

整整两个晚上她都没来。一定发生了什么事。思绪在各种情景中徘徊：德国人回到镇子把她带走了？她在暴风雨中被闪电击中了？她现在躺在家里，病得很重？他发现，有生以来从未祈祷过的自己，正在虔诚地祷告。"无论发生什么事，上帝，我只求你保佑她的安全。"接着为了以防万一，他再一次对壁画上的圣母玛利亚做了同样的祷告。

他一定又迷迷糊糊睡着了，因为当他听见有人叫他的名字，好像是从很远的地方传来的。"耶稣玛利亚！"她喊出声来，"看看这一屋子水。幸好你没被淹死。"说着她向他走来。"我无比可怜的雨果，"她说，"很抱歉让你一个人待了这么久。暴风雨的那个晚上——我没办法溜出来。"

"我明白，"雨果说，"我也不想让你在那样的暴风雨中冒险出来。"

"我本来是要来的，"她说，"但是我的儿子病了。发高烧。他想和妈妈一起睡，而且他怕打雷。他一直醒着，整夜都抱着我。昨天他烧得更厉害了。我们不得不打电话给医生。医生说他得了扁桃体炎，应该及时切除扁桃体。"

雨果有些听不懂她说的是什么，直到她指着自己的喉咙。

"是这样啊，扁桃体。"他说。

"但我们显然去不了最近的医院。没有交通工具。所以医生给他开了一些磺胺类药物①，希望他能好起来。"

"他恢复得怎么样？"

她点点头。"他还是整晚都搂着我——可怜的孩子，浑身是汗。

---

① 人工合成的抗菌药，具有抗菌谱较广、性质稳定、使用简便、生产时不耗用粮食等优点。

今天早上他还很虚弱，不过已经退烧了。"

"想必你和圣布莱斯交谈过了吧？"雨果想逗她笑，但她对他
皱起眉头。

"永远不要嘲笑圣徒的力量，雨果。他们是向上帝为我们代求
的人。是的，我确实向圣布莱斯祈祷过。"

"很抱歉。我不是在嘲笑。我只是想让你微笑。"他说，"可
是你不该在大白天来，昨天山下的路上有德国人。"

"我们看到了。美国人轰炸了他们。这很好不是吗？我们的
游击队员还伏击了一辆满载德国人的汽车，并割开了那群畜生的
喉咙。"

"你不担心德国人会报复这种行为吗？"他问道。

"他们怎么知道游击队是从哪个村子来的？据他们所了解的，
完全有可能是英国或美国士兵隐藏在暗处。"

"即使如此，你也不该冒险大白天到这儿来。要是被人看见了
怎么办？"

"我已经被人看见了，"她说，"贝尼托说他在雨后发现了新
的蘑菇——我们的最爱。我说我要马上出去自己找一些，所以我拿
了篮子就走了。奶奶和伦佐在一起，伦佐现在平静地睡着了。如果
我找到新长出来的蘑菇，那是多么开心的事啊。这意味着我有正当
理由可以大白天出来。这又是一个小小的奇迹，通常 12 月下旬不
可能有蘑菇了。但是雨后天气并没有太冷，这里也没有发生霜冻。
现在，只要我能找到一些，我将像个女英雄那样凯旋。下次我来的
时候就可以给你带我们做的蘑菇汤。但首先……"她把手伸进篮子
里，把用厚布盖着的碗放在他面前的凳子上。"看看我今天给你准
备了什么！我用我们那部分鸽子炖了一锅好汤。"

"你们部分？你分了鸽子给别人？"他怀疑地盯着她，回忆着那只死鸟在他手里的重量有多么轻。

"我留下了足够做肉汤的一部分，剩下一些给了古琦夫人，换了一点油和面粉。现在我可以做意大利面了。不是那种很好的鸡蛋意大利面，但是圆面只需要面粉、水和油。总比什么都没有好吧？我们意大利人啊，离不开意大利面。"

她笑了。雨果想起那个罐头。

"还有一个小礼物要给你。"他捞出了罐头，"我在瓦砾中发现了这个。虽然不知道是什么，但至少会是某种食物。"

她满怀敬意地接受了，好像他赐给了她很大的荣誉。"谢谢你，雨果。等到打开它时，我们会收获一个惊喜！"

"我再去看看，也许还有更多。"他说，"对现在的我来说，在那儿四处走动还不是那么容易。"

"当然不容易。你必须小心，不要再摔倒受伤了。等到了新年你应该恢复得足以逃离这个地方，并在盟军北上时与他们会合。"

"希望如此。"

她用渴望的眼神看着他，他感觉到她不想让他离开她，就像他不想和她分开一样。

"我想给你画一幅肖像画。"他突然说道。

她尴尬地笑了笑，"我？"

"是的。唉，可是这里既没有颜料也没有画布。但我会画一张草图，这样等我回到家就能记住每一个细节。"

"你有纸吗？"她问道。

"我有空烟盒。我可以把它展开，在里面画出来。"

"哦，你的烟抽完了。我很抱歉。"

"我应该学会放弃。它们对我没有好处。现在，你坐在那儿，坐在长凳上。"

她照他说的做了，害羞地抬头看了他一眼。他拿出钢笔给她画了一张素描。她显然很尴尬，但同时她的眼睛却在打情骂俏，为他对她的关注而感到高兴，也为自己被画成素描而感到一种有些特别的荣幸。

"给我讲讲那些伟大的画家。告诉我关于艺术的一切。"她说，"我想知道更多。"

"那你先讲讲以前去佛罗伦萨时看到的那些画吧。"

她皱着眉头思考。"那当然要说到米开朗琪罗。大师嘛。他的雕塑和绘画同样伟大，不是吗？他的《大卫》——就像一个真实的人。你甚至会觉得他随时会活过来。还有达·芬奇，他的《圣母》——光明与美丽……"

"你能住在这里真是幸运，"雨果说，"在托斯卡纳和翁布里亚，你可以在普通的教堂里找到大师们的画作。在阿雷佐、科尔托纳、锡耶纳，甚至一些小城镇。那些佩鲁吉诺和乔托的作品，每一幅都是杰作。"

她脸上流露出的绝望神情令他大吃一惊。"前提是它们还在这里，"她说，"我们听说德国人洗劫了他们能掠夺的一切。如果有办法把墙壁剥开，他们甚至愿意带走壁画。"

"我们会赢的，让他们把所有的东西都还回来。"雨果带着远超过他的实际感觉的自信语气说道。他完成了草图，然后把它塞进了胸前的口袋。

"让我看看。"她说。

"不，这只是个草图。"

"但我想看看。"她伸手去拿。他紧握她的手腕。他们都笑了。"你真小气，"她说，"哪怕一点点甜头都不愿给我。"

两人的角力惊醒了他。"一点点甜头"这句话，马上让他脑子里闪现出怀抱索菲亚的情景。他赶忙打消这种念头。

"哦，那好吧。如果你坚持的话。"

她从他手里接过香烟盒，仔细地端详着那幅画。"我真的长这个样子？"她问道。

"当然。"

"但你把我画得太美了。"

"不，"他说，看着她面庞低垂下来，"我的确把你画得很美。因为在我眼里，你就是如此美丽。"

第二十六章　乔安娜

1973 年 6 月

第二天，我被附近教堂响亮而持续的钟声吵醒，远处村庄里的钟声也在不停回响。葆拉告诉我，这是一年中最神圣的一天，基督圣体节。人们向主耶稣基督的身体和血朝圣。也是孩子们第一次领圣餐的日子。我起身准备去洗个澡，刷刷牙。我检查了一下门窗附近，没有发现更多的脚印。攻击詹尼的人可能没有察觉到詹尼把一个信封从护栏里塞进我的房间。现在村里的人都知道我是一个对所有事情完全不知情的局外人。只要得到允许，我立刻动身回家，一切都会好起来的。

至少这是我所希望的。但目前我还是想在这个节日里整天和葆拉待在一起。我洗了个澡，穿上我最体面的连衣裙——现在真该用熨斗熨一下了——然后拿出小徽章，把丝带系在我的手腕上。接着到厨房去吃早餐，但里面空无一物，更没有葆拉的踪影。现在我慌了。她知道今天是个重要的日子，她会起得很早。她出什么事了吗？我不知道她的卧室在哪里。我从来没有去过这所房子的楼上。我犹豫着不知道自己是否有胆量去看看她在不在。

楼梯爬到一半的时候她终于出现了，显然是穿着她最好的衣服。一条红裙子，一件白色的蕾丝衬衫，肩上披着一条黑色的流苏披肩。她看见我显得很吃惊。"你需要什么吗，我的小家伙？"

"我只是想知道你是不是睡过头了。"我说。

"不，当然不。今天可不是睡觉的日子。我只是在打扮上花了更多的时间。你知道，这是我们地区的标志性服装。在这样的日子如此穿戴最合适不过。这些衣服都是我妈妈的。"

我告诉她她看起来很漂亮。

她笑了。"那么你准备好去教堂了吗？"

我怎么好意思提早餐呢？可我的肚子咕咕直叫。"我们不先喝点咖啡吗？"我问。

"在做弥撒前？噢，不。我们在接受圣餐前必须禁食。从午夜就要开始禁食。你们那里不是这样吗？"

"我印象中不是。"我说道。想到要有一大段时间吃不上东西，我开始情绪低落。

葆拉厌恶地摇摇头。"安吉丽娜，快点！"她大叫着上楼，"我们不想发现自己只能坐在后排座位上，什么也看不见。"

安吉丽娜出现了，穿着一件简约的花裙子，肩上披着披肩，看起来也很漂亮。她一只胳膊抱着婴儿，另一只胳膊夹着一个大包。婴儿穿着镶有花边的白色长裙，头上戴了一顶精致的小花边帽。她在睡觉，看起来像一个可爱的瓷娃娃。

"来，我帮你拿。"我说着，从她手里接过包。

"谢谢你。"她向我微笑，"这么个小人儿却需要这么多东西。天气变冷时的披肩。如果她吐在这条裙子上，就得换一条。还有尿布，一大堆尿布。"

我们出发了，肩并肩走着，路上尘土飞扬。早上刮着风，风很大。葆拉不得不牢牢地把披肩裹在肩上。"我不喜欢天空的样子，"她说，"希望待会儿不要下雨。广播里气象员说今天晚些时候会下雨，但是他懂什么？他不过是待在佛罗伦萨的一个小房间里。我们会向圣克拉拉①祈祷天气一直晴朗。她对天气总是很有帮助。"

"罗西尼夫人，麻烦您告诉我。"我说着举起手腕，"这枚徽章上的圣徒是谁？"她举起我的手腕想看得更清楚些。"我相信这位是圣丽塔，"她说，"她擅长治疗，尤其是各种伤口。你是从哪儿弄来的？"

"是我父亲的东西。"我说。

"这么说你父亲受过伤？"

"很严重，"我说，"飞机被击落，他设法跳伞出去，但腿受了伤。后来他走路总是有点一瘸一拐。"我不知道这个词该怎么说，不得不模仿比画着。

"所以圣徒把他治愈了。"葆拉显得很高兴，"看来你父亲是信仰真理的信徒了。"

"我不这么认为，我猜一定是有人送给他的。"

她凝视了我很久。"你觉得是索菲亚·巴托利给他的吗？"

"是的，"我说，"我坚信这一点。"

"她是个善良的好女人，这的确是我对她的印象。"她说道，"真可惜，结果却这么糟糕——和一个德国人私奔，背叛了她的村庄。"

如果她不是自愿的呢？我思索着。但之前确实听到一名男子说，有人看到她和一名德国人在深夜钻进了一辆军车。只有他们两个。没有武装士兵来确保她不会逃跑。

我们走到镇子里的广场时，看到长长搁板桌子已经摆好。旗帜覆盖着建筑物，一排排小旗子飘动着从教堂的位置延伸出来。钟声

---

① 圣克拉拉：天主教的圣徒之一。

依然响亮，让人无法讲话。人们从四面八方涌向敞开的教堂大门。男人们穿着深色西装，一个个坚挺的白色领口外翻着，看上去很不协调。女人们打扮得都很漂亮，有些与葆拉的穿着很像，总之她们显然都穿着自己最华丽的衣服，乌黑发亮的头发盘在头上。孩子们也穿着最好的衣服，蹦蹦跳跳地待在大人身旁，大人则尽力挽住他们的手。

我们刚走到教堂门口，人群中就传来一阵集体的低语声，"神父菲利波！神父菲利波！"

我们停下来回头看去。一个身穿黑色牧师长袍的孱弱老人正由两个魁梧的男人搀扶着走上台阶。

"很高兴见到您，神父。上帝保佑您，神父。"人群一边向他致意，一边退后让他通过。

葆拉微笑着点头。"我们以前的牧师。"她说道，"在战争年代，他是我们的力量源泉和精神导师。他们说他勇敢地面对德国人，保护了这个城镇的安全。个头这么小，却是精神上的巨人。"

"他现在退休了吗？"我问。

"哦，是的。有年头了，他有严重的健康问题，现在住在不远处一个为退休牧师建造的寓所里。他能来和我们一起过节实在太好了。没有他，整个节日都会变个样子。"

我们随着涌动的人群被挤入昏暗的教堂内部。当我们接近门口时，葆拉抻长了围巾盖在头上。接着我看到其他的女人也都蒙住了头，觉得自己太显眼了。很庆幸我们的位置很靠边，而我恰好站在一根柱子后面！大家都坐好以后，游行队伍走了进来：小男孩们穿着深色衣服，小女孩们穿着白色裙子，戴着面纱，看上去就像小小的新娘。"第一批领圣餐者。"葆拉低声说，"他们看起来像不像小天使？我简直等不及看到玛塞拉长到足够去领她第一次圣餐的年纪了。"走在队伍最后面的是祭坛侍童，然后是几位牧师，他们都穿着华丽的锦缎长袍。弥撒开始了。教堂里的每个人都唱着赞美诗，吟诵回应。巨大的音浪笼罩着教堂。我想，这与家乡那些寥寥数人、毫无侍奉精神的弥撒有多么不同。这里有祈祷，有布道。接下来就是庄严的弥撒了。熏香燃气，青烟在会众上空缭绕。神父低声念诵，铃铛叮咚作响。孩子们一个接一个地来领他们的第一次圣餐。行完圣餐礼，会众的其余人一个接一个地迈上祭坛的台阶。整个过程似乎没完没了。我饿得难受。至少这些人能吃上一块圣饼。我腹诽着。

就在我盼望它尽快结束的时候，孩子们被邀请回到圣坛台阶上，被介绍给会众。然后菲利波神父被扶上台阶，给孩子们祝福，接着给会众祝福。又一首赞美诗被欢快地唱了起来。牧师、祭坛侍童和第一批领圣餐者列队游行，最后我们被允许跟随在后面。我很高兴看到咖啡和甜面包卷被放在教堂旁边的桌子上。葆拉和其他女人聊天介绍我的时候，我正耐心地等着轮到我领圣餐。

"菲利波神父会留下来还是会回到他的住处？"我问道。

"他会留下来，至少会留到游行结束。"她说，"瞧，有人给他搬来一把椅子。"

在陪着会众聆听我完全听不懂的语言的布道时，我突然有了一个想法。菲利波神父在战争时期是教区牧师，牧师经常倾听忏悔。也许索菲亚告诉过他关于英国飞行员的事。我必须想办法和他谈谈。

可我们才刚喝完一杯咖啡，吃了一卷面包，镇子里的乐队就来了。他们穿着中世纪的服装，在挥舞着巨大旗帜的旗手带领下，骄傲地步入广场。人群中发出一阵集体的"啊"声。大家匆匆吃完，整理好衣服，迫不及待地想加入游行队伍。乐队演奏完进行曲，一切准备就绪，只有一排鼓手跟着节拍。哒嘀嘀，哒嘀嘀，哒哒哒。声音在高楼上回响。第一次领圣餐的孩子们离开了他们的家庭，被引导到两排，男孩和女孩肩并肩，但显然并不符合一些小男孩的喜好。他们站在乐队后面耐心地等着。

连空气中也充满了期待。号手们把乐器放到唇边。一阵巨大的声响奏起，教堂里出现了身穿红白两色长袍的圣坛侍童，其中两人正挥舞着挂在长链上的铜球，熏香的香气从中飘散出来。在他们后面，菲利波神父坐在一个抬轿里，接着走过四个人把一顶锦缎华盖盖在神父的头上，神父手里拿着一件华丽的金色法器。我不知道是什么，但看见葆拉正在自己身上画十字，所以一定是某种宗教圣物。

他们站在圣坛侍童后面。随即号声再次响起，乐队开始演奏，队伍终于向前行进。我注意到一件奇怪的事。几乎没有什么人挤在等候游行的人群中。紧接着我看到了原因，一群人拿着古老的战斧和十字架走过来。他们穿着白袍，戴着尖尖的帽子，遮住了脸。场面相当骇人。我这才意识到，平生所见唯一与之类似的东西就是三K党的服装。我瞥了一眼葆拉。

"圣乔治会，"她说，"本镇一个虔诚的男性社团，被邀请入会本身就是一种荣耀。"

这时，我注意到他们的白色上衣胸前有一颗星星，一颗多角星。

当游行队伍随着缓慢的鼓声庄严离开时，镇上的人也跟上了脚步。我们和其他女人走在一起。沿着这条路在镇上走得十分缓慢，也正好让我在行进中有时间思考。多角星很像詹尼给我的那个小复制品。他是暗指某个在镇上很重要的人在某种程度上卷入了流血事件吗？我回头看着那些戴着兜帽的蒙面人。他们当中究竟是谁有什么想要隐瞒的？

我们穿过村庄，一直走到一条两旁种着柏树的路上，然后走上一条穿过田地的小路，经过几座农舍，再绕回城里。刚开始晴朗的天气现在乌云密布。起风了，这使得搬运盖头抬轿的工作变得很有挑战性。牧师发现自己的法袍很难摆端正。

"让我们祈祷不要下雨吧，"葆拉说，"最近两个星期除了阳光什么都没有，今天这个重要的日子上帝一定也不会降雨。"

我们穿过葡萄园，回到路上，又回到广场。抬轿被搬到教堂的台阶上。牧师做了祷告并祝福。乐队奏响了一支曲子，显然是赞美诗，大家开始吟唱。我看着人们吟唱时全神贯注的表情。这些都是淳朴而有真正信仰的人。我感到一丝嫉妒，因为自己从未体验过这种归属感。

赞美诗结束了，人们四散开。我留意到菲利波神父还坐在椅子上，赶忙抓住这个机会走向他。"神父，我是个英国女人。"我说道，"我来这里是为了了解我父亲的情况，他是一名英国飞行员，飞机在战争中被击落。他曾给索菲亚·巴托利写了一封信，但这个镇上没有人知道他的任何事。我想知道你是否还能告诉我更多。"

他朝我微笑，"战争。如此悲剧的时光。太多痛苦，太多生命毫无意义地逝去。"

"您还记得索菲亚·巴托利吗？"

他仍然保持微笑，"索菲亚？多可爱的小女孩啊。当她的男人……的时候——他叫什么来着，她有多难过。让我想一想……乔瓦尼。不，是圭多。没错——圭多没能回来，那时候她猜到他已经死了。"

"但是我父亲，"我说，"英国飞行员。她从未向您提起过他吗？您知道他吗？"

他皱起眉头，试图集中注意力。"你不是这一带的人吗？"他问道。

"不，神父。我来自英国。"

"英格兰。遥远的国度。一个没有真正信仰的异教之地。"

这时我才意识到他的神志已经不清楚了。他记得索菲亚，但是即使她告诉了他关于我父亲的事，那段记忆也早就消失了。

我试着去想可以问他些什么唤起他的记忆，但就在这时，一些人向他走来。"请吧，神父，我们带您去用餐的地方，我敢肯定您也饿了。"

神父菲利波笑了，"美食对一个老人来说是仅有的乐趣了。"他们扶他站起来时，他回头看了我一眼说道，"那是很久以前的事了，尘封的记忆只会掀开陈旧的伤口。有时我会感谢我的记忆已经褪色。"

第二十七章 雨 果

1944 年 12 月

圣诞节就要到了。索菲亚告诉他说柯希莫在森林里射杀了一头野猪。"我们必须保密，"她说，"因为我们不被允许拥有武器，如果德国人发现了野猪，他们就会从我们这里抢走。他们喜欢吃肉。我们的人会在森林里把肉切碎，然后分给圣萨尔瓦多的每个家庭，这样每个人都能在节日里吃到肉。猜猜我会烹饪什么？我要做野猪肉酱。你给我的罐头里有西红柿！我太激动了。我还要做一个栗子蛋糕。这才是真正的节日盛宴。"

她走后，雨果想象着她的面孔，她的欢乐。她能从如此琐碎的小事中找到幸福感，他想道。他发现自己正在把她和布兰达作比较，布兰达这些日子似乎从没因为任何事而兴奋过。他知道她觉得兰利庄园的生活很无聊，她觉得他们乡下很乏味。但他们也不是在撒哈拉沙漠的中央啊。从戈达明到伦敦有一趟快速列车，她去城里已经逛得足够多了，购物甚至是去夜店。她经常喝很多酒，鸡尾酒，而且他很确定她吸食可卡因。对他来说，她就是一只困在美丽笼子里的动物。

他把她的模样从思绪中抹去，只想着索菲亚。他想送她一份圣诞礼物。他没能再抓到一只鸽子。事实上，现在气温下降了，而且夜里有霜冻，他很少看到鸟。他发现即使穿着自己还有圭多的衣服，躺在羊皮上也很难保暖。白天，他尽量多活动活动，花上几个小时在废墟上跳来跳去。整座建筑几乎被彻底炸毁。除了教堂的墙壁外，残存下来的并不多。他找到了几页残破的书，它们被雨水浸得几乎看不清。还发现了一本几乎完整的，带有破旧皮制封面的弥撒书。他本打算丢掉，但又改变了主意。这么古老而神圣的物品被大自然摧毁似乎是不对的，于是他捡起来塞进他的短夹克里。想知道当修道士们被德国人赶出去时，是否留下了什么其他贵重和稀有的东西。索菲亚说德国人把画从教堂里拿走了。他希望修道士能够带走他们的圣杯和其他珍贵物品，因为确实没有任何珍贵物品埋在废墟中被发现。他想到，即使能翻出什么，也只可能是更多尸体。

正在回去的路上，他突然看见一个像硬币一样的东西在阳光下闪闪发光。他吃力地弯下腰把它捡了起来。这是一枚神圣徽章——一个女人伸出双手，一排细小的字环绕着她。圣母玛利亚，他猜道，意识到自己终于有了送给索菲亚的圣诞礼物。他回到他的小木棚，坐在那里擦拭衬衫上的徽章，直到它看起来光亮如新。然后翻了一会儿那本弥撒书。最后几页上面有条纹。他小心翼翼地撕下一张，为索菲亚画了一个小小的圣诞场景：圣洁的家庭、牧羊人和他们的羊、牛和驴。然后，又添上一个以圣萨尔瓦多的山坡当作背景。他对整幅画的效果很满意。把它折好，再把奖章放了进去，然后一起塞进这本书的皮封面里。

"我很遗憾不能在圣诞节当天来，"索菲亚又一次来看他时说道，"确实不太可能。我们要在平安夜参加午夜弥撒，然后和邻居们一起庆祝。第二天，全村的人都要出门走动，相互庆祝，尽管上帝知道我们现在没有什么可庆祝的。我只能等到所有人都在美酒、美食和幸福包围的圣诞夜入睡。很抱歉在这样一个特别的时刻让你一个人待着，我会尽快赶来的。我会给你带一些野猪肉酱，虽然我不觉得意大利面凉着吃味道会更好。不过我这次给你带了足够的食物来赶走饥饿。"她打开盖布，他看到她给他带了一大碗玉米糊、一些橄榄酱、一小块羊奶酪和一个苹果干。"这些留着以后吃，"她说，"现在先尝尝这个汤。"

他吃下了汤，每吞下一口她都关切地注视着，令他备受感动。"索菲亚，你试过画画吗？"他突然问道。

"我？我还是个孩子的时候，有个修女很喜欢我画的驴子，还把它钉在墙上。但那是我艺术生涯仅有的水平了。"她笑道。

他突然有了想把她带回英国的荒唐想法，把她安置在自己的工作室里教她画画，但是理智阻止了他说出这个想法。为什么要给人一些永远无法兑现的承诺？为什么要给人错误的希望？答案揭晓，为了度过这黑暗的时刻。

"战争结束后，我会再来圣萨尔瓦多，"他说，"带着我的画架和颜料，你想画什么就画什么。然后我也把它挂在家里的墙上。"

她咯咯直笑。"那将是另一头驴。我只会画驴。"

"但它可能是一头蓝色的驴。带斑点的驴。一只会飞的驴。许许多多会飞的驴子。"

"你可真荒唐，雨果。"她开玩笑地打了他手一巴掌，随即内疚的表情掠过她的脸庞，"对不起。我不该那样做。"

"不要道歉。我喜欢你笑的样子。这让我觉得我还活着——一切还有希望。"

"我也是，"她说，"当我想到很快就能见到你时，我也觉得我还活着。"

他本能地抓起她的手。"你是我活着的唯一理由，索菲亚。"

他说，"你是我想活下去的唯一理由。"

"不，你别这么说。你的妻子，你的儿子，你的家人，他们才是你活下去的理由。"

他摇了摇头，"不，如果回不去，他们会大哭一场，会告诉别人我是一个多么勇敢的人，会说我为祖国献出了生命，然后若无其事地继续他们的生活。我想，家里已经没有人会真正为我哭泣了。"

"我会的，"她说，"如果你死了，我真的会为你哭泣。"

他注意到她并没有把手抽回去。实际上，她正热情地握着他的手，就像他握着她的手一样。

他被钟声吵醒了。天很黑，他不知道现在是几点，但钟声始终在寒冷的乡间回响。德国人，他忖度道。德国人回到了村庄。但转念一想，不对，这是午夜弥撒的钟声。圣诞节到了。他仰面躺着，独自微笑，回忆着遥远的过去：五六岁的雨果在寒冷、昏暗的黎明醒来，发现床尾鼓鼓的袜子里塞满了礼物。保姆在门口探出头来，"圣诞老人来了吗？"

"当然。"他激动得快要说不出话来，"看看他给我带来的礼物。"

"哈哈，你就是那个幸运的男孩吗？我倒觉得楼下可能还有别的什么东西。我们最好赶快给你梳洗打扮好。"

原来楼下真的还有：一匹乳白色的小胖马。快乐的时光，他想。那时母亲还活着，父亲还没有奔赴战场，我已经得到了会有一个弟弟或是妹妹的承诺。然而最终还是发生了意外，母亲和孩子死于难产。突然间就只有爸爸和保姆了。第二年，他被送去上学，父亲也去了战场，从那一刻起，他再也没有过真正的安全感。

他默默躺在原地听着，直到最后的钟声消失在寂静的夜空中。

"圣诞快乐！"他大声说，然后就睡着了。

当他再次醒来，听到远处的声音——鼓声和号声让人想起古罗马或是中世纪攻城略地的军队。不过索菲亚告诉过他，所有人都会出门庆祝一番。也许乡镇奏乐和游行队伍是"庆祝活动"的一部分。

他在集雨桶那儿洗了个澡，真希望口袋里有把梳子能梳理一下头发。他弄湿了头皮，用手指抚平卷发。天气格外晴朗。他的呼吸声似乎是这个世界上唯一的声音。鼓声和号声全都停止了，他想象着村子里的每个人都围坐在狭长的公用桌子旁，传递着大碗的食物，有说有笑，仿佛这个世界无忧无虑。

他们会一直大吃大喝到深夜，他想。索菲亚可能根本不会来。他不得不提前接受这个现实，并希望她不要在人们庆祝完回家的路上冒险。

夜幕降临。他躺在床上，渴望着一支香烟，一杯苏格兰威士忌，一个猪肉馅饼，一个香肠卷，一个巧克力棒——所有这些都是他曾经认为唾手可得的小东西。

他以为自己听到了天使的歌声，难以置信地睁开了眼睛。"那里有牧羊人住在田野，夜半守护着羊群。"他喃喃附和道，福音的歌声又回到了他的耳边。他抬起头，看见一个天使向他走来，用高亢、清脆、甜美的声音唱着歌。她举起一盏灯，照亮了她的脸。

"一千个天使在天空对你微笑，"她唱道，"一千个天使从天上为你歌唱。"然后她把手里的东西丢在他身边的地板上。

"哦，你醒了。我很高兴。瞧，我给你带来了圣诞的好东西。出来享受你的盛宴吧。"

他从床上爬起来，坐在她旁边的长凳上。她正从厚布里打开盘子。

"野猪肉酱意大利面，"她说，"还有加了蜂蜜和胡椒的母奶。还有栗子蛋糕。再来一小瓶格拉巴酒。吃吧，快吃。"

看着她催促的样子，他咯咯笑出声来。典型的意大利母亲，他想，尽管她如此年轻。他可不需要被逼着才吃得下东西。食物还是热的。他尽情吃着，用最后一点玉米糊把盘子擦得干干净净。格拉巴酒很烈，下咽的时候灼烧着他的喉咙，但暖意传遍了他的全身。

"你还满意吗？"她害羞地问。

"无比华丽，真正的盛宴。"他回答，她高兴地笑了。

"我们今天在村子里玩得很开心。首先是迷人的午夜弥撒。大家都唱着歌，菲利波神父给了我们很大的宽慰。然后我们和其他家庭一起庆祝。有充沛的食物，每个人都很高兴。就像以前一样。"接着她的脸又变得严肃起来，"柯希莫送了我一份礼物——他一直珍藏在地窖里的一瓶柠檬酒。我不想接受，但我们和大家在一起，我不想让他在别人面前丢脸。于是我让他立刻打开，为我们失去的亲人，那些还没有回家的人，敬一杯酒。"

她的脸上露出怀念的神色。接着她又笑了。"我给你带来了一件小礼物，圣诞节应该收到礼物。"

她递给他一个用木头雕刻的小天使。"这是我们圣诞节布置的一部分。"她说。

"你应该把它留在该放的地方，索菲亚。"

"但是那里还有其他天使，我希望有一个天使来照顾你。圣诞雕像非常古老。经历过好几代人，每代人都会再添一个，直到现在。"她把他的手推回去，"留着吧，你要知道，我一直在祈祷你的守护天使照顾你。"

雨果眼泪涌了出来，他用力眨了眨眼睛。

“我也有个礼物要送给你。”他说。

“一个礼物？给我的吗？”

“当然，圣诞节每个人都应该收获礼物。这是你说的。”

“是另一只鸽子吗？另一个罐头？”

“虽然并不是什么实用的。你看。”他把弥撒书递给她。

“是一本旧书。”她惊奇地看着它。

“我在废墟中找到了它，”他说，“几乎完好无损。把它打开吧。”

她照做了，找到那叠好的纸。

“小心哦。”他提醒道。

她展开纸张，激动地吸了口气。“这是一枚奇迹徽章，和圭多去打仗时我放在他口袋里的那枚一样。你怎么知道的？”

“我在废墟中找到的，”他说，“然后清理了一下。我记得你说过你没有圣母玛利亚徽章。我还画了一张画给你。”一边说着，一边意识到自己听起来像个满怀期待的小男孩。

索菲亚把折叠好的画摊开，对着灯光举起来。“是耶稣诞生，”她叫道，“圣母、圣约瑟夫和圣婴耶稣。还有牧羊人和绵羊。哦，这是我的家乡，看看这教堂的塔就知道。太不可思议了。你是一个真正的艺术家，雨果。我会永远视若珍宝。”

他幸福得有些发晕。她走过去坐在他旁边，温柔地抚摸着他的手。“你是个善良的好人。我希望你的妻子学会珍惜你。”

接着他们听到飞机低低的震动声，都抬起头来。

“盟军。他们又来轰炸德国冬线①了。”她看上去很兴奋。

---

① 冬线：是“二战”期间在意大利建造的一系列德国和意大利的军事防御工事。

噪声越来越大，直到把本就松动的石头震得嘎嘎作响。然后是突然的呜咽声，紧接着是低沉的撞击声。

"他们在扔炸弹，"她说，"路上一定有车队。"第二声巨响把整个山坡都震动了。她开始感到害怕。

"离得太近了，"她叫道，"抱着我，雨果。我害怕。"

她依偎着他，他搂着她，感受着柔软的头发贴在他的脸颊。

"别担心。你和我在一起很安全。"他说。

我可以永远这样待下去，他想。这个念头刚在他脑子里形成，刺耳的哀鸣离得更近了。沉闷的爆炸声震得大地颤抖。索菲亚尖叫着向雨果扑去，当他们感觉到爆炸时，她把脸埋在雨果的衣领里。石头像雨点般从破损的墙壁上滚落下来，在它们周围四散开来，砰砰作响。雨果扑到她身上护着她。

地板开始倾斜。灯笼啪的一声掉了下来，两人完全陷入黑暗。他能听到并感觉到碎石从他们身边滑过。整个小教堂都在瓦解。他们在滑动，被四处滚落的石头卷走。索菲亚大声喊叫。整个世界都在他身边崩塌，雨果紧紧抓住祭坛的一侧，死死抓住不放。

第二十八章　乔安娜

1973 年 6 月

游行队伍在广场散去，我们站在那里看着人们匆匆地走向四面八方。我看着葆拉，想知道我们是不是也要回家了。

她说："他们回去准备带美食来了。"她说道，"我们今年被邀请去多纳泰利家。玛利亚·多纳泰利盛情邀请了我们，因为假如我到家再带着食物回到广场，需要很长一段路。我们在他们的桌边等着就好。"

我跟着她穿过广场，来到一张铺着白布的桌子前。卡片上印着"多纳泰利家"。每个家庭都预订了一张桌子。我四下看去，想找找柯希莫和伦佐坐在什么地方。人们端着一盘盘雕花羔羊肉走过。我看着他们把托盘放在市政厅前的桌子上。柯希莫和伦佐还没出现。我意识到他们一定是那些穿着长袍和戴着兜帽中的人。现在，人们陆续来到我们的餐桌，带来了成堆的意大利面、意式烩饭、一盘盘沙拉、面包，还有一大块火腿。我被介绍给大家时才发现自己坐在一群喧闹的几代人中间。最小的是安吉丽娜的女儿，最大的是个瘦小的男人，牙齿掉光了，食物都是为他准备的。大家又笑又叫，其他的桌子上也都是这样。广场上的声音太大了。我环顾四周，想知道在英国会不会有什么场合能带来如此显著的家庭欢乐和集体庆祝。在他们中间，我感到格格不入，尽管大家很友好地拉着我一起庆祝，不断地把食物塞到我面前，把我的酒杯斟得满满的。

瞬间我觉得自己必须要离开。我以找厕所为借口告辞。走到广场边缘的阴凉处时，我看见人影从我后面走过来。我走到一边让他过去，但他却停下来转而面对着我。是伦佐。他再次抓住我的手腕，举起我的手，把它和他自己的手进行比较，这次他也戴着一枚戒指。

"是的，它们是一样的，"他说，"令人难以置信。"我们盯着戒指，比较它们。他仍皱着眉头，似乎不能相信自己看到的。

"我的信封里有信。"他继续说，"我昨天才注意到它们。'HRL'，你知道那是什么意思吗？"

"是的，我知道。雨果·罗德里克·兰利。我父亲名字的缩写。"我说。

他摇了摇头。"现在我不得不承认这枚戒指是你父亲送的。很难相信他曾出现在这里，他认识我母亲，但现在我们有证据证明你说的确实是真的。我必须为刚才的无礼行为道歉。"

"不用道歉。我很高兴现在有人相信我了。"

伦佐看着我，我点点头。他微微一笑，"想到我们竟然毫不知情。如果我父亲知道了，他一定会很吃惊的。"

"别告诉他。"我马上说。

他疑惑地看了我一眼，"为什么？为什么不让他知道呢？"

"因为……"我犹豫着，"因为我们还不知道究竟发生了什么，在我们了解之前，我想先保密。"

我仍然不确定该怎么办，也不确定是否能信任伦佐。自己也是付出过惨痛代价才了解到并非所有人都值得信任。然后我意识到，如果我不分享一些我现在知道的情况，就无法再了解我父亲和索菲亚了。

"我想给你看点东西。"我说。我举起手腕，"丝带上的这枚徽章是我父亲的遗物之一。我敢肯定是你妈妈给他的。他不信教，也不会穿这样配饰的衣服。"

伦佐再次握住我的手腕，举起来看着它。我清晰地感受着他的触摸，但他似乎没有意识到自己离我这么近。"有意思，"他说，"但我不确定这是哪个圣徒。"

"葆拉说是圣丽塔。"我回答。

他耸耸肩，"我并不是圣徒的追随者。老一辈人认为每个问题都有对应的圣徒。坦率地说，我发现'他们'在解决我的问题上不是很有效。"

"你有什么问题吗？"我问。

伦佐耸耸肩，"我自然也有属于我的一份痛苦。我想，与世界的苦难相比，不过是小小的挫折。主要是爱情问题。"他停下来，又皱着眉头，"兰利女士，我不应该因为这点小事打扰你。"

"不，请继续。并且请叫我乔安娜。"

"好吧，乔安娜。"他耸耸肩，"我18岁的时候遇到一个女孩。我被送到佛罗伦萨上学，你知道的，回到家时我告诉父亲自己想成为一名主厨。他认为这个想法相当愚蠢。我的责任是继承这片土地，这片繁荣的葡萄园。他想让我学习农业，我只好同意，并在大学里修了一门酿酒课程。然后我回到家乡，坠入爱河。本以为柯希莫会很开心，但他不喜欢她。她想成为一名时装设计师，奇迹般的，她在米兰的时装学院获得了一个职位。于是她走了，当然再也没有回来。我听说她现在很有名。"

他停下来看着我。"其实我也不知道为什么会对你讲出我的人生故事。"

"也许是因为你觉得我有过类似的经历。"

"你有吗？"

"有，我以为我要嫁的那个男人，为了一个能推进他事业的女人甩了我。"

"我总是听人说英国男人冷漠而得体，"他说。然后又纠正了自己，"但我不得不承认，并不是所有的英国人都这样。我在那边工作的时候，曾经遇到一个英国女孩。她很好——风趣、热情，一点也不像英国人想象的那样乏味。我想我也许可以留在伦敦和她结婚。但柯希莫中风了，我不得不离开她匆匆回家。就像任何时候我坠入爱河都是徒劳的。"

"你还有大把时间。"我说。

"对你来说也许是。我已经 30 岁了。在我们的文化中，这种情况毫无希望。注定成为一个老光棍，像我父亲一样。"

我们一直在狭窄街道的阴凉处溜达，看到小公园就在我们前面。我说道："我还想让你看看别的东西，我们去公园里坐一会儿，我拿给你看好吗？也许你能帮我弄清楚。"

我们走过最后一片房子。伦佐跟着我沿着沙地小路来到曾经那对老夫妇坐过的梧桐树下的长椅上。他坐在我旁边，我打开手提袋，拿出父亲画着那个女人素描的烟盒。

他接过我递来的画，倒吸了一口凉气。"是的，这是她，我妈妈。和她一模一样。尤其是那个微笑。这是你父亲画的吗？"

"一定是他。"

"他把她的样子捕捉得太好了。"

除了头顶树上鸽子的咕咕声和麻雀在土里啄食的啁啾声外，四周一片寂静。那感觉就像我们两个孤独地处在宇宙的边缘。

"我不明白，"他说，"你父亲把他的戒指给了我母亲，那一定是一件珍贵的财产。他不厌其烦地为她画了一幅画，所以很明显他对她有感觉。而她给了他一枚徽章，那一定意味着她对他也有感情。那么究竟发生了什么？到底是哪里出了问题？他离她而去回英国了？所以她选择了一个有安全感的德国人作为替代？"

"还有别的东西想让你看看——我曾经提过的那封信。"我拿出父亲写的信。

伦佐检查了信封。"是的，地址也是对的。"他说，"那是我出生的房子。它被卖出去了……就在她离去以后。这个地址再也找不到她了。"他叹了口气。

"现在读一下我父亲写的内容吧。"

他打开了信开始阅读，然后抬起头道："他的意大利语写得很好。"

"战前他曾在佛罗伦萨学习艺术。"我说。

"他是个艺术家？"

"和他生活在一起的时候我还不知道。他只是在一所学校教美术，但直到他死后才知道他画过画，后来我发现了一些非常好看的作品。"

他继续读信了。当他读到最后时，我听到了微弱的喘气声。"我们的漂亮的男孩吗？"他看着我问道。

"我想知道这是不是在指你，你是不是必须在危险的时候藏起来。"

他摇摇头，"我以前告诉过你，我从未被藏起来过。在母亲离开我们之前，我一直和她以及我的曾祖母住在一起。之后我继续和曾祖母一起生活，直到她在战争结束后不久去世。就在那时，柯希莫收留了我。他接管了我母亲的土地，并设法买下了那些在战争中牺牲的人的土地。所以他变得富有起来，给了我良好的教育。"

"你母亲有可能再生一个孩子吗？我父亲的孩子？"

"这怎么可能呢？"他摇摇头，"如果有的话我们早就发现了。"

"那时候你多大？三四岁吗？也许那个年龄的孩子不会注意到成年人是否变胖了。"

"但老奶奶①会注意到的。镇上的每个女人都会看到。我可以向你保证，没有什么能逃过圣萨尔瓦多妇女的眼睛。她们知道一切。如果她要生孩子，又能在哪儿生呢？"

"这又回到了我父亲是如何在这里生活的问题，但没有人知道。有可能藏在你家里吗？"

伦佐听到这儿，皱起了眉头思索着。"我想是有可能的。我们有一个很大的阁楼，必须爬梯子才能到那里。我母亲时常上去，把一些对我们有用的东西带下来。另外还有一个地窖。我不喜欢去那里，因为那里有老鼠，而且很黑。但酒和橄榄油都储藏在那里。"

我满怀希望地看着他。"这么说人确实有可能藏在你家的地窖里？"

"除了一点，你父亲是怎么进来的？那所房子唯一的一扇门是面朝大街的。"

"那房子后面呢？"

"窗户和下面的城墙。此外，要想不被发现，老奶奶必须参与

---

① 老奶奶：伦佐对其曾祖母的昵称。

其中，我印象中她是一个严厉、耿直、苛刻的人。我认为她不会允许一个外国人藏在她的房子里。她会直接去找神父，向他忏悔。"

"你妈妈也会这么做吧？"我问，"她一定是信教的，否则她不会给我父亲这枚徽章。"

"我想是这样的。并且牧师也不能擅自泄露秘密，侵犯忏悔圣印。"

"我和菲利波神父谈过了，"我说道，"以防你母亲告诉过他什么重要的事情。他很怀念她，但对细节的记忆却很模糊。"

"是的，我也听说他的智力正在衰退。太遗憾了。真是个好老头。"

"她把一个敌方飞行员藏在她家的房子里，风险太大了，这是在拿她儿子和祖母的生命冒险。"我说。

"不仅如此，还有那个德国人，别忘了。还有那个和她私奔的德国人！但也许他是在你父亲走后才来的。你父亲是怎么得救的？大概是盟军来了找到了他，把他带走了，留下了我的母亲。"

"是的，我想确实有这个可能。"

我们看着彼此，大脑都在努力尝试为这一切找到合理的解释。

"对不起，我帮不了你。"伦佐终于开口，"真的，我对那段时间几乎没什么记忆了。我只知道我病了一段时间，母亲一直在照顾我。我记得我们家的那个德国人，就是跟她私奔的那个。我记得我们吃了兔子、栗子和她能找到的其他东西。她会提着篮子出去，在树林里找东西吃，因为德国人把我们所有的东西都抢走了。我现在不得不相信，她和你父亲确实见过面，而且很明显她觉得他们相爱了。但是那个漂亮的男孩……我不知道那是什么意思。恐怕我们永远也不会知道了。"他抬头看着我，好像在处理这件悬案，"即使真的有男孩被藏起来，那么他必定死了。再去探寻这一切不会带来任何好处。你应该回家，离开这个地方。我有种感觉，你在这里不安全。"

他停了下来，凝视着我们前面远处传来欢声笑语的广场。"这是别人告诉我的，也是大家都相信的事情。"他说，"现在我只是还不确定。"

第二十九章　乔安娜

1973 年 6 月

我们已经走到了伦佐的老房子所在的小巷。伦佐感觉到我在往那个方向打量。"你觉得我们应不应该查看一下我的老宅，看看究竟有没有地方能把人藏起来？"

"可那里面的人不都要到广场上去过节吗？"

他诡秘地朝我咧嘴一笑，"没错。所以现在不正是四处看看的好时机吗？"

"但是没有允许我们不能进去。再说难道门没有上锁吗？"

"我觉得没有。"他说，"在圣萨尔瓦多没人会锁门。任何陌生人都得沿着这条街进城，所以一定会被人注意到。绝不会有人抢劫自己人，这是违反我们行为准则的。来吧，我们试一试。如果我们被抓住了，我就说带那位来自英国的年轻女士去看我曾经住过的地方。这没什么不行的，是吧？"我们赶紧沿着小巷走去，伦佐试了试前门的把手。它是用雕刻过的木头做的，看起来很旧。门很容易就开了。"有人在家吗？"伦佐大声道。他的声音在楼梯间回响。没有回应。他肯定地点了点头，"我们进去吧。"

他先带我在一楼转了一圈。客厅的正前方可以看到门口的那条小巷。房间里摆满了沉重的深色家具，让我觉得很压抑。客厅后面是一间餐厅，从那里可以俯瞰一座座小山谷里的葡萄园，以及山上的橄榄林。我走到窗前向外望去。是的，他说得没错，窗户开向陡峭的城墙——没有能供人爬进去的地方。旁边是一个非常老式的厨房，有一个大铸铁炉子和一排挂着的铜锅。厨房的另一边是一间屋子，里面摆放着几把安乐椅和一台电视机。这样一来，圣萨尔瓦多就步入了现代社会！

"这里曾是我妈妈的卧室，"他说，"至少在我有印象的那段时间是。我们睡在这里，因为这里比较暖和，我们没有足够的燃料给楼上供暖。我的小卧室就在它后面。"他让我看了一个小房间，从那里可以看到小巷。他很快就把我招呼走了，大概是因为他开始对窥探别人的家感到不安了吧，但我向他曾经的卧室窗外瞥了一眼。这扇窗户也朝向城墙，但城墙的顶端在这里稍微开阔了一点，也许人可以从上面翻下来。不过倒也没什么大用，这毕竟是个陡坡。

接着我们上楼窥探三间卧室。伦佐指着天花板上的一个正方形，说那里是通向阁楼的。有没有可能人一直藏在那里？但索菲亚必须想出很好的借口来解释为什么她总是需要上上下下。如果她给我父亲带吃的上去，老祖母怎么会注意不到呢？

我们下了楼，伦佐打开一扇小门，通向一段漆黑的楼梯。我犹豫了一下。"我不太想下去，"我说，"下面看起来糟透了。有灯吗？"

"我不确定。我好像从来没有下去过。"

一股湿气和霉味向我们飘来。伦佐看着我，点点头。"我得说这个看起来结果确实令人沮丧。这里的情况和阁楼一样——祖奶奶会看到我妈妈把食物拿下来。我想我们最好在被抓住之前回去。"

他刚说完这些话，就听到一声巨响，像是一辆卡车撞进了房子的一侧，接着是一阵隆隆声。一切都开始摇晃。我听到东西坠落的声音。有那么一会儿，我们觉得墙好像要塌下来了。我抓住伦佐。

"发生了什么？"

"只是地震而已。"他说。

震颤停止了，我意识到他正搂着我。

"只是地震而已？"我问道，"而已？"

他笑着松开了我。"地震在意大利这个地区很常见，"他说道，"放心吧，结束了。你我都安然无恙。我们回其他人那儿去吧。"

回到广场后，我们发现现场一片混乱。一桶桶红酒洒在白色的桌布上。婴儿在啼哭，老妇人一边祈祷一边呻吟，其他人在迅速收拾残局。

"地震结束了，"那天晚上招待过我的白发老者对人群说，"忘掉不愉快吧。让我们继续狂欢。"

"这个人是市长，"伦佐对我说，"这个镇上最重要的人。他在这里很受尊敬，他曾带领我们度过了战争时期，而且他很明智，似乎与德国人相处得不错。我想这一点让我们免于经受更多的悲伤。"

我饶有兴致地看着老人。和德国人相处融洽的人？难道是他为了保全自己的性命而背叛了自己的同胞吗？我照着这个思路往下想。也许是他知道了索菲亚藏着一个英国飞行员，然后出卖了她？

葆拉向我走来，我没有时间去想这些事情了。

"你到哪儿去了？我很担心。然后又地震了……"

"很抱歉，"我说，"伦佐带我去看了他和他母亲在战争期间住过的房子。"

葆拉转身盯着伦佐。"我知道了，"她说，"哦，好，没有人受伤。"

就在那一刻，广场对面的人叫着伦佐的名字——或者更确切地说是喊了出来。柯希莫向他比了个手势。"你上哪儿去了，孩子？"他喊道，"离家出走，留下你的老父亲独自谋生？"

"爸爸，你和成百上千的人待在一起，随便他们中的任何一个人都能帮助你。"伦佐说。

"那地震的时候呢？如果我必须赶快逃离这个地方？那会怎么样？"

"我觉得露天广场大概是城里最安全的地方。"伦佐说。

"哦，那么你现在选择对你父亲轻视和无理了，是吗？"柯希莫向他走来，怒视着他。"是受了这个德国姑娘的影响吗？她一到我们镇上，我就知道她是个麻烦。"

"她不是德国人，爸爸。她是英国人。我并不想对您无礼，我只是在陈述事实。不管怎样，地震已经过去了，您安然无恙，所以一切都很好。我们可以继续庆祝了，好吗？"

他抓住老人的胳膊，回头看了我一眼，脸上带着一丝笑意。当他们离开的时候，我听到柯希莫说："她越早离开这个地方越好。"

我重新加入葆拉所在的家庭。妇女们仍然在谈论地震，她们回忆着曾经的地震，被摧毁的村庄，被活埋的人们。她们语速很快，用的又是当地很重的方言，所以大部分话我听不懂，但我不时点头表示同意，好像我听明白了一样。我有些不耐烦，很想知道宴会通常要持续多长时间，但苦恼被安吉丽娜的孩子替我解决了，她哭了起来。

"妈妈，我觉得应该带她回家了。"安吉丽娜说道，"外面天气变冷了，可能会下雨。"

"好吧。"葆拉站了起来，"我们和你一起回去。先确保你们安全到家，之后我应该去看看弗朗西斯卡。她应该没有来。我当然能理解她为什么在这个悲伤的时候来不了。不过我要给她带些蔬菜过去，也许应该再带点脆饼让她高兴起来，可怜的孩子。"

"弗朗西斯卡是谁？"我问道。

"詹尼的遗孀。我一直认为这可怜的孩子在她的婚姻中遭受了很多痛苦。也许她很高兴摆脱了他，但她现在该怎么生活呢？谁来放羊和做奶酪，是不是？这种工作对一个女人来说太沉重了，她大概付不起男劳力的工资，即使她能在附近找到一个不为柯希莫工作的男人。"

我们一一向同桌的人告别。其实我从来没有被陌生人拥抱和亲吻过。这是一种奇怪的感觉，但并不是不愉快的，这让我感觉自己是一个大而温暖的群体的一部分。我们一起沿着小路走回去，安吉丽娜留在家里给孩子喂奶。"我现在要去探望弗朗西斯卡。"葆拉说，"你应该去睡一会儿。我们度过了漫长的一天。"

"哦，不，"我说，"我不累。你愿意让我陪你一起去吗？"

笑容在她脸上绽放。"噢，是的。我非常愿意。我一向喜欢有人做伴，看到你这样一张年轻、新鲜的面孔，弗朗西斯卡在悲痛的时刻也会高兴起来的。"

实际上，我主动提出和她一起去并不完全是无私的。我想找个机会跟詹尼的遗孀谈谈。也许他对她说过一些他想告诉我的事情。葆拉把一大篮子的食物放在一起：菜园里的水果和蔬菜，烘焙食品，还有一些吃剩的肉酱。

"她不会有心思做饭的，可怜的人儿。"她说道。

我们沿着离开村庄的小路出发，然后转向右边的山坡。山坡很陡，爬得有些吃力。一开始我主动提出帮忙提篮子，但现在有点后悔了。现在意识到自己身体还是很不健康。我下定决心，如果我需要在这儿待得久一点，一定要多散散步。接着我突然意识到原来我并不想离开，尽管我和督察之间发生了不愉快。尽管我在探寻真相的道路上毫无进展，但我喜欢待在这里。我喜欢和葆拉在一起，我感觉自己是这个家庭的一员。

詹尼的房子坐落在群山环绕的树林边缘。是一个简陋的建筑，用古老的石头砌成，屋顶也是石板的，看上去随时都可能塌下来。鸡群在房子外面转来转去。一条狗拴在院子里。我们走近时，它咆哮着站了起来。

"弗朗西斯卡，"葆拉用洪亮的声音喊道，"是我，葆拉·罗西尼，我来看你了。"

前门打开了，一个穿着黑衣服的瘦女人走了出来。她看上去好像哭了很久，但还是勉强露出一丝微笑。"葆拉，你能来真是太好了。"

"我在宴会上没有看到你，我很担心。"

"在知道有个正在那里大吃大喝的人杀了我丈夫的情况下，我怎么能参加宴会并高兴起来呢？"她逼问道。

"你并不知道，弗朗西斯卡。凶手很有可能是个外来者。"

"什么样的外来者？哪个外人会知道你家的井？他们说他被卡在那里，低着头，任由他淹死。什么样的怪物会做那种事？"

"也许是詹尼树敌了，"葆拉说，"他在他所打交道的人里，并不总是明智的那个。"

"詹尼一直在寻找交易，这是真的。"她表示同意，"但他远离罪犯、黑手党和帮派。有一些关于他的谣言根本不是真的。你知道的，他喜欢说大话。喜欢让人们认为他生活在危险和阴谋之中，但这不是真的。他是个相当胆小的人。但我们谈论这个也没有什么用了，不是吗？我想他们永远也查不出谋杀的真相。我今后又该怎么活？没有人照看羊群，没有人搬制作奶酪的沉重罐子。如果有人要买的话，我也只能把它们卖掉。用我养的鸡和几棵橄榄树勉强度日。"她长篇大论地讲完之后，似乎是第一次注意到站在一棵樱桃树荫里的我。"这个人是谁？"她问道。

"她就是和我住在一起的那位年轻的英国女士。"葆拉说，"她很善良，是她帮我提着篮子上的山。"

我感受到那双黑色眼睛在挑剔地审视着我。"她就是那个……"她开了个话头。

"没错，"葆拉说，"她就是和我一起发现你丈夫尸体的人。"

"这对她来说一定是个打击。"弗朗西斯卡说。

"对我们两个来说都是一个打击，"葆拉说，"我甚至以为我的心脏再也不会跳动了。这个可怜的男人，竟然是这样的结局。"

"就像你说的，竟然是这样的结局。一定是个非常残暴的人干的。究竟为了什么？就因为詹尼总说一些不太明智的话？"她停了下来，双手摆弄着裙子外面的围裙。"你们最好进来陪我喝杯酒。"

"当然。"葆拉说。她示意我跟上她，我们走进昏暗的房间中。虽然里面很拥挤，很简陋，但干净得一尘不染。我们坐在角落里的木凳上。弗朗西斯卡从架子上拿起一个陶罐，给我们倒了几杯红酒。然后把一盘橄榄和一些粗面包放在桌子上。"祝你健康，女士。"她说着，却仍然把我当作一个从火星来的生物一般审视。我想，也许我是她遇到的第一个外国人，但随后提醒自己，她在战争时期应该见过许多德国人。这可能会让她对所有外国人产生怀疑。

两个女人聊了起来。她们的语速实在太快，用的还是托斯卡纳方言，我根本一句都听不懂。我的注意力一直在游离。我越过她们身后向窗外望去，从这里可以清楚地看到圣萨尔瓦多全貌。我找到了索菲亚曾经住的，现在油漆已经剥落的房子。接着我更加专注地盯着它看。后面的窗子对着矮墙敞开。但是从这里看去，好像有一段楼梯从墙外面一直通向她房子的右边。所以，确实有办法可以把她想藏的人带出来。我迫不及待地想告诉伦佐这个发现。

终于，让我松了一口气的是，葆拉站了起来。"我该回到我的女儿和外孙女身边了。"她说。

"你今晚会去广场跳舞吗？"弗朗西斯卡问道，她看着我，也看着葆拉。

葆拉咯咯地笑了。"我想我的舞蹈生涯已经结束了。不过，如果这位小姐愿意去，我不会反对。"

"哦，可是我想我一个人去参加舞会还和陌生人跳舞有些不太合适。"我说道，"那个督察已经认为我品行不端了，就因为我和镇上的人一起喝了杯酒，并且没有女伴。"

"为什么警察局的督察要跟你谈话？"弗朗西斯卡问道，"他为什么会关心你的品行？"

我立刻意识到自己打开了一个尴尬的话题。我没办法开口说督察是想把她丈夫的死归罪于我，因为他认为詹尼曾试图对我用强，而我出于自卫杀死了他。我试图找出一个合理的解释。"他对每个人都很不友好，"我说道，"他想让我承认是我杀了你丈夫，因为是我发现了尸体。"

"太可笑了，"她说，"这些警察就是白痴。你有什么理由去杀一个素未谋面的人呢？"

"我想是因为当时他在餐馆外的桌旁。"我说，"我确实和他交谈了几句。我说我想看看乡下的风景，他主动提出带我看他的羊，还有他是怎么做奶酪的。"

"我明白了。"她始终皱着眉头，"女士，那你为什么到圣萨尔瓦多这里来呢？"

"我父亲是一名英国飞行员，他的飞机在这里附近被击落。我想知道有没有人知道他的事。"

"在战争时期吗？"

"是的。我不知道那时候的任何细节。这就是为什么我要来寻找答案。"

她挥了挥手，对我的话不以为然。"战争期间我们还都是孩子，但我们学会了生存和躲藏。"

"是的。然而似乎没人知道关于飞机失事中幸存的英国飞行员的任何事。"

"后来被德国人带走的那个？"

"你为什么这么说？"我感到脉搏在加快，"你确定这是真的吗？"

"我想詹尼提过一次。他们是来抓他的，我敢肯定。"

"他是一个人吗？"

"我也不知道。那时我待在叔叔的农场。但你的话让我想起了詹尼曾经念叨过。那时他自己也还是个孩子，但他经常干跑腿的活，能看到很多别人看不到的东西。他总是喜欢窥探别人，看看他最后搞成了什么下场。"

她用手捂住嘴边抽泣起来。葆拉走过去安慰她。"别担心，弗朗西斯卡。你在这里还有朋友。我们会确保你一切都好。"她说道，"现在我们得走了，不过随时欢迎你来我家。"

"你是个善良的女人，葆拉。愿圣徒保佑你。"

她静静站在门口，目送着我们下山。

第三十章　雨　果

1944 年 12 月

两个人在一片漆黑中蜷缩着身体躺了很长一段时间，直到周围的动静彻底停下来。

"你没事吧？"他低声对她说。

"除了非常害怕之外，我想是的。你救了我们两个。发生了什么事？感觉好像整个建筑都要塌下来了。"

"肯定是炸弹伤到了地基。"

两人的声音似乎在黑暗中不停回响。

"你觉得现在我们安全了吗？"她低声问，"他们走了吗？"

"是的，他们走了。"他轻轻抚摸着她的头发，她依偎在他怀里。

"要是找不到灯笼，我该怎么回家呢？"她说。

"我们会找到的。别担心。"他小心翼翼地扶着她，让两个人的身体慢慢舒展开，接着伸手去拿打火机，咔嗒一声，一个小火苗探了出来，他四下看了看。灯笼倒在一边，滚到了离他们几英尺远的地方。他探出身子把它抓了回来，重新点燃蜡烛。

"为什么他们要向我们扔炸弹？"她问道，这时他正在把蜡烛竖起来，打火机的火焰顶在烛心上。"他们怎么能这样做呢？"

"我想大概是飞行员看到了灯笼的亮光，以为这儿仍然是一个敌人的据点。"雨果说。

"就因为我这个小灯笼？飞行员会认为那是危险的？"她无奈地笑了。

"你会惊讶于人在飞机上能捕捉到多小的光亮。"接着又补充道，"有时候飞行员只是想掉头回家，所以他会把最后一颗炸弹投到他认为不会造成伤害的地方，比如树林或田野里。"

"你也做过那种事吗？"

"我是个飞行员。我的工作只是驾驶飞机，而不是投炸弹。"他说，"并且我只驾驶轻型轰炸机，携弹量很少。我们希望让每一颗炸弹都投在最有价值的地方。"

他把点燃的蜡烛放回灯笼里，然后拿起灯笼查看教堂的损坏情况。狭长的阴影被微弱的烛火投射到刚刚倒塌的石制建筑上。墙壁还竖立着，尽管上面现在多了许多裂缝。之前地板上的碎石瓦砾已经移动到了别的位置，整个地板现在都是倾斜的。

索菲亚站了起来。"我希望这里仍然足够坚固，还能在上面行走。"她试着走了几步，然后停了下来。"上帝玛利亚！"她喊道。

"发生了什么？"他挣扎着站了起来。

"快看这里。"

他朝她所指的方向看去。靠近教堂侧壁的地板上现在露出一个大窟窿，一段台阶消失在黑暗中。

"一定是个地窖之类的地方，"雨果说，"你下去过吗？"

"没有。我只在节日庆典的时候来过教堂一次，"她说道，"我们和修道士没有太多联系。他们已经与这里的现实生活隔绝了。"

"直到德国人把他们赶出去，他们才明白普通人真正的生活是什么样的。"他补充了一句。

"我们要下去查看一下吗？"她问道，"也许下面干燥暖和，对你来说正合适。"

雨果不愿走进那个长方形的黑暗中去。冰冷浑浊的空气从下面涌上来，他闻到了一股发霉的潮气。"我觉得应该等到天亮，"他说，"我们还不知道下面的空间结不结实。现在这儿看上去整个天花板都要塌下来了。"

"如果我能从这儿出去，明天一早就回来。"她说道，"我会告诉大家我得去检查我的萝卜地，采摘的日子很可能就在这个星期。况且明天是节后的第一天，每个人都会起得很晚。"

"好吧。"雨果发现自己微笑着已经开始期待很快就能再次见到她，尽管他不像她那样热衷于探索某个旧地窖。"你现在应该回家睡觉了。走到门口时一定要小心，地板可能不那么结实。"

"我会非常小心的。"她说，"而且我迫不及待想要回来，好看看我们下面这个地方究竟是什么。你觉得会是个藏宝库吗？"

"我表示怀疑。我猜这里的修道士都是些生活朴素之人。早些时候我在外面的碎石废墟中翻东西，反正没有找到什么黄金容器或是红宝石戒指。而且他们的碗和盘子明显是用粗陶做的。"

"尽管如此，"索菲亚说，"还是很令人兴奋，对吗？"

"是的，"他只好表示同意，希望她好歹因此有点盼头。"确实令人兴奋。"

雨果整晚都很难入睡。他意识到自己躺在一个随时都会坍塌的地方，纠结着是否应该搬到外面去。但凛冽的寒风在废墟周围咆哮，这个想法貌似并不诱人。他坐起来，要命地只想抽上一支烟。然而他只能翻出那瓶格拉帕酒，痛饮了一大口。这使他感到温暖，但丝毫没有减轻他焦虑的心情。他强迫自己与昏昏欲睡作斗争，当清晨的第一缕阳光出现在东墙时，他感到很高兴。

雨果一直等到天完全亮了，才小心翼翼地绕着外墙走了一圈，平安无事地来到前门。他看到炸弹没有直接落在本就残破不堪的建筑上，而是把山坡轰掉了一大块泥地和岩石，这让修道院现在已经坐落在了悬崖边。至少不会再有德国卡车能从公路开上来了。他想，眼前这几级石阶安然无恙。

他洗漱了一番，又喝了一大口水，然后回到教堂。他在地窖门口站了很长时间。索菲亚是对的——这的确诱人，但同时也令人担忧。一股寒冷的气流从下方涌了上来，尽管雨果想象不出这股气流到底来自这个"洞穴"深处的什么地方。

等到索菲亚双颊通红，气喘吁吁地走进来时，他还站在那儿盯着地窖入口。"今天风真大，"她说，"上山很困难。你看，我拔了一个萝卜。我们把它洗一洗，你就可以吃了。"

"生萝卜？"他做了个不情愿的鬼脸。

"哦，是的。但味道很好，又脆又新鲜。"她把萝卜放在一根倒下的横梁上。"你下去过了吗？"

"没有，我在等你。我想和你一起下去。"

"我又带了一支蜡烛，"她说，"下面一定很黑。"她兴奋地朝他咧嘴一笑，"你准备好了吗？我很想知道我们能找到什么。"

"可能只是一间地下储藏室，修道士们把旧祈祷书、旧袍子和不想要的家具都存放在那里。"雨果说。

"但这不合理。它在一个教堂的下面，很可能是某位圣徒的坟墓，或者是圣物。我在锡耶纳的大教堂里见过圣凯瑟琳的头颅。"

"只有她的头？她的身体怎么了？她被斩首了？"

"不是斩首，头是在她死后被取下来的，被放进一个黄金和水晶打造的盒子里。直到现在，它仍然奇迹般的保存下来，供所有人瞻仰。给人们授予奇迹。"

"可怜的圣凯瑟琳，"他说，"我庆幸自己永远成不了圣徒。我可不想死了还被人砍头。"

她被逗笑了，走过去准备打他一下，但转念一想，又改变了主意，前一天晚上的亲昵关系被抛在脑后。"麻烦给我你的打火机。"她点燃了蜡烛后又说道，"我先下去试试台阶安不安全。"

"小心点！"他喊道，她身影已经没入黑暗。

"情况不错，"她说，"台阶不太陡，而且很宽。你可以摸着旁边的墙往下走，别着急，慢慢来。"

他跟在她后面，一步一个台阶往下走，感受着手掌贴在石墙的冰冷。他听到她倒抽了一口气，但注意力完全集中在不要摔倒上，努力用受伤的腿支撑住他身体的重量，直到下到地窖底部才松了一口气，接着抬起头来。自己也看到了是什么让索菲亚倒抽一口凉气。

这是一个完美的小礼拜室，有着雕刻工艺和拱形的天花板。墙沿着墙壁排列着一些看起来像是墓碑的东西——早已死去的修道士墓碑。台阶底部放着几块厚砖。索菲亚举着蜡烛，想让它的光照到远处的角落。房间的尽头有一座祭坛，祭坛上矗立着一个高大而逼真的十字架。壁龛摆着圣徒雕像，墙上挂着几幅巨大的画作。

"这就是为什么德国人从来没有洗劫过这个礼拜堂，"索菲亚说道，烛光照耀着台阶周围厚厚的石块。"你看，一定是这些石块从下面堵住了楼梯口，现在被炸弹震得掉下来了。或许这个礼拜室已经几个世纪没有使用过了。也可能修道士们有从其他建筑进入这里的秘密入口。"她走在他前面，凝视着墙壁。"看看这个！"索菲亚举着蜡烛指向其中一幅画，"它不美吗？这幅画是东方三贤士①朝见圣婴耶稣。"她继续前进，"这幅是圣塞巴斯蒂安②，可怜的受难者。"

雨果向后退了退，离第二幅画稍远了一点。他能看出这幅画出自一位大师之手，但画中被绑在柱子上并射满了箭的尸体有些过于生动了。

"这些画一定很古老了。"索菲亚说。

"是的。文艺复兴时期的作品。"雨果说，"我想知道上面有没有签名。三贤士的画看起来很像佩鲁吉诺的作品。"

"这难道不神奇吗？大师们的作品就在这里，而我们是唯一知道他们的人。"

"是的，"他同意道，"太神奇了。"

她本能地把手搭在他的胳膊上，抬头看着他，笑了。"我很高兴我们能一起分享这一刻。"

他真想把她抱在怀里吻，但只是报以微笑。他们继续绕着墙走，索菲亚检查每座墓碑，然后念出拉丁文给他翻译。"阿尔伯图斯·马克西姆斯，1681 年至 1696 年任院长。"雨果对着其中一个墓碑的铭文说。

"你真是个有教养的人，"她说，"你还懂拉丁语。"

他说："我们在学校里受了它 7 年的煎熬。但你唱弥撒曲时用的就是拉丁语，平时说的是意大利语，这两者非常接近。"

---

① 东方三贤士：又称东方三博士，《圣经旧约》中记载，在耶稣基督出生后，有来自东方的「博士」带着礼物，朝拜耶稣。
② 圣塞巴斯蒂安：天主教圣徒之一，在文艺作品中通常被描绘成捆住后用乱箭射穿，当皇帝得知他还没有死时，用棍棒将其打死的形象。

她耸耸肩。"我听不懂牧师的话，"她说，"菲利波神父在我忏悔之后为我告解，我甚至不知道他到底是说我被原谅了，还是说我会下地狱。"

"你把来看我的事也告诉他了吗？"

她犹豫了一下。"并没有。只说了我发现了你，帮过你一次。没有说每天都来探望你的事。因为这不是罪行，对吗？耶稣说要喂养饥饿的人，欢迎陌生的人，这两样我都做到了。"

"完全正确。"他开始往前走。

"快看这个。"他一边对索菲亚说着，一边在一扇嵌在墙上的小门前停了下来。"你是对的。还有另一条路可以进入地下室。那些楼梯可能已经堵了很久了。"

"咱们试试，看看通向哪里。"她抢在他之前抓住了门把手，轻轻扭了下，把手纹丝不动。"锁上了。"她失望地说，"谁知道门后面会通向哪里呢？"

"无论通向哪里现在也只是一片废墟了。"他说着准备转身离开。索菲亚一直盯着门，似乎想把门打开，然后她叹了口气，走到雨果身边。在小礼拜堂的后面，有一块雕刻得很复杂的石屏，在它后面是另一个小型侧室礼拜堂，里面有一个祭坛，祭坛上铺着一块台布，前面摆着一把祷告椅。祭坛上方也有一幅画。索菲亚举起蜡烛，这一次两人同时吸了一口凉气。这是一幅镶着金边的小型油画。主题倒是意料之中：圣婴耶稣躺在母亲怀里。但这幅画与雨果以前见过的任何文艺复兴时期的画大相径庭。这不是一个非写实的孩子，不像其他画作那样有着一张成年人的、匀称、面无表情而成熟的脸。他是个真正的婴儿。长着一张圆脸，头上长着一团金色的卷发。正冲着两个可爱的小天使伸出胖乎乎的手，小脸上洋溢着喜悦，而天使在他触碰不到的位置扇动着小翅膀徘徊起舞，像是在逗他玩。

索菲亚先开口了。"噢，多漂亮的男孩啊，"她说，"难道他不是你见过的最漂亮的男孩吗？"

"是的。"雨果激动得喉咙发紧，几乎说不出话来，"这是我见过的最精彩的《圣母与圣婴》创作。在某些方面，它的光影运用和现实主义手法是如此的现代。但你知道，我在想这是不是达·芬奇。圣母的面容有着《岩间圣母》的那种奇妙的宁静。"

"莱昂纳多·达·芬奇吗？"索菲亚也发出低语。

"很可能是。"

"那么我们一定好好保管它。必须确保德国人永远找不到。"

"是的，我们必须这么做。"他非常肯定，"你能把画带回家藏在阁楼里吗？"

她看上去吓坏了。"我没有资格动它。再说万一德国人决定搜查村庄，然后发现了怎么办？我们将永远失去它。不，最好把它继续藏在这里。现在这里已经成了一片废墟，谁还会想到这里来呢？"

"尽管如此，"他边说边盯着那幅画想，"也许我们应该再把台阶挡住，把它们都藏起来。"

"但是你应该待在下面。这里比上面干燥而温暖，当你睡觉的时候，会有一个漂亮男孩的脸看着你。万一德国人来了我们也能提前警示你，你也可以趁机想一个好地方把画藏好。那边的圣塞巴斯蒂安受难画可以任他们拿去！"

他笑了，"是的，我也觉得他看起来很吓人。"

"那么你现在就待在下面，好不好？"她问道，"你会受到圣徒和圣婴耶稣的庇佑而更加温暖。"

　　"我会试着在这里好好睡一觉。"他说道，"最近的风实在很冷。"

　　"我这就把你的东西拿下来。"

　　"不用麻烦你。我自己可以把它们一个个拿下来。毯子我可以直接扔下去。"

　　"我不想让你冒着摔下去的危险，我能帮你的。你待在下面接着。"

　　她把蜡烛放在一个修道士的墓碑上，然后提起长裙，轻快地跑上楼梯。

第三十一章　乔安娜

1973 年 6 月

我和葆拉步行下山时，我仔细观察了整个小镇。是的，确实能看到有一条可以从索菲亚家下到附近城墙外的路。一个敏捷的人完全可以从窗户爬出来，沿着墙的顶部走，然后下到葡萄园里，这样就不会被人看到了。我记得伦佐说过他的母亲曾经带着篮子到森林里去找吃的。我的视线穿过葡萄园，又穿过橄榄林，来到山顶的树林。在树林的后面，树木上方有一块露出地面的岩石，岩石上坐落着一片古老的废墟。我停下来盯着它仔细看。不过是一堆断壁残垣，很难分辨出曾经哪部分是建筑，哪部分是岩石本身。

我想到了索菲亚和她的篮子。会有可能把人藏在那儿吗？

"山上那座古老的废墟，"我说，"它以前是座城堡吗？"

"修道院。"葆拉说，"我记得小时候那里的修道士曾经有个特别美丽的小教堂。"

"你还是个孩子的时候？"我脱口而出，"那时候还是修道院吗？"

"哦，是的。直到它在战争中被炸毁。"

"德国人炸毁了一座修道院？"我惊恐地问道。

"不，不是德国人。是盟军。我想应该是美国人。"

"他们炸毁了一座修道院？太可怕了。是弄错了目标吗？"

"哦，不。一开始德国人赶走了这些修道士，用那个地方当作他们的炮台。那里视野很好，可以清楚地看到山谷中的道路，也能看到头顶飞过的飞机。所以盟军当然得把那儿炸掉。摧毁这样神圣的地方真是可耻，但他们别无选择，不是吗？在那种日子里，不是杀人就是被杀。"

我仍然盯着那里，试图把那些残破的墙壁想象成曾经美丽的修道院。把任何人藏在那儿都不是什么难事，但他们肯定无法躲避山岩间的风雨。尽管如此，我还是需要亲自去看看。但不是今天！葆拉停了下来，吸着鼻子闻了闻空气。"我们得快点了，雷雨就在不远的地方。"她说着加快了脚步。在距离葆拉家还有很长一段距离的地方，我们就听到了远处传来的第一声轰隆。大风在我们周围盘旋，突然变得又冷又烈。天空敞开了，雨跟着下了起来。不到一分钟我们就浑身湿透，跑到家时就像被淹死的老鼠一样。

"噢，妈妈。"安吉丽娜在走廊里遇到我们时大声说道，"看看你们两个！我听到雷声就开始担心。"

"我们只是身上有点湿，亲爱的，但这时候不换上一件干衣服再喝一杯上好的格拉帕酒是治不好我们的。"她把一只手放在我的肩上安慰道，"乔安娜，去换件干衣服，然后我们把你身上这件挂在浴室里，很快就会干的。"

"好的，"我回答。现在的景色有点吓人。雨下得太大了，水滴落在瓷砖屋顶上弹起，发出响亮的噼里啪啦声。我沿着一条现在是一系列水坑的小路飞奔穿过花园。来到我住的小房子，拉开门闩，长嘘了一口气让自己进去。关上身后的门时，我忽然想起一件事，瞬间愣住了——今天一早我们离开时，我肯定已经锁好了门。我当然不可能这么粗心……是的，钥匙还在我的手提包里。接着我想起伦佐说过在圣萨尔瓦多没有人会刻意锁前门。索菲亚的房子里一定挂着一把备用钥匙——并且很容易找到。

也许是我杞人忧天了，我想。也许安吉丽娜需要用这个小房子里的东西——比如大衣柜里多余的亚麻床单。但也可能是有人利用我们都去参加庆典这一消息来看看我的房间是否能搜出什么东西。可能是宪兵队，也可能不是。我小心翼翼地打开抽屉。果然，我的衣服被动过了。我找出备用鞋子，发现詹尼给我的东西仍然藏在鞋缝里。所以搜查的人并没有做得很好，是吗？还是他已经找到了那些东西，但认为没必要弄乱它们，好让我觉得我还是安全的。这个念头让我有点担心。我检查了一下其他的财物，但没有发现别的东西不见了。当然，那封会牵连到我的信，连同我的护照和钱包，都安全地放在我的手提包里。有人可能知道詹尼想和我谈什么。但他们也知道他后来并没有接触过我，所以也联想不到那三样我可能无法解释的东西。

我翻出几件干衣服，用毛巾包起来，然后跑回农舍。

身处温暖而干燥的环境，又喝了一杯格拉帕酒后，我感觉好多了。宴会才结束不久，我们都不太饿，简单吃了一点剩汤和面包。准备睡觉之前，我反复确认门是锁着的。然后躺在那里，听着暴风雨一点点转移，直到雷声渐渐远去。

第二天早上醒来，我看到了相比暴风雨更为熟悉的明亮蓝天。雨后空气清新，天空绚烂，晃得我不得不遮起眼睛眺望乡村。吃早饭的时候，葆拉说自己得去菜园干活，她注意到昆虫们正在大吃特吃。如果茄子熟了，她会做一个帕尔马干酪茄子当晚餐。

"我想我最好去看看那个来自卢卡的督察是否已经决定我可以走了。"我说道。

"哦。"葆拉的脸沉了下来，"这么快？你想这么快就走吗？就在我找到另一个女儿的时候？"

"我真的很喜欢这里，"我说，"但我需要确认，警方不再认定我是詹尼之死的犯罪嫌疑人。我确实应该尽早回家。我得回去学习了。"

"但你至少要住够一个星期。"她说。

那个事实令我大吃一惊。我来这里还不到一个星期吗？我感觉自己好像在这里住了很久。

"噢，当然。至少一个星期。"我说。

"你溜得这么快，我还怎么教你做托斯卡纳菜？"她用胳膊搭着我的肩膀，紧紧地搂了我一下。"我得把你养肥了。这些骨头上需要长点肉，否则你永远找不到丈夫。"

"也许她心里已经有了一个男人了，妈妈。"安吉丽娜喂着她的孩子抬起头说道。

"是吗？有个小伙子在等你吗？"葆拉问道。

我摇了摇头，"没有小伙子等我。"

"当然咯，你得先通过那些考试。当你成为一个富有的律师，会有很多男人排队等着娶你。"葆拉说。

"妈妈，她不希望男人为了她的钱娶她。"安吉丽娜说，"她想为爱而结婚。您应该能看出来她是个浪漫而不是一个务实的人。"

"有钱又不是什么坏事，"葆拉说，"但可能因为你来自一个有钱的家庭，所以也没把这个当作什么问题。"

我摇了摇头，"恐怕家里我是指不上了，我父亲去世时几乎身无分文。我要在这个世界上闯出自己的名堂来，否则就嫁给一个有钱人。"

"她应该向柯希莫抛媚眼。"安吉丽娜咯咯地笑着说，"55 岁，至今未婚，拥有这附近所有土地！"

"柯希莫？她应该向他的继承人伦佐示好。那小子可顺眼多了，是吧，乔安娜？"

我察觉到自己脸红了。她也笑了。"我注意到一些事情。我看到了他对你说话的样子。你们两个一起从宴会离开了是不是？"

"我们只是在谈论他的母亲，以及他是否记得见过我父亲。"

"他有印象吗？"

我摇摇头，"没有。但我们现在确信他们彼此认识。现在詹尼的遗孀又说我父亲被带走了。也许事情就是这样，他被敌人带走了，她绝望地放弃了，选择了一个德国人的保护。或者……或者她也被出卖然后被带走了。我想现在我们永远也不会知道事情的真相了。"

"你从没问过你父亲这件事？他也从来没提过？"

"他从来没有。"我说，"我只听母亲告诉过我，他在战争中飞机被击落，受了重伤，差点丧命，但我从没想过要问她细节。我相信我父亲也不会把索菲亚的事告诉我母亲。"这就是为什么他把他的记忆关在阁楼上的一个小盒子里，我心想。

吃完早餐。葆拉戴上遮阳帽，系上围裙，到花园里干活去了。我提出帮助她，但她没有理睬我的请愿。"你来这里是度假的。好好享受生活。去吧。"

我留下她自己处理菜园里的豆子，然后就上山了。今天会是一个炎热的日子，我已经能感觉到脖子后面太阳的热度了。我要去找伦佐，我想道，然后说服他和我一起去修道院。这个想法让我感到很开心。我摇了摇头。我怎么就永远不吸取教训呢？伦佐的父亲可是被大家描述为危险的人物——一个可能会下令杀死与他作对之人的人。恰巧他偏偏也住在意大利的这个村庄里。即使他不是我哥哥，也不是当男朋友的合适人选。况且，他几乎没有注意到我在地震时抓住了他。

我走进镇子里的广场。昨日的狂欢的痕迹仍然很明显。大雨过后，到处散落着横幅和旗子，有的飘在屋顶上，有的坠落在还没收拾好的桌子上。一个个看上去都像是在为自己的遭遇感到难过。我走进宪兵队办公室，发现督察还没有到，也没人知道他什么时候到。再次走出大楼时，我注意到广场边缘的黄色建筑物是邮局。我想我应该给斯嘉丽打个电话，让她知道我现在有被捕的危险，以防万一……

我走进去，付了钱，有人告诉我如何使用电话。邮局的工作人员显得非常兴奋，因为他要把电话接线到远在英国的某个地方。他坚持替我代劳所有的事情，过了很久他才把电话给我。我听到电话的另一端在响。等了很久，我正要挂断电话，一个声音说："该死的，你知道现在才几点吗？"我这才意识到意大利比英格兰早一个小时。现在这里10点钟，而那里只有9点钟——对斯嘉丽来说，现在不过是半夜而已。

"是我，乔安娜，很抱歉。我一定把你吵醒了。"我说，"我忘了时差了。"

"乔？出了什么事儿吗？"她问道，"在电话上浪费钱可不像你。你还在意大利吗？"

"是的。"

"那你找到失散已久的哥哥和你父亲的旧情人了吗？"

"没有，但我摸到方向了。"我说，"至于是不是出了什么事，我想我得知会你一声，免得我被直接拖进牢房。"

"牢房？你抢银行了？"

"不，我是一起谋杀案的犯罪嫌疑人。"

"该死的，"她说道，"到底怎么回事？"

"我睡觉的小房间旁边的一口井里发现了一个人的尸体。"我说，"我觉得警察可能想把责任推到我身上，因为这比找出真相轻松得多。"

"我猜是黑手党。这不是常有的事儿吗？"

"有可能是。据我所知，那个人在做一些不正当的交易。"至于那封信的事，我保持沉默了。"我今天还得去见督察，他会决定我是否可以离开。"

"你这可怜的孩子。你就不能跳上下一趟火车，在他们发觉到你已经走了之前安全抵达瑞士吗？"

"没那么容易，"我说，"我所在的地方每周只有两辆公交车。而且还不在大路上，所以我被困住了。但假如你从我这儿收到一个莫名其妙的信息，说让你喂仓鼠什么的，就立刻去找奈杰尔·巴顿，告诉他我有麻烦了。"

"真有趣。"斯嘉丽说。

"我被指控谋杀了还有趣？"我吼道。

"不，我是说奈杰尔·巴顿。我觉得他很喜欢你。他上周出现了，说他有你给他的那些画的消息——它们都被清理出来了的消息。我告诉他你现在在哪里，但也说了不知道你会在那儿待多久。"她停顿了一下，"不过我认为这些画只是一个借口。"

"噢，天哪，"我说，"这是我最不需要的——一个热心的律师。"

"你就知足吧。他的父亲和祖父拥有这家事务所。"

"为什么每个人都那么想把我嫁给一个将来会继承些什么的人呢？"我不耐烦地说。

"哇，你这是怎么了？"她问道，"开个玩笑而已，我的朋友。总之呢，除了被指控谋杀，你玩得还开心吗？"

"说来奇怪，是的，"我说，"我玩得很开心。我正在学做意大利菜。昨天还参加了一个节日庆典。我喜欢这里。"

"在托斯卡纳待了几天，这人就变成个意大利家庭主妇了。"斯嘉丽打趣道，"但是听着，照顾好你自己，知道吗？有人被杀了，也就是说凶手仍然逍遥法外。尽管这可能只是当地的仇杀，与你无关，但有人可能会认为你知道的远比你说出来你知道的要多。"

"明白，我会小心的。"我说，想着她的猜测是多么接近事实，我想告诉她真相，但我向小隔间外瞥了一眼，看到邮局局长就在旁边闲逛，还有一位老妇人等在外面，双臂不耐烦地交叉在一起。我现在不得不保持沉默。

"有更多消息时再打电话给我，"她说，"下次不要这么早了。今天我们一直排练到两点。"

"我很抱歉。我会再打给你的，尽管村里唯一的电话似乎就是这个公共电话。"

"那我最好派奈杰尔·巴顿去救你。"斯嘉丽咯咯地笑了。

"我能看到他骑着他的白马。"

"哈哈哈，别逗了。再见。"

"好的，再见。"

我挂了电话，站在那里盯着看了一会儿。这个电话曾是我与家乡仅有的一丝联系，现在我又回到了一个一无所知的世界。我听说过意大利的贿赂、腐败和恐吓。在黑手党统治的地方。万一督察收了真凶的钱，并被告知要把罪行归咎于我呢？这似乎很有可能。葆拉是我的盟友，但她能在镇上有多大的影响力？我唯一能求助的人是一个男人的养子，而这个男人完全可以自己下令杀人。

我从邮局出来，看到一名宪兵军官在向我招手。"督察来了。"他喊道，"他在找你。"

我深吸了一口气，跟着他。督察又坐在上次的桌旁。

"兰利女士，"他用意大利语招呼我，"周末过得愉快吗？"他笑了，露出两颗金牙。

"是的，谢谢你。"我回答，"我参加了镇上的节日庆典。非常隆重。"我带着糟糕的英国口音，尽可能慢地结结巴巴地说着这些话。我想让他觉得，如果他需要问更多的问题，就必须再次找到伦佐。

"我现在可以回家了吗？"我补充道。

他摊开双手，"我对你没有参与这次谋杀的答案还不满意。你为什么要来圣萨尔瓦多呢？我在问我自己。它不是一个美丽的旅游小镇。你是来引诱可怜的马蒂内利先生去送死的吗？有人花钱让你这么做？"

我花了一些时间才理解他的意思。"我已经说过了，这个镇上我一个人也不认识。我是来了解我父亲在战争时期的故事的。但是这里没有人知道我父亲。这是全部实情。现在我想再次离开你这里，并且回到我的国家。"

"我今天还要询问更多的人。这个死者似乎和外人有过很多交易——并不是所有人都能凌驾于法律之上。但是不要担心，我会把这件事弄个水落石出。也许那口井上还有其他指纹，也许没有。但如果你像你说的那样是清白的，那么几天后你就可以回家了。"

他正要把我打发走，这时外面走廊里传来提高嗓门的声音。年轻的宪兵探员从门口探出头来，显得非常尴尬，"督察，有一位先生，他说——"

"他说他必须立刻和督察谈谈。"一个低沉的声音说道，接着柯希莫自己走进了房间。虽然拄着拐杖，但他还是走得非常快。

"乔吉奥先生，对吗？"督察的脸色变得相当苍白。

"当然是我。"柯希莫说，"你在卢卡的上司也很熟悉我。我是为了这个不幸的年轻女士而来的。我儿子告诉我，他已经和她谈过了，他确信她与这起犯罪没有任何联系。我们不希望她对托斯卡纳有坏的看法，对吗？我们不希望她回家后说托斯卡纳的司法界人士全是白痴，说他们不知道如何像福尔摩斯先生那样破案。所以我来这里告诉你，当她想离开的时候，你必须让她走。也许有一天我们会知道关于詹尼·马蒂内利的真相，也许不会。你知道的，干这种坏事的人并不总是容易被找到的。"

很长一阵时间的沉默。督察显得非常不自在。他不想放下自己的威严，但也不想和柯希莫对着干。

"请再给我几天时间。"他说，"这位女士在这儿会很安全的。她可以尽情享受意大利的阳光。"

"我儿子明天得去佛罗伦萨，"柯希莫说，"他愿意载这位小姐去火车站。"

"我会考虑这件事的。"督察说，"这是我能作出的最好承诺。"

柯希莫把手放在我的背上，把我带出了房间。"别担心，我亲爱的姑娘。"他说，"我可以向你保证，明天早上你可以和我的儿子一起离开。去享受你在圣萨尔瓦多的最后一天吧。"

我觉得最后那句话很不吉利，尽管我相信是我把本意解读得太多了。走到炫目的阳光下，我不知道接下来该去哪里。然后我作出了决定。我得和詹尼的遗孀谈谈，她是唯一真正听说过我父亲的人。也许她知道得更多。甚至也许她知道为什么詹尼那天晚上来见我，然后就死了。

第三十二章　乔安娜

1973 年 6 月

当我走近弗朗西斯卡的房子时，那只狗又蹿起来狂吠。看上去很凶恶，我不愿再靠近。毕竟我不知道那条链子有多长。我希望她能听到外面的骚动，来看看发生了什么事。最后，窗帘被拉下，一张脸露了出来，接着前门打开了。

"是英国女士啊，"她说，"毫无疑问，你是来拿葆拉的篮子的吧？那东西她有用，还有她的碗。肉酱做得非常棒。请代我谢谢她的好意。"

她的口音很重，我听不太懂她的话。

"请进吧。"她示意我朝门口走去。我进屋时，那只狗目不转睛地盯着我。

"愿意和我一起喝点咖啡吗？"她问道。

其实我不太喜欢这里的意式特浓咖啡。牛奶似乎只有在早餐时才会和咖啡搭配在一起。过了早餐时间，任何时候往咖啡里加水都是一种软弱的表现。"谢谢。"至少这能给我一个理由留下来谈谈。

她把我领到桌旁的长凳上。我坐在那儿看着她把咖啡倒进一个小杯子里。"夫人，"我有些迟疑地说，"我想和你谈谈关于我父亲和战争期间的事，我想你知道的一定比昨天在罗西尼夫人面前说的要多。"

她看上去惴惴不安，"我只知道我丈夫告诉我的——他看见德国人带着一个囚犯开车走了。他觉得那个囚犯是盟军的飞行员。他穿着一件皮夹克，就像那些开飞机的人一样。"

"你丈夫说过索菲亚·巴托利的事吗？"我问。

现在她看起来是真的很惊讶。"索菲亚·巴托利？和德国军官私奔的那个？她跟这事有什么关系？"

"我认为是她帮助我父亲藏起来了。"我小心翼翼地说。

她摇了摇头，"我对此一无所知。"

在上山的路上我心里权衡过，如果把信封里的东西拿给她看，会不会让她陷入危险。我决定冒这个险。

"你丈夫死的那天晚上把一封信从我窗户的护栏外塞了进来。"我说，"我不得不认为这是为我准备的。"

我把纸条递给她。她读了里面的内容，然后半笑着摇了摇头，"这个蠢货，我告诉过他不要去添乱的。"

"所以你知道他指的是什么，对吗？"

"我知道得很少，"她说，"我知道他过去常给当地的游击队传递消息，他为此感到自豪。作为一个小男孩，他已经为赢得战争尽了自己的一分力量。有一次他喝醉了对我说过——当然他经常喝醉。上帝保佑他的灵魂——如果圣萨尔瓦多的百姓知道真相，事情就会大不一样了。"

"什么真相？"我问她。

"关于战争的。他说总有一天他会找到办法让真相大白，而等他真的去做的那一天，一切都会改变。"

她一边说着，一边摆弄着桌上的东西，挪动着糖罐和勺子，眼睛也没有看着我。显然对谈论这件事感到不舒服，但我不得不逼她说下去。

"你知道他是什么意思吗？"

"不太清楚。他一喝醉就会胡言乱语。第二天他清醒了，我问他头天晚上说了些什么，他给了我一耳光，让我别管那些与我无关的事。"她停顿了一下，抬起头来，"他经常打我。他是个又蠢又粗暴的人。"

"我很抱歉。也许他的死在某种程度上对你来说也是一种解脱。"

"解脱？"她怒视着我，"一种解脱？独自一人陷入贫穷？我能自己一个人种地吗？至少在某些方面他是有用的。他做的奶酪很好吃。"

这理论荒谬得让我差点笑出来。我勉强抑制住了笑意。"也就是说因为詹尼在战争中经常传递信息，他看到了一些重要的东西，一些其他人不知道的东西。"

"我也是这么想的。"她说。

我打开手提包，把那三件东西拿了出来，然后把它们放在桌子上。"他给你看过这些吗？你知道它们代表什么意思吗？"

她盯着三样东西，"噢，那是圣乔治会的星星徽章。镇上受尊敬的人都属于这个组织。"

"这是战争期间游击队的秘密标志吗？"我问道。

"也许吧。那时候我只是个年轻的女孩，不了解这样的事情。但这个——"她拿起钞票，"这肯定是德国钞票。这块布？一块肮脏的旧布？这是什么意思？"

"我想它是被血弄得干硬了。"我说道，看着她急忙把它放下。"也许詹尼是想告诉我，有人提供了导致游击队被屠杀的信息，而且是用德国钱收买的。"

"哦。"她抬头看着我，消化着这句话。"所以这就是他的暗示——有人并不是自己所声称的英雄，总有一天詹尼会去确认他的沉默能换来一笔好价钱。"

"是柯希莫？"我问，"你认为他是指柯希莫吗？"

"有可能。"她紧张地环顾四周，生怕有人在窗口偷听。"我们都听说过他在战争期间的英勇事迹，而他也确实在战后获利颇丰。但如果我的丈夫愚蠢到去勒索他，那么他换来的就是丢掉自己的小命。"她叹了口气说，"我告诉过他别去掺和，可他从来不听我的。"

我心里已经接受这个观点了。我同样听说过柯希莫是怎样从游击队的大屠杀中幸存下来的。假如他不是挺过了这场危机，而是精心策划了这场危机，并从中得到了丰厚的报酬，那该怎么办？詹尼可能认为告诉我这件事是一个好时机，这样好让不属于这里的人知道。当我远离这里的时候，他就会去勒索柯希莫。正如弗朗西斯卡所说，一个蠢货。

"你需要留着这些东西吗？"我问。

"不用。你带着吧。"她把它们推回给我，"你要是个聪明人，就应该把东西销毁。它们只能带来更多悲伤。过去的就让它过去吧。我丈夫已经离开了。我也希望你现在也离开，回到你的国家去，忘掉这个地方吧。"

言尽于此。我站起身，谢谢她给我的咖啡，然后走出门去。狗站了起来，浑身毛还竖着，但我从它身边走过时，它并没有叫。我开始往山下走，但接着又转头朝树林走去。我不知道自己期待找到什么。即使我的父亲在那里搭起过一顶小帐篷，它也早该被发现或是破碎不堪了。那么当地人肯定会谈论它。除非……我在树林边停了下来。除非他们其实都知道我父亲发生了什么事。除非他们都知道一个秘密，并且同意保持沉默。如果是那样的话，我只能一无所获地回家了。

我走进茂密而阴凉的树林。在这些树中间步行令人心旷神怡，宽橡树和栗子树还开着花，四周响起鸟鸣声。一只鸽子在我头上的树枝上忧郁地咕咕叫着。我循着一条穿过树林的小道前行，试图理清思绪。战后，柯希莫成了镇上最富有的人。詹尼可能真的已经蠢到抓住我到来的机会，威胁要敲诈他，这就是为什么柯希莫如此渴望我在问更多问题之前离开的原因。还有伦佐——伦佐是柯希莫的儿子和唯一继承人。他肯定知道战争中发生了什么，也知道詹尼发生了什么。我看到他是如何顺从自己父亲的每一个愿望，放弃伦敦的学业，赶回家来帮他的忙。

对我来说，最好的办法就是接受柯希莫的提议，让伦佐尽快送我去车站。无论我父亲发生了什么事，反正没有人会把这个消息告诉我。我突然感到身处树林里的一种警觉，好像所有的生物都在警觉。我很害怕。如果我一直在被人跟踪呢？要是有人偷听了我和弗朗西斯卡·马蒂内利的谈话，然后跟着我进了树林呢？多方便啊，我的尸体几天都不会被找到……

我盲目地飞快穿过灌木丛。树枝划破了我的脸颊，荆棘缠住了我的裙子，但我一直坚持走到橄榄林，呼吸沉重地看到葆拉的农舍就在对面的山坡上才高兴起来。我想我一定是一路跑着回家的。

第三十三章　雨　果

1944 年 12 月

　　雨果在地窖里过了一夜。他对自己置身于死去的修道士、十字架和各式各样的圣徒面前一点也高兴不起来，但至少能避避风，也算不错。他在石屏的另一边铺好了床，因为知道可以透过石屏雕刻的洞看见圣婴耶稣。他躺下去美美地睡了一觉，这是他离开罗马基地以来睡得最好的一次。猛烈的暴风雨在午夜的某个时候再度来临，他很高兴自己有了一个相对安稳的地方。风从楼梯呼啸而下，他听到了撞击和砰砰掉落的声音，更多的砖石从地窖外的墙上脱落下来。索菲亚那天晚上没有来。他靠着萝卜（出奇的美味）和剩下的圣诞大餐填饱肚子。

　　天亮了，他爬上去查看了一下地势。大雨冲掉了山坡更多的地方，台阶紧紧地贴着山崖，形成一处印象深刻的高低落差。他需要提醒索菲亚不要在大风中攀爬。她是那么轻盈，那么娇嫩，随时可能会被风吹倒。他等了她一上午，但她没有来。他留意着公路上是否有盟军从南方进入的迹象，但是北部的高山现在已经完全被雪覆盖了，他意识到索菲亚也许是对的——除非天气变得温暖如春，否则盟军是不会冒险前进的。

　　他退回地窖的隐蔽处。当听到楼上有脚步声走过时，天已经黑了。他站起身来迎接索菲亚。她冲下台阶，把一根手指放在自己嘴唇上。

"你的刀或者枪，"她低声说，"准备好它们。我想有人在跟踪我。"

他转身去找到它们，检查枪是否上了子弹。

"最好是用那把刀，"她继续低声说，"枪声可能从很远的地方就会被听到。"

他仔细检查着手中的刀。他这辈子从来没有用刀捅过人，即使现在这一刻也不敢想。他试图想象自己从背后抓住一个德国士兵，抓住他的头，平静地割开他的喉咙。他能做到吗？

索菲亚一定知道他在想什么，因为她说："把它给我，我在农场杀过猪。我不怕杀一个德国人。"

她从他手里把刀抢过来，然后上楼去了。雨果觉得自己像个懦夫，以最快的速度追上了她。太阳刚刚落山，天空一片血红。她手里拿着刀，墙上闪着粉红色的光，这是她最引人注目的一刻。

她转向他，"你接着藏起来。我也许能虚张声势逃过一劫。我们先看看来的人是谁。"

她在大门口附近站着。他听见前院传来脚步声，接着索菲亚走了出来。"詹尼！"他听见她惊讶地说，"你来山上干什么？"

"不关你的事，巴托利夫人。那么你又来这儿干什么？"

雨果向外看去，是一个十一二岁的瘦弱男孩。他的语气仍然有些桀骜，脸色看上去有些轻蔑又有些害怕。

"如果你一定要知道的话，我来看看最近的这次轰炸是否炸翻了修道士的厨房。我来过几次，发现了罐头和蜜饯。我想现在可能会找到一些新的东西。"

"我帮你找找看，"他说，"妈妈会喜欢吃上一罐蜜饯的。"

"你真善良，不过我相信你妈妈不会让你冒着生命危险到这里来。看看这颗炸弹把山坡炸成什么样了。你这么瘦弱，在暴风雨中很可能会被冲走。"

"我很结实，"他说道，"我自己能应付。"

"你来这里到底干什么？"她问道，"是跟别人打赌了吗？"

"不，"他说，"我以为在这里能找到'男孩'们。"

"男孩？"

"是的，本地的游击队员，你知道吧。我无意中听到有人说他们在计划一件大事。可能是一场公路袭击，我想他们也许会在这里碰面。我要加入他们。"

"你，加入游击队？你只是个孩子。他们不会要你的。"

"但我会有别的用处，为他们跑腿，替他们打探地方的情报。"

"詹尼。"索菲亚把手放在他肩上，"据我所知，这些冷酷的人做的事情冒着很大风险。他们很可能会杀了你，以免担心你会出卖他们。"

"他们是我们的人，我们的邻居，站在我们这边。"

"我不完全同意。有些游击队员是党员。他们的确希望德国人消失，但他们也希望我们的政府被推翻，成为一个由人民统治的共产主义国家。"

"可是我说的那些人都是附近这一带的人。我们了解他们。"

"我认为你该离他们远远的。偷听没有任何好处。"索菲亚说，"但是现在既然你来了，你可以帮我一起找更多我们用得着的东西……"她的声音逐渐微弱，和那个男孩一起离开了。雨果不耐烦地等着，就在最后一缕曙光即将消失的时候，他又听到了他们的脚步声。"对不起，我们没能给你妈妈找到吃的。告诉她，等我的萝卜收完了，就给她带过去一些。"

"你不和我一起回去吗？"他问道，他的声音现在听起来既稚嫩又不安。

"当然。你先小心点下台阶，我在下面和你会合。我把篮子忘在老教堂了，你来的时候我正在那儿祈祷呢。你知道，即使墙壁已经被摧毁，但这里仍然是上帝的寓所。下去吧，要小心。"

索菲亚冲进教堂，奔向雨果。"我得跟他走了。篮子里有食物。你可能会有很大的危险。游击队……"

"我听见了，"他说，"他们可能计划在这里见面。"

"我会注意打听的，"她说，"尽量过来提醒你。但你也必须保持警惕，必要时准备好躲藏。如果你能打开那扇门，也许会找到逃生的路。"

"我试过了，"他说，"它打不开。"

"那么也许你不该再待在下面了。你会被困在那里的。毕竟你是藏在祭坛下面的那个小地方。"

"是的，"他同意了，"你最好现在就走，不然那孩子会回来找你的。"

"照顾好自己，雨果。"她欠身吻了吻他的脸颊，然后跑了出去。

"对不起，詹尼，"他听见她喊道，"在黑暗中我找不到篮子。现在那儿全是瓦砾，而且有倒塌的危险。我明天早上再来拿吧。"

黑暗来临。雨果拿出打火机，走下楼去点燃蜡烛。他觉得自己被困住了，现在非常脆弱。如果他继续待在这里，一旦被发现，根本跑不掉。他点上蜡烛，把他的东西搬到上面，然后回到他以前躲藏的地方。小木棚又冷又湿，很不舒服，但他还是把床铺支好，然后拖过来更多的碎木条，把自己遮起来。等到了白天，他必须再做得更好一些，也许还应该把地窖的入口堵上。一想到游击队员们会找到那幅画，甚至可能会把它拿去卖或是以货易货，他立刻想下去把它从墙上取下来。但他的蜡烛已经烧得很低——谁又知道打火机里还剩多少燃料呢？他不能在一片漆黑中抱着侥幸心理下去，万一被困住了呢？他拿起篮子，吃着索菲亚给他带来的汤。同时又产生了一个悲观的想法。如果游击队真的要把这里当作据点，那么索菲亚就不能再冒险到这里来了。他必须作出决定并尽快采取行动。现在他已经可以把一部分身体重量放在受伤的腿上了。也许是时候去赌一把运气了。

他在狭窄的空间里安顿下来，警觉着每一个微小的声音，痛苦地熬过一夜。在漫长的黑夜里，他好像觉得听到了枪声，也可能是打雷的声音。无尽的黑夜仿佛将一直延续下去，看到第一缕寒冷的曙光绽放，他终于松了一口气。他敢肯定，游击队白天是不会来的。这个地方过于开阔和暴露。这给了他思考和计划的时间。他走下台阶，站在圣婴耶稣的画像前。即使在这种昏暗的环境中，它似乎也能发出一种内在的光芒。依旧美得令人窒息。我得找个安全的地方把它藏起来，他想。他在地窖里走来走去。一些墓碑后面确实有空间，但是任何彻底的搜索都会很快发现这幅画。祭坛后面也有个缺口。这倒也是一种可能，他想。

听到上面传来脚步声的时候，他还在地窖里。他低声咒骂着，意识到自己把左轮手枪和刀都放在一起搬上去了。四下环顾，他想不出任何地方可以藏身，只能躲在石雕屏风后面——这可不是个安全的藏身之处。"像困在捕鼠器里的老鼠一样。"他喃喃自语。

脚步声来到台阶顶上，一个身影挡住了阳光。有个声音轻声叫道："雨果？你在下面吗？"

他如释重负地长叹一声，急忙迎上前去。"我没想到你这么快就回来了，而且是在大白天。请不要再冒这个险。"

"坏消息，"她喘着气说，像是一路跑过来的，"非常糟糕的消息，雨果。詹尼说得对，我们当地的游击队员正在计划一次突袭。但肯定有人向德国人通风报信了。他们演了一场请君入瓮，除了柯希莫，其他人都被杀了。"

"那他是怎么逃掉的？"雨果打心里讨厌这个从来没见过的柯希莫，立刻表示了怀疑。

"那是个奇迹。第一颗子弹刚好擦过他的肩膀，他扑倒在地，一个同伴的尸体倒在他身上。他说他只能躺在那里，德国士兵们四处走动，用刺刀刺进尸体，以确定他们真的死了。他好几个小时都不敢动。天亮时他才从尸体堆里爬了出来，逃回家去。我从未见过样子比他更疲惫、更心烦意乱的人。"

"所以是有人向德国人通风报信了。这意味着有个间谍就在你们中间。"

"也许不是圣萨尔瓦多的人。那些间谍来自各个村庄。有些人甚至不是从附近来的，他们甚至不是德国人的俘虏，而根本就是逃离自己军队的士兵。这种人很容易被培养为间谍。"

"太容易了，"他表示同意，"但至少这对我、对我们来说是好消息，不是吗？他们不会把这里当作据点了。"

她摇了摇头，接着开始抽泣，"但情况比你想的更糟糕。德军卡车今天一早就开到村子来了。他们询问了每个人有关游击队的情况，他们说正在检查尸体，如果他们确认其中有人来自这个村子，那么我们所有人都会被射杀。"

"那柯希莫呢？他们找到他了吗？"

"没有。有人看见卡车开过来的时候，他就逃到田野里去了。

我想他已经躲起来了。"

"这太可怕了。"雨果说。

她点点头，"太可怕了。带头的少校还问了我们关于英国飞行员的情况。他们说你的飞机刚刚被发现，里面只有两具尸体，飞行员的座位上没有人。他们问是否有人看到你，或是听到有一个英国人藏起来的谣言。没有人看到任何东西，也没有人说什么。然后这个德国人说，如果发现我们当中有人帮助了敌人，整个村子都会遭殃。你真该看看他那张脸。我敢肯定，他实际上就是想找个借口要屠杀我们所有人。"

她盯着他，眼神暗淡而绝望。

"那么我现在必须走了，"雨果说，"索菲亚，你一定要跟我走。"他握着她的手。

她抽出手转过身去，"我不能离开我的儿子，或者我丈夫的祖母。"

"把伦佐也带来。你想救你儿子，是吗？邻居们会照顾那位老太太的，这种情况不会太久的。我们这就去南方。我们会找到办法的。"

"可是你怎么走路呢？你的腿恢复得还不够。"

千真万确。

"最近的交通枢纽在哪里？这儿没有公共汽车、火车吗？"

"塞吉奥山谷下面有一条铁路，离这儿大约 10 英里。火车开往卢卡。我不知道那地方是否还在德占区，我甚至不知道火车是否还在运行。况且上车时必须出示证件。他们会找到你的。"

"那么我们必须设法偷一辆德国汽车或者卡车。"

"这难道比待在原地祈祷没人看见我更安全吗？"她的声音变

得尖厉起来。

"如果他们决定射杀整个村庄呢？"他也提高了嗓音，声音在四壁回响。"我想救你，索菲亚。我想保护你。我会向他们投降。我就说我躲在乡下，没有人帮助我。"

"不，"她抓住他的胳膊，"我不能让你这么做。我不会让你这么做的。"

"但我会成为战俘。我是一名军官。按照官方规定，他们必须好好对待我，并把我送进战俘集中营。"

她使劲摇着头，披肩散落到肩膀。"他们会马上杀了你。我了解的。他们害怕了，要撤退了，他们不会带走战俘的。我不想失去你，雨果。"

"我也不想失去你。"他搂着她。她把头埋在他的夹克里，就像炸弹落下时那样。他们静静地站在一起。他轻轻抚摸着她的头发，就像她是个孩子。

"一定有办法。"他忽然生气地说道。她抬头看着他。"这附近没人有小汽车或卡车吗？"他问道。

她耸耸肩，"都被抢走了。除此之外，也没有汽油。有些农民还有马或是驴。我认识一个农民，他有一辆马车，用来把他的农产品运到莫里亚诺桥镇的市场上。我听说他以前做过黑市交易。但他要价很高，而我一分钱都没有，也没有东西可以变卖。"

雨果皱起眉头，绝望地思索着。然后他把图章戒指从小拇指上取下来。"用这个。这是黄金戒指。"他把它放到她手里，用手紧紧地握住。"我不知道够不够，但你告诉他，我们只想借用一下马车。然后把它停在能够找到的地方，让他来取。"

她郑重地点了点头，"我不知道他住在哪儿，但村里有人知道。

可惜的是，柯希莫必须躲起来，不然问他就可以了。他了解黑市交易，这一点我确信。"

"我们不能让柯希莫知道任何事情。"雨果严厉地说，"我们不想让任何人知道。我们不能冒着被人告发德国人的风险。"

"也许你是对的，"她表示同意，"很好，我会试试。我会尽全力的。但这并不容易，我不认为德国人现在想放过我们。如果他们发现游击队里有人来自我们的村子，那么一切就都结束了。我们会像动物一样被屠杀。"

"他们肯定不会这么灭绝人性吧？"他说，"不都是些妇女和儿童吗？"

"哦，他们会的。他们在其他城镇也这样做了。所有人都被屠杀，因为这些人帮助了他们的敌人。我确定他们会这么做的。"

"那么，看在上帝的分上，今天就去找这个人吧。我会作好离开的准备。我会保持警觉。从这里能看到公路。如果德国车来了，我就到森林里去等你。"

她点点头，显然是想让自己尽快接受如此重担和烦恼。

雨果抓住她的胳膊，"还有，索菲亚，如果觉得不安全，就别再来了。先救你自己。先救伦佐。这才是最重要的。我爱你。我知道我不应该，因为你是一个结了婚的女人，而我是一个结了婚的男人。但我爱你，我愿意做任何事来保护你。"

"我也爱你，雨果。"她低声说。他双手捧起她的脸，温柔地吻了吻她的嘴唇。他感到心中有一种欲望在涌动，但他急忙挣脱了。"趁现在还有时间，赶快走吧。"

泪水顺着她的脸颊滑落。"上帝保佑你，雨果。"她说。

"也保佑你。"当她跑进夜色中，他在她身后喊道。

第三十四章　雨　果

1944 年 12 月

她走后，他仍旧站在原地一动不动，努力理清思路。他是一名英国军官，受过战斗训练。他应该能想出一个好计划。他的左轮手枪里有六发子弹。如果他出其不意，至少可以杀死六个德国人。但之后他们会对整个村子进行报复。索菲亚必须找到那个有马车的人，让他把车借给她。那个戒指还算不错，22 克拉重的黄金，一个普通的农民肯定会受到诱惑。

然后他目光转向圣婴耶稣的画像。他必须保护它，没有德国人能抢走它！他费了好大劲才把它从墙上拿下来，没想到这么重。他怀疑这个框架真的是金子做的，而不是贴了一层金箔。"孩子"被紧紧抱在胸前，几乎像是在和他讲一个秘密的笑话。他有种强烈的欲望，想把帆布从画框里拿出来，卷好塞进他的夹克或降落伞袋里。但他的艺术教养不允许他这样做。旧油漆会裂开，整幅画就会毁了。但画实在太大太重了，他搬不走。它必须被藏起来，直到德国人最终撤退到北方。

他回到墙上那扇打不开的小门那里。门是用橡木做的，上面有雕刻的嵌板和一个大得足以放进一把古代钥匙的钥匙孔。他拿起刀子，试着撬开锁，接着又打算把门割下一块来，但一切都是徒劳。木头太厚了，门紧紧地嵌在石头里。他不想把这幅画拿到楼上去，因为它会暴露在风和空气中。最后，他把它塞到圣坛后面。至少没有人会找到它，除非他们彻底搜查整个地窖。然后他回到楼上盯着外面。

又是一个狂风大作的日子，乌云从西边席卷而来，预示着还会有更多的雨。雨果扫视四周的乡村，但路上没有任何动静，周围的田野也空无一物。荒凉的景色，他想。正像他心情的投射。他看着被炸弹弄得滑坡的山崖，一直看到了小路。如果索菲亚把车拉到那边去，我能及时赶到路上吗？他也不知道。脑子里有个小小的声音在低声说，他应该现在就逃跑，别再让索菲亚冒任何风险了。

他回到教堂旁的碎石堆里，想看看能不能抢救出一些有用的东西——也许能当武器用的东西。但在第一次轰炸中，城墙已经倒塌了。而上次的炸弹落下时，一切都没有变化。事实上，已经没有什么可以摧毁的了。他艰难地弯下身子，懒懒地翻着小块的砖石，不知道自己在找什么。然后他发现自己眼前有一个巨大的铁环从石头下面探出来。出于好奇，他又搬开一些碎石，原来是一个钥匙环，上面连着几把大钥匙。他把它拿在手里，盯着看了好一会儿，他的心跳加快了。难道他真的幸运地找到了那扇门的钥匙了吗？

他回到教堂里，尽可能快地移动，甚至没有感觉到受伤的腿的疼痛。走下台阶进入地窖时差点绊倒，这才恢复了理智。他不得不靠在墙上站稳，最后几步走得更小心了。他一把接一把地试着把钥匙插进锁里，最后终于把最大的那把钥匙插进去了。他转动钥匙，听到锁眼咔嗒一声。他用手推了推，门纹丝不动。一定是教堂倒塌时被散落的石块卡住了。他把肩膀贴在门上，感觉到门在动，但还是打不开。他沮丧地咬紧牙关，再次用力试了一次。门终于开了，擦着石头地板，发出刺耳的声音在地窖里回荡，令人毛骨悚然。他急忙掏出打火机，将头探出门外。然后他啪的一声关上打火机，叹了口气。这里曾经是一条通道，但门外几英尺的地方被碎石堵住了，几乎没有足够的空间能让他这么瘦削身材的人挤过去。一扇通往未知的门。

雨果强忍着失望的情绪，不想让自己崩溃。但这时他有了一个主意。对啊，一扇通往未知的门。他从半开着的门里挤过身子，查看另一边的碎石。这条通道完全堵住了。然后他看了看门的背面，接着点点头。行得通——这是目前最好的解决方案了。尽管他的腿已经发出信号，表示他已经做得够多了，需要休息了，但他还是再次起身上楼。当然，到处有大量的木材可供选择。断裂的凳子和跪台，打碎的祭坛桌子，还有曾经是大祭坛一部分的雕刻品。他选择了四个相对笔直和坚固的长条，然后努力从碎木中拔出钉子。这是个冗长乏味的工作。然后他拿着弄好的材料和一块上好的，很可能是一尊圣徒雕像一部分的圆形大理石走进地窖。他从门口挤过去，不需要用力缩着身子，他已经一个月没怎么吃东西了，简直瘦得可怕。然后，他动手做了一个粗糙的画框，这幅画可以钉在门的后面。他天生就不是当木匠的料——他也从来不需要成为一个木匠，因为有很多仆人替他做手工活——他一边开口咒骂，一边试着把生锈的钉子钉进那扇坚固的门。但最终他实现了自己的愿望。他举起那幅圣婴耶稣像，把它塞进围起来的木框里。"再见。"他用意大利语大声说。现在，他在画框的各个角上斜着锤打小块，把画固定住。即使有人强行把门打开，他们也只能看到眼前这条堵塞的通道。这幅画会安然无恙地藏在这里，直到德国人撤退，索菲亚可以回来。

雨果疲倦地走上台阶，对自己感到很满意。要是他能保护地窖里的其他艺术品就好了。他想象着德国人兴高采烈地扯下其他的画作，推倒十字架，甚至撞毁圣徒墓碑和大理石雕像。这时他又有了一个主意。教堂的一扇门在最后一颗炸弹爆炸时倒塌了——它刚好能盖过通往地窖的入口。他小心翼翼地穿过不平稳的碎石，找到门所在的地方，然后试图把它拖着在地板上走。门又大又重。每次他弯下腰去拉门，他的腿就会发出阵阵疼痛。他的前额很快就布满了汗珠，胃里也翻江倒海。他不得不承认自己失败了，并意识到他现在更需要等待索菲亚。但他不知道她什么时候能来，也不知道她到了之后他能用多快的速度离开。

他躺下身子，右手拿着左轮手枪和小刀。剩下的时间过去了，索菲亚没有来。他苦苦思索着这可能意味着什么。她没有找到有马车的农夫，或是德国人还在附近监视着她。也可能只是因为她的儿子害怕，不想离开她。想到这里他稍微安心了一点。他只能耐心祈祷，祈祷德国人没有发现任何来自圣萨尔瓦多的游击队员尸体。

夜幕降临。雨果现在饿得要命。他把剩下的降落伞塞进袋子里。考虑到索菲亚之前的热切眼神，想必丝绸也是可以用来交换的好东西。等到了早上，他准备把在废墟上翻到的东西撒得满地都是，这样一来他在那里的一切活动痕迹就都消失了。他开始打瞌睡，但一听到哪怕最轻微的声音也猛然惊醒。但他最后一定还是沉沉睡去了，因为索菲亚已经突然出现在他身边。他感到她柔软的头发触到了他的脸颊。他睁开眼睛，不知道这是现实，还是他做了一个关于她的梦。

"雨果，我亲爱的。"她对他耳语道，清秀的面庞离他只有几英寸。

他本能地把她拥入怀里，感受着她的身体温暖地贴着自己。然后他如饥似渴地吻着她，压抑已久的欲望和恐惧交织在一起。他的手摸向她的裙子，摸向她的大腿，撕扯着她的内裤。他察觉到她正在解开他的裤子。然后他继续向她滚去，忘记了腿上的疼痛，忘记了德国人，忘记了战争。

之后，他们静静躺在一起，步调一致地喘息着。

"雨果，我得走了，"她最后说，"碎石扎进我后背了。"

"下次我们再这么做的时候，会是在一张铺着羽绒床垫的漂亮大床上。"他帮她坐起来时，在她耳边轻声说，"会非常舒服的。"

"你相信会有下一次吗？"她问道。

"我相信。我们一定会离开这里的，索菲亚。你和我，假如你的圭多真的死了……"

她把手指放在他的嘴唇上。"别说了。谁能知道未来的事？"

"马车的事情怎么样了？你找到农夫了吗？"

"还没有。我不能远离这个村子。太糟糕了，雨果。德国人不会离开我们那儿了，他们中有一个人来我家住了，他搬到楼上最好的卧室去了。"

"住到你家？那太可怕了，索菲亚。看在上帝的分上，带上伦佐，去找马车，我们马上就走。"

"我昨天想去，但是这个德国人问我要去哪里。我告诉他我的萝卜差不多要收了。我得检查一下我的田地，如果收获了萝卜，我就得安排一辆马车把它们送到市场去。"

"非常聪明。"

她摇了摇头，"他说他要派一个人跟我一起去帮我挖萝卜。"她停顿了一下，叹了口气，"我告诉他没有必要，我很强壮，我已经习惯了艰苦的劳作。但他说他想帮我，作为为他提供住宿的回报。"

"听起来他像是个正派人。"

她转过身。"谁知道呢？也许他们已经得到指示，不让我们任何人离开他们的视线。我不喜欢他看我的眼神。他看着我上楼。我能感觉到他的眼睛始终在打量我。"

"你现在来这里冒了很大的风险，"他说，"如果他晚上来找你怎么办？"

"我锁上了卧室的门，"她说，"我把伦佐抱来跟我睡觉。我只是祈祷他别在我回去之前醒过来。"

雨果感到一股无法抑制的怒火在他心中积聚。

"那么你应该马上回去。"

"恐怕我只能给你带一点玉米糊和一些冷豆子来了。"她说，"那个德国人吃了两份我做的炖肉。我告诉他我们几乎没有食物了，他说不用担心，他会给我带来更多的。他说他们对合作的人很友好。我告诉他因为我别无选择，我必须保护我的儿子和老妇人。然后他笑着说：'你没有理由害怕我。'我希望我能相信他。"

"你觉得他会整天待在你家里吗？"

"他知道我得回我的菜地。如果他派人和我一起去，我会告诉那个人在我去安排马车去市场的时候继续挖萝卜。即使他坚持陪我去见农民，反正他也不会说我们的语言，当然更不会说托斯卡纳方言。我完全可以当着他面安排马车的事情。"

雨果搂着她。"你很勇敢，索菲亚。我被困在这里感到失望和无助，我本该保护你的，反而是你在为我承担着一切风险。"

"现在对我来说也是在为自己冒险。我清楚地意识到必须把我的儿子带到安全的地方，还有我自己。"她站了起来，整了整裙子，披上披肩。"希望明天我能弄到马车。然后我把萝卜装进去，你可以躲在萝卜堆里，然后我们就自由了。"

"你说得倒轻松。"

"我们必须相信上帝。这是我们唯一能做的。"

雨果在她身旁站了起来，"在你走之前，我需要你帮我一件事。那扇旧门——我们可以盖住地窖的入口并加以伪装。"

"那幅画呢？"

"我把它藏起来了，索菲亚。一个完美的藏身之处。在那扇秘密小门的后面。"

"地窖墙上的门？"

"是的，我找到了钥匙。我会带着它，等你安全回来的时候再交给你。"

"你真聪明，雨果。我们漂亮的孩子在那里会很安全的。"

"是的。"他同意道。两人走到那扇门前。她在他身边弯下腰，他们一起用手把它从碎石堆上挪到了地窖口。遮盖得恰到好处。他们互相看着对方，交换了一个阴谋家式的微笑。

"你走吧，"他说，"我还要用石块和木头把它盖起来，这样谁也不会知道它在那里。"

"好的。"她说。她走到他面前，紧紧吻住他的嘴唇。"明天见，亲爱的。"

第三十五章　乔安娜

1973 年 6 月

"哦，你回来了。"葆拉说着，抬起头来看着她刚才翻过的豆子。"我都开始担心你了。我以为你到城里去了，可是伦佐来找你，说你不在城里。"

"伦佐来过？"我脱口而出。

"是的，来找你了。"她误解了我激动的情绪。"我亲爱的，我想你可能已经征服了那里。"她给了我一个会意的微笑。

"他说了他来干什么吗？"

"没有。也许只是为了享受你的陪伴，想要更好地了解你。"

"哦，不。不是那样的。"我说，"他一定是想安排明天见我的时间，好带我去车站。"

"明天？你真的这么快就要走了？"

"我认为这是最明智的选择，"我说道，"如果再待久一点，我担心督察还会指控我杀了詹尼。他甚至可能会说你协助了我杀人。我的离去对大家都好。柯希莫告诉我，他儿子明天要开车去佛罗伦萨，他会载我去火车站。"

"这么快就离开了。"她绕着桌子走过来，拥抱了我。"我会想你的，小家伙。你成了我第二个女儿。安吉丽娜也很喜欢你在身边。她总说我又老又无趣，她能有个同龄人说话真的很好。"

"我明白。和您在一起的每一分钟都很愉快，尤其是您做的饭。很遗憾我现在永远学不会做意大利菜了。"

"既然这是你的最后一顿饭，我们今晚将美餐一顿。"她说，"蘑菇烩饭，我想想，在吃帕尔马干酪茄子和意式奶酪之前，嗯，没问题。如果你愿意，可以帮我一起准备。我们先从面包片开始。也许伦佐先生也愿意和我们一起吧？"

"伦佐？"我问道。

"是的，我邀请了他和我们一起吃晚饭，而且我知道他喜欢做饭。"

我能从她的表情看出她在想什么：她在撮合我和伦佐。要是换了别的场合，我也许会非常愿意她的帮助，但现在我知道我该怎么做，我不想再和他有任何瓜葛。我们的谈话和他带我去他的老房子——可能只是为了打探出我知道些什么和不知道什么。他只是在听从柯希莫的指示。更进一步说——他是不是也看到了詹尼把信封塞到我的房间里，现在想要拿回里面的东西，或者找出里面写了什么？

虽然没办法阻止他来，但今晚我会小心行事。我把手提包放回房间，又锁上门回到花园里帮助葆拉。之后我把自己锁在房间里休息了一会儿，但睡得很安稳，醒来时感到神清气爽。当我正准备出门朝农舍走去，想看看晚饭是否准备好了，却惊讶地发现伦佐就站在门口。

"噢！"我倒吸了一口气，不由自主地后退了一步。

"乔安娜，如果我吓到你了，对不起。"他说，"葆拉想让我多摘些芦笋，再看看有没有西红柿熟了。我提早过来帮忙准备饭菜。她正在为你准备一场真正的盛宴。"

"我知道。她告诉我了。她对我真好。"

"她真的很喜欢你，"他说，"她很遗憾你这么快就要离开。"

"我也是，但那样更好，不是吗？"我说，"我宁可远离那个督察。他似乎仍然认为我可能以某种方式参与了詹妮的谋杀，这太荒谬了。在一张满是其他男人的桌子上，我只和那个人交谈了几句而已。"

"相当荒谬，"他说，"但我也很遗憾你要离开。我想知道你父亲和我母亲的真相，还有那个漂亮的男孩。我没办法停止思考这件事。如果你父亲在这个地区待的时间足够我母亲生出孩子，他们怎么可能做到把这两件事都保密呢？他会把自己的孩子藏在别人找不到的地方，过了几个月之后才写信给她吗？"

"也许这个孩子被交给了山里的一个家庭照看？"我提醒道，"她本来打算再去找他的，但她没有。"

"那为什么没人知道这件事？这家人肯定会告诉别人吧。他们会说，'一个英国飞行员把一个婴儿留给了我们。现在我们必须找到他的母亲。'总会有这种对话的。过往的记忆也会被触动。"

"确实如此。"我说，"然而在圣萨尔瓦多似乎没有人知道任何关于英国飞行员的事情。大家都相信你母亲和一个德国人私奔了。"

"这太奇怪了，"他说着，从刚才摘了一个熟透了的大个西红柿的地方直起身来，"但我又开始回忆起小时候的事了。我记得我病了一段时间，但不确定得了什么病。好像是荨麻疹之类的？总之是不能离开家，我的母亲每天出去找东西吃。蘑菇、栗子——我记得还有一只鸽子。那时我想和她一起去，但她说我因为胸闷的原因必须待在家里。我只能看着她提着篮子上山。她很担心我，希望寸步不离。但我们总得吃饭，不是吗？"

"她在担心你？"我盯着他，"伦佐，你说的每句话都让我觉得你妈妈很爱你。我相信她不会抛弃你的，她不会丢下你一个人跑掉的。我相信她一定是被迫离开的。"

"但每个人都说……"他迟疑地说，"我总是听他们说……"

"你知道我在想什么吗？"我说，"我认为有人出卖了你的母亲和我的父亲，也许是为了钱，也许是出于嫉妒，也许是为了保全自己的性命。所以德国人把她带走了。"我意识到自己这么说大概只会给他带来更多的悲伤。万一背叛她的人是柯希莫呢？然后我想到，詹尼看到过那个英国飞行员被带走了，他本就是个投机分子，一个鬼鬼祟祟的家伙。也许是他向德国人通风报信，说有一名英国飞行员一直藏着。"你亲眼看到她走了吗？还是你早上醒来时她已经不见了？"

他皱起眉头，努力回忆。"不，我就在那儿，我很确定。是的，她走过来吻了我，告诉我要做个好孩子，说她很快就会回来的。她哭了，脸颊上挂着泪珠。然后她想再说些什么，想再吻我一下，但是那个军人对她喊道……"他突然停住了，脸上露出惊疑的表情。"不是住在我家的那个士兵——那个英俊的。是另一个士兵，一个大块头。我记得他好像把整个门口都堵住了。他的声音很凶。"

"我说什么来着？"我得意地对他笑了笑，"你的母亲和我的父亲是无辜的。他们彼此相爱，却遭到了背叛。"

"是的，"他轻声说，"我必须相信你。"

"我们今晚还吃得上西红柿吗？"葆拉的大嗓门从一排排的蔬菜中间传了过来。

伦佐对我咧嘴一笑，"严厉的地主婆召唤我们了，来帮忙准备饭菜吧。"

我跟着他走在狭窄的小路上，现在比之前更困惑了。难道是柯希莫背叛了伦佐的母亲，然后感到内疚而收养了伦佐？或许伦佐知道的并不比我多。

伦佐转过身等着我。"我一直在想，"他说，"我妈妈总是提着篮子上山，你父亲可能藏在树林里的什么地方，甚至可能藏在旧修道院里。明天你离开之前，我们应该去看看。"

"我自己也在想那座古老的修道院，"我说，"但它看起来就像一堆废墟。真的有人能在那里避难吗？"

"我小时候去过几次。"伦佐说，"所有的地方都用栅栏隔开了，没有人愿意去那里，因为山坡有坍塌的危险。当然，我们还是孩子的时候，因为打赌所以才去了那儿。真的没什么好看的。教堂的墙壁仍然矗立着，但已经没有屋顶了。地板上堆满了碎石。修道院的房间完全被夷为平地。如果你父亲真的躲在那里，他会过得很惨的。"

"他上过英国的寄宿学校。"我说，"他可能已经习惯了一段痛苦的时光。"

伦佐听了笑了。"你们英国人和你们的寄宿学校我可是闻名已久，"他说，"你的学校也是这样吗？"

"我虽然没对你抱怨过那所学校的寄宿生活，但对我来说那绝对不是一次很好的经历。我一刻都不想待在那儿。"

"这么说，你也有过痛苦的时候？"

"是的，可以这么说。"

他把手放在我肩上。"也许是时候把过去抛在脑后，展望未来了。你会成为一个富有而著名的律师。你会去旅行，你会嫁给一个同样有钱的男人，生两个完美的孩子，幸福地生活在英国那些宽敞而通风的房子里。"

我抬头看着他，清醒地意识到他的手放在我肩上温暖而舒适。"我不确定那是不是我想要的。"我说。

"那你想要什么？"

"我也不知道。等我遇到了就知道了。"

伦佐松开手臂，站在一边让我先进去。

"好啦，现在我们开始干活。"葆拉说，"有这么多东西要准备，我非常需要帮助。首先，我们要做面包片的配料。"

"面包片是怎么做的？"我问。

"和意式烤面包差不多，只不过不是用烤，而是把切成片的面包放在锅里烘熟。"伦佐说道，"没那么脆，更耐嚼。"然后他转向葆拉，"你想用什么配料？"

"自然是新鲜的芦笋咯……"

"也自然是把芦笋裹在熏火腿里咯？"他说道，"再放点茴香？我看见你的花园里长着茴香。我是不是应该再挖点茴香根，然后切成薄片搭配羊乳干酪？"

"这主意不错。"她说，"刚好我这里有上好的橄榄酱。"

"你能让我来做意大利烩饭吗？"他问道，"这是我在苏豪区那家餐厅当副主厨时的拿手菜之一。"

"非常愿意，"葆拉说，"不过你得让这位女士看看你是怎么做的。你知道吧，她想学做意大利菜。"

他饶有兴趣地看着我说："你想学做饭吗？律师才不需要这些技能。他们完全可以雇一个厨师。"

"我这个律师除外，"我说，"现在我还只是一个可怜的练习生，在通过考试之前几乎赚不到钱。即使我找到了一份好工作，回家自己做顿好饭也会让我很放松。"

"你说得对，"他说，"我下厨的时候什么都不想。好像世界上所有的烦恼都被关在门外，只有我和食材。"

葆拉皱起眉头，伦佐为她翻译。

"你应该对这位女士说意大利语，"她说，"不然她怎么能进步呢？""她已经完全明白了我们的对话。"

"好吧好吧。接下来，只说意大利语，知道了吗，乔安娜？"他说着用戏谑的目光看了我一眼。

他们交给我一些香草料，让我把它们切碎做成酱汁，放在茄子、牛至和意大利欧芹上，然后又让我把一大瓣大蒜碾碎。我正聚精会神地忙活着，伦佐从我后面走了过来。"不，不是像你那样拿刀，"他说着手指搭在我的手上，"直上直下。像这样快速移动。懂了吗？"

"伦佐，如果你这样调情，会分散她注意力的。"葆拉说。

"葆拉说的那个词是什么意思？"我问道。伦佐翻译的时候，我满脸通红。

"调情？谁调情了？"他问道，"我只是想纠正她切欧芹的方式。如果她想要做一手好菜，必须培养好基本技能。"

"你爱怎么解释怎么解释，"葆拉笑着说，"我观察到什么就说什么。瞧，她脸都红了。"

"但她没有把我推开，所以她一定喜欢这样。"他回答说，"现在让我看看你是怎么切的，乔。"

我意识到他用的是我名字的缩写，而我的生命中只有几个人这么用过。斯嘉丽是一个，阿德里安是另一个。但从伦佐口中说出来，听上去很好。我重新开始切菜，做出摊平和切下的动作。他看着点点头，"你学得很快。"

"很遗憾她不再待下去了。我们可以教她做很多菜。"葆拉说，"然而她只能回到伦敦，开始吃烤牛肉和香肠。"

"是的，确实很遗憾。"伦佐说。

我不得不同意他们的观点，然后接着切我的香草料。

第三十六章　乔安娜

1973 年 6 月

到 8 点钟饭就好了。

"既然今晚这么美丽，"葆拉说，"我想在外面吃，你们呢？"

于是我们在花园里的樱桃树下放了一张铺着白布的桌子。这一次摆上桌的不是简单的陶瓷烧杯，而是银器和水晶制品。我坐了下来，望着远处的农舍。夕阳西下，蝙蝠在一片粉红的暮色中飞来飞去。空气里飘着金银花和茉莉花的香味。感觉就像是在梦中。

安吉丽娜带着橄榄油和一盘橄榄加入我们。原来伦佐还从他父亲的葡萄园里带了酒来。我们先吃了葆拉端出来的一盘面包片。我不得不又像在圣萨尔瓦多广场的第一个晚上那样，品尝每一种配料。芦笋裹在未腌制的火腿片里，淋上松露油；茴香根薄片，这对我来说是另一种新味道；美味的羊奶酪配无花果酱。所有这些尝起来都像是一场小小的奇迹，坦率地说，单凭它们本身就足以成为一顿丰盛的晚餐。

然后我们吃了伦佐亲自下厨的意式烩饭，蘑菇在奶油浓汤里煮得很烂。当伦佐看到我点头表示感谢，他说："在伦敦的时候，我经常用海鲜做这道菜。你也应该试试。鱼汤、贻贝和虾烩在一起真是太完美了。真可惜我不能到海边去旅行，顺便带回来做给你吃。"

"我无法想象会有比这更好吃的东西了。"我说道，"我是在学校里被迫吃着米布丁长大的，从那以后我就再也不吃米饭了。"

他笑了，"不幸的是，英国人不知道用简单的原料可以做出什么有趣的东西。你要是给他们卷心菜或芽甘蓝，他们就只知道把菜煮死。"

"也许有一天你可以回到英国，开一家自己的餐馆，教会每一个人做饭。"我说。

我看到他脸上喜悦的表情渐渐消失。"也许吧，"他说，"但我不认为那一天会到来了。我父亲的健康状况没有改善，坦白说他确实需要我在这里。家庭是第一位的，不是吗？"

我想了想他的话，其实这对我来说是个奇怪的概念。我在作任何决定时都没有把父亲放在第一位。看来我让他失望了。我不愿多回忆，但一想到他的尸体冰冷地趴在草地上，现在说抱歉已经太晚了。

"但我们可以补偿这些悲观的想法。"伦佐说，"用另一种好酒。这是我们葡萄园的骄傲。在英国，你唯一能见到的意大利葡萄酒只有那种用吸管瓶装着的粗制基安蒂酒。但这不一样，这是用我们的优质葡萄在橡木桶中完美陈酿的酒。你会尝到完全不同的滋味。"

白葡萄酒已经在我身体里开始起作用了，我犹豫了一下，抿了一小口红葡萄酒。我告诉自己，反正我不用走很远的路就可以回家了。第一口的味道很醇厚，就像喝红丝绒。"噢！"我发出惊喜的声音，伦佐笑了。

"现在你回家后就会变成一个葡萄酒鉴赏家，"他说道，"请告诉你的朋友们，'这可不像他们生产的廉价基安蒂酒，装在吸管瓶里的破酒。'"

"我严重怀疑自己在英国买不起这个，"我说，"葡萄酒很贵。"

"你说得对，在英国买不到这种东西。"他说，"我们只生产几箱这种葡萄酒，它直接供应给我们在罗马和米兰的大客户，电影明星、赛车手和百万富翁。"

"那么，我的确感到荣幸。"我的目光和他的相遇了，一股寒意忽然直刺我的脊梁。我试图无视这种感觉。"但是请不要再给我的杯子加满了，否则我可能找不到回去的路。"

"别担心，伦佐会护送你的。"葆拉说。

这话确实让我回到现实。伦佐会陪着我走回小房子，然后经过詹尼被塞进的井——伦佐很可能知道这件事。他是被派来灌醉我的吗？这样好进入我的房间，找到詹尼从窗户塞进来的信封？

"你怎么了？"伦佐问我，似乎在揣摩我的心思。

"我很难过，因为明天就要离开这个美丽的地方了。"

"你要走了，我也很难过。"他说，"或许你可以在不那么焦虑的时候回来。"

"我表示怀疑。"我说道，"如果我再回来，说不定督察会对我提出新的指控。"

他笑了，但我感觉自己离真相不远了。

我起身打算帮葆拉收拾碗碟，但她挥手让我坐好。"你以为我要女儿干什么？"她说道，"你是客人。坐下。跟伦佐聊聊。"

葆拉和安吉丽娜消失在房子里，我咧嘴笑着说道："我怀疑葆拉在试图撮合一些人。"

"她有一颗善良的心，"他回答说，"并且她的判断力也不错。"

我有些紧张地笑着，因为自己很清楚他就坐在我对面的桌子上，他那松松垮垮、敞着领口的白衬衫，他那一头乱蓬蓬的黑色卷发，还有那双燃烧般闪闪发光的眼睛。一定是酒的关系，但我想让他抱起我，吻我。

葆拉带着一大盘帕尔马干酪茄子回来后，这个荒谬的想法就自动消散了。我本以为自己一点也吃不下了，但在尝过了第一口后，我就一口气把它吃了个精光。如此浓郁，如此柔滑。茄子的味道尝起来就像很好吃的肉。

餐后甜点是一小碟白色的意式布丁——口感柔滑，很轻易就吞到喉咙里，最后再配上一杯当地的利口酒——柠檬酒。黑暗如一片柔软的天鹅绒笼罩着大地。夜空中充满了蟋蟀和青蛙的叫声。伦佐站了起来。"我也该回家了。"他说，"我父亲会好奇我在哪儿。"他看向我，"我可以先送你回房间吗？"

"哦，不，"我笑着说，"我得帮葆拉和安吉丽娜洗碗。这么多菜一定要洗很多盘子。"

"你完全不需要这么做，"葆拉说，"如果这个年轻人自告奋勇，就让他陪你回去吧。反正如果有个帅哥愿意送我回房间，我是不会拒绝的。不幸的是，这样的机会再也没有了。"说完她笑了。

我别无选择。伦佐把胳膊伸给我。我挽过去，紧张地朝他笑了笑。"说真的，伦佐，我可以自己找到我的房间。"我说道，"而且我相信柯希莫会在客厅里踱来踱去，等你回家。"

"那就让他先踱步吧。"伦佐说，"你没想过我是想和你单独待一会儿吗？"

我抬头看着他。他对我微微一笑，"我也不知道怎么了。"他说，"我发现你对我有一种奇怪的吸引力。也许你让我想起了在伦敦认识的那个女孩，如果没有发生那些事情，我可能会娶她。"他转过身来面对着我，"难道你以为我看不出来你也有点喜欢我吗？"

"可能有一点。"我说道，努力不去忽视头脑中响起的警报，"柯希莫的儿子，记住。"

伦佐说："也许这就是我们共同的历史。也许我母亲和你父亲的故事到此结束了。这是注定的。是命运。我们对此无能为力。"

"你这么认为吗？"我问。

"我怎么知道？"他笑着对我说，"我只知道此刻我想吻你。可以吗？"

他不等我回答就把我抱在怀里，他的嘴唇正在靠近我的嘴唇。我能感觉到自己心跳加速，对他的渴望和对危险微笑的战栗交织在一起。我不知道这将把事情的结果引向何方，但突然间，我们脚下的地面开始颤动。尽管只持续了几秒钟，但伦佐紧紧地抱着我，直到晃动完全停止。

"又是地震吗？"我问道。

"只是余震，"他说，"别担心。"

"是不是有一首歌是这样唱的，'我感受到大地在我脚下移动'？"我笑了，身子有点颤抖。

"那么现在你知道歌词里写的是真的了。"他说。

"乔安娜？伦佐？你们都还好吗？这只是一场小地震。"葆拉从敞开的门里喊道。

"一切都好。"伦佐回应道，松开了紧抱着的我。"我想我最好还是走吧，"他说，"趁着大地再次在我脚下移动之前。"他摸了摸我的脸颊，"明早见，睡个好觉。"

然后他就离开了。我回到小房间，锁上门，脱掉衣服躺在床上，眼睛盯着天花板。有没有可能，只是可能，伦佐是真的对我有感觉？

第三十七章　雨　果

1944 年 12 月

索菲亚刚一离开，雨果就开始往那扇旧门顶上搬砖石，尽可能搬又大又重的。太阳升起时他还在布置。他很欣赏自己的成就——现在那片区域与地板上其他地方的碎石相差无几。没有人会怀疑那里有一个地窖的入口。美丽的男孩安全了。

然后，他开始着手下一阶段的工作：掩盖他在小教堂里的任何踪迹。他已经穿上了所有富余的衣服来御寒，然后他开始拆除小木棚，把碎木头扔到教堂周围。他把毯子、羊皮、碗和勺子散落在瓦砾四处，然后又在上面丢了一些碎石。他满意地看着四周。没有人会知道他曾经来过这里。

现在他唯一能做的只有等待。他觉得索菲亚不大可能在当天就把马车弄来。他也不认为她晚上会冒险出去。那太可疑了，况且没有灯笼，她怎么在黑暗中赶车呢？但到了明天破晓，如果她带着一车萝卜去市场，这就非常合乎逻辑了。他吃下最后一点面包碎，喝了一点水，幻想着最终抵达南边的一个小镇，一个盟军营地，热腾腾的食物，一张真正的床，还有他和索菲亚以及她儿子的安全。天快黑的时候，他找回了那张羊皮，坐着打起了瞌睡。又是一个漫长无尽的夜。当东方的曙光升起来的时候，他站了起来，考虑着是否要从石阶下山，到森林里去等索菲亚。他决定不这样做，倘若她从山岩的另一边沿着小路来到悬崖边，他不得不爬下去迎接她。他不确定自己能不能完成这个壮举，于是决定四处寻找最佳下山路线，以防万一。

当他走出教堂，站在明亮的阳光下眨着眼睛时，看到树林中有动静。他的心在跳动，朝着树林挥手。他所知道的下一件事，是两名德国士兵出现了，他们的枪正对着他。其中一个敏捷地走上台阶。"你就是那个英国人吗？"他问道。

雨果想到了撒谎。他的意大利语现在很流利了，他甚至学会了索菲亚的托斯卡纳方言。但他们一定会检查证件。他们会搜查他，找到他的航行日志和身份标识。

"是的，"他说道，"英国飞行员。英国军官。"

"把你的武器给我，然后举起手来。"

他别无选择，只能服从，交出了左轮手枪。德国人没有收缴他的刀。"现在跟我们走。快点，走。"

"我的腿断了，"他说着，提起裤管露出夹板。"腿，断了（德语）。不能走得快。"

这两个人迅速地交谈起来。尽管他对德语知之甚少，只是在几次去瑞士的滑雪假期学过一两句，雨果还是能感觉到他们中的一个想要当场击毙他，而另一个不同意。雨果觉得那个士兵知道他们的上校要先审问他。

站在他面前的德国人用手里的枪示意他往前走。雨果尽可能慢地走下石阶，抓住栏杆，一步一步地往下走。他口袋里有刀，但能用到的机会渺茫。在石阶下，那两个人又低声交谈起来，他看得出他们在某些事情上意见不一致。但留在台阶下的那个人占了上风。

"把手放在头上，向前走。"那个老兵朝他吼道。

他们逼着他走在他们前面穿过树林,其中一人的枪管始终顶在他背后。雨果的腿开始疼了,他跌倒了几次。

"别耍花招儿,否则我们就开枪了。"其中一个说。

树林的另一边,一辆敞篷军车正等着他们。士兵们命令他坐到后座上。"把手放在头上。不要试图逃跑,否则海因里希会很愿意向你开枪的。"那个会说英语的人开口道。他爬进驾驶座,另一个士兵滑进后座,坐在雨果旁边,把他的武器顶在了雨果身上。他们驱车离开,在橄榄树之间的车辙上颠簸而去。

经历了被抓住的震惊之后,雨果的大脑第一次开始工作了。他扫视田野,想看看有没有马车的影子。是他们抓住了索菲亚,逼她告诉他的藏身之地了吗?是她儿子无意中把她给出卖了吗?他的心脏在胸腔里剧烈跳动,他感到呼吸困难。只要她平安无事,其他都无关紧要。他们没有转向山谷里的大路,而是穿过葡萄园,开向了他初到时在山顶上看到的那条路——一条两旁种着柏树的狭窄土路,通向村庄的那条。雨果祈祷着不要把他带到村子里去示众,直到有人承认帮了他的忙,或者在他死前被迫看着整个村子被屠杀。

当他们离开村子,沿着山脊驶向北方时,他松了一口气。他扫视着道路两边的村庄。没有马车的影子,没有任何人在田野里移动的迹象。如果他遇到的是一个有同情心的军官,一个老派的士兵,或许还有机会被当作战友和战俘对待——只有极微小的生还机会。他试图回忆兰利庄园、他的父亲、他的妻子和孩子。相反,他能看到的只有索菲亚的脸——那么可爱,那么温柔——一想到自己再也见不到她,他就感到心在绞痛滴血。

他们开了几英里,来到一条更宽阔的路上,这条路已经铺好了路面,两旁也没有了成排的树。北风刮得很猛。雨果可以看见前方山顶上一个城镇的轮廓。几辆德国军车停在路边。押送雨果的车停了下来，他们进行了短暂的交流。当他们说话时，雨果注意到所有人都紧张地向上张望。尽管他无法回头，但他能听见他们担心的原因——飞机逼近时发出的低沉的嗡嗡声。

很快，低沉的嗡嗡声变成了轰鸣。站在附近的德国士兵冲向他们的车辆，或是逃向田野，藏进葡萄园里。第一波声浪从头上掠过，飞机的影子在田野间形成一个黑色的十字。美国大型轰炸机。随着一声呼啸，一颗炸弹落了下来，击中了德国车队的前部。一辆车的油箱爆炸了，雨果感觉到爆炸的冲击正在吸走他肺里的空气。第二颗炸弹正好落在他们面前。司机咒骂着，突然把车挂了倒挡，把雨果和看守他的士兵甩得失去了平衡。虽然只有几分之一秒的时间，但雨果决定抓住机会逃跑。

当他试图爬出车子时，头顶再次传来震耳欲聋的飞机轰鸣声。一架战斗机脱离了飞行方队，向公路俯冲下来，机关枪射出子弹。押送他的司机被击中后直接飞了起来，然后尸体直挺挺向前栽了下去。汽车在公路上横冲直撞。又一颗子弹击中了雨果旁边的德国士兵。汽车撞上了一辆燃烧的卡车翻了过去，雨果被甩了出来。油罐爆炸时，他还清醒着，试图爬开，然后就什么也不知道了。

第三十八章　乔安娜

1973 年 6 月

第二天早上一醒来，第一个念头就是我今天要离开圣萨尔瓦多了。伦佐会开车送我去火车站，我就再也见不到他了。我突然想到，我可能误解了柯希莫急于摆脱我的愿望。也许他并不是怕我知道了什么危险的事，而是他感觉到伦佐对我产生了兴趣。伦佐爱上的每个人最终都以某种方式离开了他，这也太巧合了吧。难道是柯希莫干的吗？我问自己。是他安排那个本地女孩去了一所她负担不起的时装设计学校吗？他中风的时候把伦佐从英国叫回来是可以理解的，但始终把他留在这里，每时每刻都需要他的帮助，真的有必要吗？柯希莫显然是那种视自己为宇宙中心的人，他只在别人有用的时候才会去正眼看人。

这个想法引出了另一个问题：伦佐提到过柯希莫曾经爱上过别人，但那个女孩拒绝了他。那个女孩可能是索菲亚，为了报复，他把她和我父亲的事告诉了德国人？这倒是能解释为什么柯希莫毁掉了她的名声，为什么他希望我这么快就走。

在我去农舍洗澡，然后和葆拉、安吉丽娜一起吃早饭的时候，我还在试图消化理解这个想法。这顿饭吃得有些压抑。葆拉看上去好像随时都会哭出声来。"我还没教会你任何关于蘑菇的烹饪方法。"她说道，"小香菇，特别好吃。还有意大利馄饨……我们还没学会做馄饨。"她伸出手握住我的手，"答应我，你会回来的，亲爱的乔安娜。我们在一起会过得很开心的，不是吗？"

"希望如此，"我说，"希望在詹尼这件事的悲伤时期结束后我能回来。"

"可惜你不是意大利的律师，"她说，"那样你会知道怎样和这个督察交谈，好让他听到、看到真相。"

"不幸的是，我们并不知道真相。"我说。

"无论真相是什么，总之与你无关。"她坚定地说。

那你可就错了，我没有说出口。我们吃完了早饭。"我得去收拾东西了。"我说道。回到自己的房间，我把衣服整齐地叠在手提箱里。很快，我就会回到阴雨绵绵的伦敦，从塞恩斯伯里①超市买一块预烤的牛排和腰子馅饼当晚餐，思考着自己的未来会是什么样子。

我还没收拾完，就听见有人敲门。

"请进。"看到进来的是伦佐而不是葆拉时我吓了一跳。

"你准备好了吗？"他问道，"如果想在开车去佛罗伦萨之前看看修道院的话，我们得快点了。我父亲坚持要我在他去睡午觉之前去见一个人，谈谈我们的葡萄。"

"我就差把最后几样东西打包了，"我说道，"要我把它们留到我们回来时再弄吗？"

"或者现在就弄好它们。看你自己方便。"他说着坐在了床上。任何时候，即使伦佐只是坐在我的床上看着我把内衣塞进手提箱，也已经够让人抓狂的了。而现在，了解我所了解的，害怕我所害怕

---

① 塞恩斯伯里：原文 Sainsbury's，英国本土的连锁超市。

的，这么做更是几乎无法忍受。我捡起那双备用鞋子，那双缝隙里藏着詹尼东西的鞋子，把内衣和高筒袜塞了进去，然后把它们放进了手提箱。伦佐什么也没说。我做完这一切，环顾检查了一下房间，然后关上手提箱。

"好了，"我说道，"一切准备就绪。"

"很好，"他说道，"现在我们去探险吧。"

我们抄近路穿过葡萄园，穿过一排排葡萄藤，在橄榄树丛间找到一条上山的小路。我们听到远处传来一声喊叫，看到一辆马车沿着另一条小路爬上山坡，驾车的人正在教训他的马加快速度。伦佐皱着眉头盯着他们。

"一辆马车，"他说，"关于马车的事。"

"马车怎么了？"

"一个闪现的记忆回来了。关于马车的事。曾经有个人来到我家的门口，说他把车带来了，他要先付钱。但那时候我妈妈已经走了，所以他也走了。"

"你觉得她是打算用这辆马车逃跑吗？"我满怀希望地抬头看着他，问道。"也许她和我父亲打算一起逃走，也许她安排了马车把我父亲送到安全的地方。"

他耸了耸肩，"谁知道呢？现在没有活着的人能告诉我们了。最令人沮丧的就是意识到我们永远不会知道了。"

我点点头表示同意。我们默默地走着。"你昨晚睡得好吗？"他问道。

"很好。"我朝他微微一笑。

他也笑了。"很遗憾地震打断了我们，现在也没有时间了。"他停顿了一下，"我在想，如果我哪天能去伦敦，能再见到你吗？"

"只要柯希莫能忍受你离开他的视线那么久。"我不假思索地说。

他再次皱起眉头。"你知道,我并不是我父亲的囚徒。只是由于他行动不便,我不得不做一些他本来可以自己去做的事情。但我有时也会去佛罗伦萨,还有罗马。所以,为什么不能是伦敦呢?我敢肯定他的酒在哈罗德百货的表现还不够好。"

"为什么不呢?"我笑了,"当然,如果你来看我,我会很高兴的。"

"那你必须把你的地址留给我。"

"但我不知道我会在哪儿。"我说道,"自从我出院后,自从我男朋友跟别人结婚后,自从我不得不搬出我上一个公寓后,我就一直睡在朋友的沙发上。"我说完这一大段话,"但我刚从我父亲那里继承了一点钱。希望这笔钱足够在某个地方付一套小公寓的首付。"

"在伦敦买吗?"

"是的。"

"但你恨这个城市,"他说,"我看得出你恨这个城市。"

"我得在那里工作,而且住在乡下会很寂寞的。"

"我明白。"他看着我说道。我想了一会儿他接下来可能会说些什么,但他转过头看向别处,然后踉着脚步向山上走去。"这段路真长,"他说,"真不敢相信我妈妈每天都带着篮子来到这里。他们那个年代的人都很强大。"

伦佐是对的。陡峭的山路让我浑身冒汗,我发现自己很难一边爬山一边轻松地聊天。当小路总算进入山顶的树林时,我非常开心。这里凉爽而安静,脚下的土地柔软,气味芬芳。然而,这一带的树不是很广阔,我们走到树林的另一边,看到耸立在我们头顶的石峰。

它的四周围着围栏，每隔几英尺都有一块写着"危险，保持距离，注意落石"的标志牌。

我瞥了伦佐一眼，"这样合适吗？"

"我们总要去看看的，是不是？"他说，"来吧，我们可以从这儿穿过栅栏。"他把我领到一个可以挤过身子去的地方。前面的草地上有几级台阶，一大片罂粟花和其他野花一起盛开。峭壁高耸在我们头上，这是一个辉煌的景象，我突然想到我的父亲一定会喜欢画它。

第一阶台阶很容易上，紧接着第二阶几乎垂直地贴上了岩壁。这些台阶有些地方已经坍塌，台阶旁边的石头也掉了下来，它们就这样挂在陡峭的悬崖上。我吓得使劲吞了一口唾沫，但我不想让伦佐看出我害怕了。

"你先走，我在你后面追你。"他说。

这个声音在我的脑海里敲响了警钟。这是他一直的计划吗？把这个英国女孩带到一个没人来的地方，然后把她扔下悬崖？

"不，你先走。"我说道，"我想看看哪些台阶是平稳的，哪些不是。"

"噢，你想让我掉下去摔死，是吗？"他转身笑着对我说。

"相比之下，我宁愿死的是你。"我回答。

"你的意思是几乎没有真正的爱情，对吗？"他问道，"那罗密欧与朱丽叶呢？"

"他们太年轻，不懂事。"我接着回答。

"好吧。那我先走了。你站在台阶的右边。"他说着，开始向上爬。

一阵强风从远处的山上吹来。在左手下方的远处，我能看见一条古道的遗迹，通向山谷中的一条公路。玩具般大小的卡车和汽车在路上行驶。伦佐向上走了三四步后，我紧紧抓住右边生锈的铁栏杆跟在他后面。终于我们俩都安全到达了山顶，站在曾经的前院欣赏风景。我们四周是一片又一片森林覆盖的小山，很多像圣萨尔瓦多这样的小镇摇摇欲坠地坐落在其中一些山顶上，古老的堡垒在森林中拔地而起。站在这里，我觉得自己仿佛能看到世界的尽头。

"很美，是不是？"他把手搭在我肩上问。

这本该是个最奇妙的时刻，站在他身边，分享这里的景色，但我无法摆脱紧张感。

"我们不能在这里待太久。"我说道，"我们可能会被发现，惹上麻烦。"

"他们会因为我们擅自闯入而罚上几百里拉。那又怎样？"他笑了，"放松点，乔安娜，趁你还能享受这一切的时候。"

这句话又惊得我抬头看了他一眼，但他是带着纯粹喜悦的神情望向远方的。

"如果你留在伦敦是不会开心的，"我说道，"你爱这片土地。"

"是的，"他说，"我爱这里，但我也想进一步发展我的事业。如果我能作为一个有成就的主厨回到家乡，我就会开一家自己的餐馆。我可以把我们的小镇变成一个旅游景区。"

"你现在仍然可以那样做，"我说，"你菜做得很好。这里的菜肴也很好吃。"

"但我没有在烹饪学校接受培训的证书，不是吗？人们需要那张纸。"

这让我想到了我的律师考试。人们需要那张纸，确实需要。

"我们去探险吧。"我说。

"小心迈步，"伦佐提醒道，"这些铺路石并不平整，有些还松动了。来，抓住我的手。"他的手被握在我手里，温暖而坚定。紧张感开始消退。我们朝建筑物走去。碎裂的石头之间已经长出了乔木和灌木，我们左边的瓦砾堆上现在长出了一棵相比周围更高大的树。一棵开着鲜蓝色花朵的藤蔓植物覆盖了大部分碎石。我们停下来，坏顾四周。

伦佐说："这里没有任何可以让人藏身的地方。肯定是那个礼拜堂。"

右边应该曾经是礼拜堂的四堵墙，现在没有房顶，突兀地立在那里。弯曲的大理石台阶通向一个大洞，应该是以前的正门。我们走进去。所站的位置阴凉清爽，阳光照在对面的墙上，依然能看清残留着一幅壁画。头上戴着皇冠的女人仍然甜美地微笑着，还有云和天使。我低下头，准备继续向前走，但地板上全是碎石。一个房梁横在屋顶的瓦片和石头上。

"我想我父亲在这儿是找不到藏身之处的，你觉得呢？"我说道。

"好歹也能避避风。"伦佐说道，"他完全可以用这些石头给自己搭个小棚子。"

"那小棚子在哪儿呢？"我问。

他环顾四周，耸了耸肩，"自从他来到这里就一直在地震。任何东西都会倒塌的。来吧，让我们找找看。"

他再次拉着我的手，我们爬过一堆堆瓦砾。但什么也没有。没有丢弃的易拉罐或是香烟盒表明有英国人曾经来过这里。

我叹了口气。"我觉得我们再待下去也没有任何意义。即使他真的藏在这里，然后被德国人发现，之后又逃了出来回到了英国。

但那也没有证据表明你母亲曾到过这里。"

"我们可能完全搞错了。"伦佐说，"也许他藏在树林里，用树枝为自己搭了一个小棚子。或者我妈妈可能真的冒险把他藏在我家的地下室里。"

我摇了摇头，"如果是那样，圣萨尔瓦多的人们肯定会看到德国人把他带走。而你们可能会因为藏了一个英国人而被处死。"

"你说得对，好吧。我们来了，我们也看到了，恐怕现在是时候开车去佛罗伦萨了。我至少可以在你搭火车回家之前请你去一家好餐馆吃顿午饭。"

"谢谢你。"我犹豫着，仍然不愿挪动。是我感觉到了父亲的存在吗？假如我跟他更亲近一些，也许……

我刚要往前走，就被震得摔倒在地。我的第一个想法是其中一根房梁在瓦砾下移动了。但当我四肢着地的时候，能感觉到整个地板都在摇晃。

"又地震了！"伦佐喊道，"你走到门口吗？我们可不希望石头从墙上飞下来砸到身上。"但是站起来已经不可能了。地板不停跳动着，像是有了生命。我听到石头从四周的墙壁滚落下来的声音，只能蹲下身子捂着头，等着地震停下来。接着是一声低沉的隆隆声和砰的一声，震动奇迹般停止了。我抬起头，看见伦佐摇摇晃晃地站了起来。

"哇哦，刚才动静真够大的。"他说道，"你没事吧？"

"我想是的。刚才那情况人根本不可能移动，不是吗？"

他点了点头，"希望小镇没有被破坏。"然后他又补充道，"希望下山的台阶没有塌下来，希望我们不会发现自己被困在这里了。"

"真是个鼓舞人心的想法。"我说道，他笑了。我站起身来想要向他走去。刚一迈步，踩到的石头就滚到一旁。然后我停了下来，盯着眼前的景象。"伦佐，来这里，你看。"

他走到我手指的地方。右侧墙边的地板上现在有一个大洞。更重要的是，有台阶通向下面。

"一定是以前的地窖。"伦佐说。

"你不会以为我父亲以前藏在那儿吧？"

"不然为什么要把这地方全掩盖起来？"

"可能是他走后发生了地震？"

"有这个可能。你想下去看看吗？上面的地板可能很不稳定。如果再发生一次余震，这里可能会坍塌。"

"我们就走一小段路，看看那里有什么。"我说道，"你抽烟，是不是？你有火柴吗？"

"是的，在我的口袋里。只要你愿意下去，我就愿意。"

他小心翼翼地走到洞口，开始走下台阶。它们现在被之前倒塌在地板上的碎石瓦砾盖住了。伦佐踢掉了一些，为我扫清了道路。我一步一步地跟着。当我们两人几乎完全处于黑暗之中时，伦佐划了一根火柴。我听见他用意大利语说了一句脏话。

我明白他的意思。这里是一个完美的礼拜堂，一侧是精美雕刻的祭坛，壁龛里放着圣徒的雕像，墙上挂着几幅大型油画。

"看看这些，"伦佐说，把火柴举到最近的一幅画上，"伟大的艺术创作。幸运的是德国士兵没有找到它们。他们抢走了他们能找到的任何一件艺术品。"

火柴熄灭了。我在台阶下到一半的位置等着，直到他划着另一根火柴，然后走过去和他会合。这里有种潮湿的味道。一股冷风围着我们的脚打转，让我们感到非常奇怪和毛骨悚然。我赶紧挪到伦佐身边，"有我父亲待过的痕迹吗？"

他在房间里走来走去。"那边有扇门。也许它能指向你父亲的藏身之地。"

他用力把门闩扭开，门打开了。但只能打开一英尺左右。

"后面的通道一定是被堵住了。"他说。

"让我试试能不能挤过去。我比你瘦多了。"我说。

"小心点。"

我从门口挤了进去。"你说得对，"我说道，"后面的通道确实被堵住了，但有什么东西挡住了门，这才打不开。等一下。再给我点一根火柴。"

伦佐照做了。我弯腰去捡我脚边挡住门的东西。"好像是一幅画。"我说着用力想把它提起来，可它被死死卡在门和一堆瓦砾之间。"我弄不动它。"我对伦佐说，"我再试试能不能搬开这块石头。"

随着我把石头清理开，更多的碎石跟着掉了下来。现在我正面临着引发一场小型塌方并困在门后的危险。"不会的……"我说道，然后野蛮地想要抽出那幅画。接着感觉手里一松，我几乎摔倒在地上。"我拿到了。"我得意地喊道。

"把它递给我。"伦佐说。

我正要这么做的时候，突然有一种恐惧感。难道这一切都是计划的一部分吗？他会拿走那幅画，把我关起来，没人会发现我。可笑，我告诉自己，总有一天我会重新开始相信别人。我必须去相信，去冒险迈出信任的第一步。于是我把画递给了他。正当我从门口挤出去时，听到了他倒吸一口凉气的声音。

"我们找到了，乔安娜。这就是他们漂亮的孩子。"

第三十九章　乔安娜

1973 年 6 月

我们把画搬到阳光洒下台阶的地方。

"噢。"除了惊叹，我实在没有什么可说的了。这个容光焕发的孩子笑着，把胖乎乎的小手伸向扑腾着翅膀的小天使——我从来没见过比这更华美的东西。

"所以他们确实曾经来过这里。"我说道，"我敢打赌是他们把这幅画藏起来了，这样在战争结束前就没人能把它偷走，他们可以回来把它抢救回来。"

"是的，"伦佐说，"一定是这样的。藏在一扇没有任何出路的门后，只有像你这么瘦的人才能挤过去。一个非常安全，没有人能发现它的地方。"

"如你所说，非常安全。"一个声音从上面传来。柯希莫站在台阶顶上，他那魁梧的身材挡住了阳光。

"爸爸，您是怎么上来的？"伦佐问道。

"很困难，但我做到了。我开着路虎车上山，然后费力地爬上台阶。我想确定你在地震后是安全的。"他沉着而冷静地说着，但我已经快要无法呼吸了。"孩子，把画递给我。"

"这幅画太华丽了，父亲。下面还有其他的画，但这幅是我见过的最美的。"伦佐拿着那幅画走上台阶。"看。是不是非常华丽？"

他把画递给柯希莫。

"的确是。我们必须决定如何处理它。现在快上来吧。"

我抬头看去，发现他手里拿着枪。"那位年轻的女士很不幸出了意外。有人警告过她不要到这里来。这么危险的地方。"

"你在说什么，爸爸？把那东西收起来。"伦佐惊叫道。我能听到他声音里的震惊。"你为什么要这样做？"

"她问了太多问题。"柯希莫说，"她想知道战争中发生的事情的真相。她为什么非要问这些问题？"

"我告诉过你，我想知道我父亲的事。"我朝他喊道。

"不，我不相信你。没有什么英国飞行员。索菲亚和一个德国人私奔了。"

"不，她被带走是因为你出卖了她！"我朝台阶上喊道。伦佐依旧站半路上，挡在我和柯希莫之间。

"那不是真的。我爱她，她却拒绝了我，但我因爱她，所以收留了她的儿子。"

"我觉得是你想霸占她的土地，"我说道，"所以你觉得内疚，就收留了伦佐。"

"你胡说八道。"柯希莫说，"快上来，孩子。"

"不，爸爸。把枪收起来。乔安娜不知道任何能够伤害到你的事。"

"问问他是谁杀了詹尼·马蒂内利！"我大喊道，然后才意识到保持沉默才是明智之举。我的声音在地窖里回荡。"詹尼是唯一知道事情真相的人。"

"什么真相？"伦佐问道。

我瞥了伦佐一眼，想要决定是否保持沉默，是否相信他能保护我不受他父亲的伤害。

"詹尼喜欢干送信的活和监视别人。"我换成英语继续飞快地说，"他看到了那场屠杀。他看到了柯希莫把游击队出卖给了德国人。"

"不，这不可能是真的。不可能。"伦佐说。

"快上来，孩子！"柯希莫大声喊道，手中挥舞着枪。

"我不会让你开枪的，爸爸。你疯了吗？"

"我也不会失去这些年来我所做的一切。"我看到了枪被举起，同时听到松开保险栓的咔嗒一声。

"不，"伦佐说道，"我确实对你有所怀疑，出于忠诚，我一直保持沉默。但这次不行。我不会让你伤害到她的。"他丢下手中的画，跳上剩下的台阶。那幅画向我的位置掉下来，我伸手把它抓住，看着那个漂亮男孩对我笑了笑。我抱着画走上台阶。在我的头顶上，我能听到动物般的咕噜声和咆哮声。伦佐和柯希莫陷入了战斗。伦佐比他高，但是柯希莫就像一头强壮的公牛，尽管他中风了，但依然很强壮。伦佐抓在柯希莫的手腕上，试图让他放下枪。枪响了，墙上传来子弹来回反弹的声音。一群鸽子惊恐地向上飞去。伦佐和柯希莫在高低不平的地板上蹒跚行走，在石块和横梁上跌跌撞撞。柯希莫想把伦佐撞到墙上。一声呻吟和痛苦的号叫传来，但伦佐没有松手。

我已经爬上了台阶的顶端，开始沿着墙的外侧向正门爬去。听到一声喊叫时，我离自由近在咫尺。

"你好？有人在吗？乔安娜？"

柯希莫犹豫了一下。我夺门而逃，看见奈杰尔·巴顿正站在台阶下面。他看到我，面露喜色地向我挥了挥手。

"你好，乔安娜。他们告诉我你到这里来了，所以我想我来给你一个惊喜，告诉你一个好消息。但是一切都好吗？我好像听到了一声枪响。不过，当然可能是——"

"奈杰尔，"我以最快的速度走下台阶时打断了他的话，"快回村里去找人帮忙。有人拿着枪。快去。"

奈杰尔惊讶地张大了嘴。"你确定吗？真的拿着枪的人吗？那你快到我这儿来，我带你离开这个鬼地方。"

"奈杰尔，快去！"我喊道，"别等我。"

就在这时，柯希莫摇摇晃晃地走出了门。枪还在他手里。我四处寻找伦佐，但没有看到他。我的心怦怦直跳，喘不过气来。柯希莫瞄准奈杰尔开枪，但没打中。子弹砰的一声击中岩石。奈杰尔吓得尖叫了一声，跑下最后一级台阶冲进树林。柯希莫把枪对准了我。"这次我不会打偏的。"他说道。

一个声音从地面深处传来，接着有鹅卵石在台阶上弹了下来。柯希莫脚下的那块岩石开始倾斜。他想转身躲开，但他那条坏腿瘫软得动不了了。"伦佐，救救我！"他叫道。

仿佛是在慢镜头中，一大块山坡塌了下去。柯希莫拼命地抓向空气。他尖叫着从悬崖上摔了下去，身体在岩石和卵石间弹来弹去。伦佐终于出现在门口，鲜血顺着他脸的一侧流下来。他跌跌撞撞地向我走来。"他把我打晕了，"他说，"把他的儿子打晕了。你没事吧？"

我点了点头，还是说不出话来。"他摔下去了。"我最后开口道，"石头塌了，他坠崖了……"

伦佐小心翼翼地走到栏杆旁。柯希莫的尸体摊在山下很远的地方，身上半掩着岩石和草皮。伦佐画了一个十字。"他是一个邪恶的人，我现在知道了。"他说，"但他一直对我很好，是最好的父亲，愿他安息。"

"你为了我而和他搏斗，"我说道，"你没有让他杀了我。你非常勇敢。"

"我真不敢相信他要这么做。"伦佐说，"我知道他的交易并不总是光明正大的。但我不知道……但事实并非如此。当我得知詹尼被杀的消息时，不知怎么地，我感觉到他要对此负责。但是战争期间的游击队……他真的太邪恶了，不是吗？"

我把手轻轻地放在他的胳膊上。"但他是你的父亲，你爱他。很抱歉让你经历这些。来吧，我们把你送回城里，把这些伤口缝起来。"

"别忘了我们漂亮的孩子。"伦佐说。

"说得好像我真会忘了似的。"我意识到自己仍然紧紧抓住那幅画不放。伦佐扶我下了台阶，我们朝山谷走去，在那儿遇到几个人向我们跑来。

"有个疯子英国人。"其中一个说道，"我们不明白他在喊什么，但他提到了乔安娜和枪，所以我们就来了……"看到伦佐脸上淌着血，他停了下来，"那个带枪的疯子在哪儿？"

"是柯希莫，"伦佐说，"他想杀了乔安娜小姐。我们扭打在一起。他用枪身打昏了我。"

"他在哪里？必须阻止他。"其中一人说。

"他死了。他从高处摔了下去。山体滑坡了，他一头栽了下去。"

那些人在自己身上画了个十字。但他们没有一个说，愿他安息。

然后他们的目光转向伦佐手中拿着的东西。

"我们在修道院的地窖里发现了这个。"伦佐为他们举了起来，大家同时倒吸了一口气。

"华丽无比。绝对的大师作品。"其中一人喃喃自语。

"我还记得战前修道院里曾有精美的画作,"年纪最大的人说,"我们以为纳粹把他们都抢走了。"

"还有更多在地窖里,"伦佐说,"但没有比这幅更好的了。"

"你觉得这能让圣萨尔瓦多变得富有吗?"其中一个人问道。

"你怎么能说这样的话?"另一个男人厉声说,"这是我们的遗产,它应该属于佛罗伦萨的一家博物馆。"

"佛罗伦萨吗?为什么不是卢卡?卢卡不如佛罗伦萨吗?"

他们激烈地争论起来。伦佐冲我咧嘴一笑,我们开始向山上的村庄走去。医生清洗了伦佐的伤口,缝了三针。"你很幸运,没有失去一只眼睛,"医生说,"或是从太阳穴的血管里流血过多而死。"

"是的,我很幸运。"伦佐说,声音里带着一丝苦涩。

就在这时,门外响起了一阵嘈杂的声音,医生的妻子忧心忡忡地走了进来。"外面有个发疯的外国人,"她说,"他说他是这位女士的律师,而且——"

她没有机会讲完,因为奈杰尔闯了进来。"哦,你在这里,乔安娜。谢天谢地,你平安无事。究竟发生了什么事?那个疯子到底在向谁开枪?他们抓住他了吗?我猜是黑手党。这地方到处都是匪徒,这是众所周知的。我们去拿你的东西。我这有一辆车。我开车送你回佛罗伦萨,然后我们就可以回了。"

"你真是太好了,奈杰尔。"我说,"但正如你看到的,我没有受伤。至于拿枪的人,他已经死了。"

"感谢上帝。"他说道,"现在可以走了吗?我们可以乘夜班火车回家。"

我瞥了伦佐一眼,他脸色苍白,眼睛上方缝着一排黑线。"我想我不会被允许马上离开。"我说，"肯定会有一场审讯等着我，我必须出庭作证。"

奈杰尔说："如果你在警察来之前就离开这个国家，那就不会了。"

"但我想出庭。"我说，"我认为解决这个问题很重要。你知道，这和我父亲有关。"

"哦，我明白了。"他的脸色有些不好看，"那好吧，如果有必要的话，我想我最好也留下来在法庭上为你辩护。"

我看着他那认真的表情，忍不住笑了。"奈杰尔，你有从事国际法律工作的资格吗？我相信我不需要任何人来为我辩护，因为我是受害者，不是犯罪嫌疑人。这里的巴托利先生可以做我的翻译。"

奈杰尔看了看伦佐，然后又转向我。

"所以你不想让我留下来，哪怕以防万一？"

"谢谢你的好意，我很感激。"我说，"但我想在回家之前把一切问题都理清头绪，我确信你宁愿回英国。"

"好吧，如果你真的不想……哦，好吧。"他看上去垂头丧气。

"我才给斯嘉丽打了电话，你这么快就来了，你真是太好了。"我说，"我想她可能是担心我触犯法律。"

他看起来有些困惑。"我不知道你在说哪通电话的事。上个星期我到斯嘉丽家去找你，然后既然我知道了你在意大利的下落，就安排了几天假期，亲自给你带来一个好消息。"

"好消息？"

他终于有了笑容。"是的。你的画。"

"我父亲的那几幅吗？它们到底值多少钱？"

他摇了摇头。"不，很遗憾不是你父亲的创作。我说的是家族肖像。我们已经把它们清理干净了，其中一幅还需要专家进一步检查——就是那幅你的同名祖先乔安娜·兰利的画像。原来这幅画是托马斯·庚斯博罗画的。这是他的一幅不为人知的肖像画。"

"庚斯博罗？你确定吗？"

他兴奋地点头，"一旦这幅画被清理干净，在画的下角就可以清楚地看到签名了。在他的日记里有一段记载，说有一个叫J. L.①的人来当过他的模特，并且骨架结构很好。"

"天啊！"我说。

"天啊！这确实是一个重大发现。它可能会在拍卖会上拍出一大笔钱。至少几十万英镑。"

"几十……"我甚至不敢结结巴巴地说出那几个字。

他点了点头，"而且是至少。"

我刚想再说一声"天哪"，又咽了回去。

"你允许我把它拿去佳士得拍卖行拍卖吗？"奈杰尔说，"我认为我们应该马上行动起来，趁这一发现还有新闻价值的时候。"

有那么一会儿，我真想留着它，好让这个和我长得一样的人从墙上俯视着我。但后来我的理智占了上风。"噢，是的。当然允许。"

"太好了。嗯，和我想的一样。那我们回英国见。"奈杰尔尴尬地说，"如果你需要什么，这是我的名片，随时给我打电话。"

"谢谢，"我说，"谢谢你所做的一切。"

他脸红得像个小学生。

奈杰尔走后，我和伦佐从医生办公室出来，伦佐用疑问的目光看着我，"那个英国男人，他是你男朋友吗？"

"噢，天哪，不是。他是我父亲的律师。负责处理遗产，其中一幅画很有价值。这简直太神奇了，不是吗？"

"我觉得他喜欢你。"伦佐说,"你喜欢他吗?"

"我相信他是个很好的人,"我说,"但不是我喜欢的类型。"

"很好。"伦佐说。他从旁边桌子上拿起那幅画。"我想这个应该交给市长,由他决定如何处理它。"

我渴望地盯着它。我知道我必须放弃,但不想来得这么快。"至少在事情理出头绪之前,我们不能保留它吗?"

伦佐也凝视着它,"我可以。我们会好好照顾它的,不是吗?我现在不确定我们是否应该打电话给艺术和文物部。毕竟,它是修道士的财产。"

"你认为有哪个修道士还活着吗?"

"我知道有几个在反抗占领者时被杀了,"他说,"其他人现在都是老头子了。但他们是方济会修士。意大利的这个地方到处都是方济会修士。是否将这幅画捐赠给国家,并在乌菲齐美术馆等画廊展出,将取决于他们。"

我点了点头,脑袋试图接受这里和英国的两幅名画的事情。考虑到我仍然感到震惊,看来我一时还无法接受。

"你还打算开车去佛罗伦萨吗?"我问。

"噢,佛罗伦萨,我都忘了。"他说,"不,我去给酒商打个电话,他得等着了。"

我意识到,这些葡萄酒、橄榄和柯希莫的所有生意现在都属于伦佐了。好奇他是否也意识到了这一点。

"你愿意到我家来吗?"他问道,"我想我们都需要一杯酒。"

"是的,走吧。"

我们步行穿过村庄。伦佐对那些已经从村里小道消息里传出来的问题置之不理。他告诉人们他很难过,需要一个人静一静。而可怜的乔安娜受到了惊吓，说不出话来。我们离开村子的街道，走上一条笔直的砾石车道，车道两旁种着柏树。铁门里面，是一座气派的威尼斯风格别墅，与兰利庄园的大门没有什么不同。院子里有一个喷泉，周围种着橙树和柠檬树。鸽子在喷泉的边缘飞舞。我们走进一个大理石门厅。一个女佣出现了，伦佐给她下了一道我听不大明白的命令。然后带我穿过一间华丽的客厅，来到外面的阳台上。棚架上的葡萄藤遮住了阳光。伦佐给了我一把柳条摇椅，我坐了下来。在我们下方，一望无际的景色尽收眼底。

伦佐坐在我旁边。一时间我们谁也没开口说话。

"你今天救了我的命，"我说，"谢谢你。尽管如此，我还是为你父亲感到难过。"

他点了点头，抑制住自己的感情。"无论他是什么样的人，他都是我的父亲，他对我很好。我当然会想念他，但我不知道，不知道这么做是不是对的。我知道他的交易并不总是光明正大。我也知道他是个恶霸，总是先确保得到自己想要的。但要说他是个叛徒和杀人犯？不。绝对不会。"他擦掉了脸上流下的一滴眼泪，然后他深吸了一口气。"我确实怀疑他与詹妮的死有关。我不知道是他自己杀的还是他手下的人帮他杀的。但第二天早上吃早饭时，我看见他显得很高兴，仿佛心头卸下一副重担。"

我把手伸过去，放在他的手上。"你不知道你没有参与这件事让我有多欣慰。在这段时间里，我一直担心你也参与了谋杀，或者至少知道这件事。"

"你就是这么看我的吗？"

"直到我意识到真相。"我说，"当你抓住你父亲的胳膊，想从他手里夺枪的时候，我就知道我错了。"

身后传来脚步声，我们抬起头。女佣端着一个托盘走了过来，托盘上放着酒瓶、玻璃杯和必备的一盘橄榄。她把东西放在我们面前的小桌上，一声不吭地退了回去。

"她还不知道真相，"伦佐说，"我没有勇气告诉她。她崇拜我的父亲。"他停顿了一下，"他总是对手下很好。他们知道这件事会很伤心的。"他给我倒了一杯酒。"我想我们需要镇定一下，你说呢？"他说。

说实话我现在什么也不想喝，什么也不想吃。我的胃还在打结。过了一会儿，我转向伦佐，"审讯的时候，你打算怎么跟他们说？"

"你的意思是我父亲的真相应该公之于众吗？"

"我就是这个意思。你会告诉他们，他要为许多人的死负责，为詹尼的死负责，也要为我差点死了负责吗？"

伦佐叹了口气，"我想我不得不说。"

"詹尼的死与他的地下交易有关，对吗？并且没有人知道游击队是因为被出卖了才惨遭德国人杀害的。"

伦佐显得很谨慎，"你的意思是我应该什么都不说？"

"这取决于你。你说你父亲被他的工人喜欢，在镇上受人尊敬。也许你需要靠这样的记忆活下去。"

"我需要考虑一下。"他说，"当然，我们可以说他一直跟着我们，然后山体滑坡了。但是你的英国佬之前尖叫着提到了一个男人和一把枪。"

"我的英国佬可能只是陷入了误解和恐慌。"

伦佐叹了口气。"我想不管真相对我来说有多痛苦，它都应该被揭露出来。毕竟有太多人因为我的父亲而痛苦。"

"你是个好人，伦佐。我很庆幸遇到你。"我说。

他愁眉苦脸道："你现在还不会走，是吗？"

我对他笑了笑："就像我对奈杰尔说的，我可能会被要求在验尸时作证，谁知道那会花多长时间呢？无论如何，至少要学会做葆拉教的肉酱。"

伦佐也笑了。这时他突然有了一个想法："至少我们现在知道，柯希莫没有背叛我的母亲。他爱她。所以也许她没有被我们的人出卖，也许只是那个住在我家里的德国人，看到她上山，然后有一天跟着她这么简单。"

"是的，"我说，"很可能就是这样。所以德国人把他们两个都抓起来了。我父亲设法逃走了，但谁知道你母亲出了什么事？经过这么长时间，你认为我们还有办法弄清楚吗？找到旧的记录？"

"我怀疑他们向她开枪了，"他说，"我一直在心里知道她已经死了。"他长叹一声，"要是那辆马车能早点来就好了。要是他们能逃走就好了……"

"那么他们就会结婚，然后就永远不会有我了，"我说道，"我就不会和你坐在这里了。"

"所以确实也有一些好处。"他说。

第四十章　雨　果

1945 年初

雨果感觉到自己的脸颊被温柔地碰了一下，他睁开眼睛。一位黑头发、面容甜美的年轻女子站在他身旁。

"索菲亚？"他低声说。

"我叫安娜，"她用英语说，"你终于醒了。这是个好消息。"

"我在哪儿？"他发现自己躺在头顶是白色的天花板，四周全是白色帘子的床上。

"你在罗马附近的一家医院里。"

"我是怎么到这儿的？"

"你是个幸运的人。你是在美国人向佛罗伦萨进军时被发现的。天知道你在那儿待了多久。他们差一点以为你已经死了，但接着他们感觉到了心跳，于是把你送到了野战医院。你的情况稳定下来几天后，他们把你转到了这里。你昏迷了几个星期。头部受伤，肺萎陷，腿的情况也很糟糕。是的，我得说你能活着是幸运的。"

他试着移动身体，却发现自己动弹不得。"我需要有人帮我写信。"

她把手放在他的肩上，"适当的时候会有人帮你的。"

"盟军已经占领了卢卡以北的地区了吗？你了解情况吗？"

"我真的不知道他们已经走了多远。我只知道我们正在稳步推进，而德国人正在以最快的速度撤退。但我相信他们还没有被赶出山区，因为那里还有很多雪。"

"我需要了解一下圣萨尔瓦多村的情况，"他说，"我需要知道他们是否安全。"

"我会帮你打听。"她朝他笑了笑，"现在休息一下，我看看能不能允许你喝上一杯。"

"威士忌加苏打水。"他说道。

她笑了，"能喝到算你走运。"

过一会儿她回来了。"你问的那个村庄还在争夺领土。那儿靠近德国人的防线。"

"所以我还不能收到那儿的消息？"

"恐怕不能。但所有人都乐观地认为我们已经接近尾声了，至少在意大利是这样。运气好的话，如果你身体的恢复继续取得进展，你就可以回家了。怎么样，嗯？"

他强迫自已露出笑容。

第二天，一位美国军医来看望他。"我已经尽我所能把你治好了，"他说，"可是你那条腿的情况差得一塌糊涂。我猜这是一处愈合得相当不好的旧伤。你需要把碎骨头清理干净，然后重新接好。我觉得他们会更想在英国的医院，而不是在这里尝试做任何事情。所以现在的问题是要等到有一艘船可以载你回去。"

他恢复得一天比一天强壮。他被允许坐起来，并挂着拐杖走路。他给他的父亲、妻子和儿子每人都写了一封信。他每天都询问前线战事的消息，以及卢卡北部地区现在是否已落入盟军之手，但答案总是不确定。他很想给索菲亚写信，但又不敢冒险。如果她所在的地区仍然有德国人，而她收到了一封来自英国飞行员的信，那无异于给她判了死刑。

所以他不耐烦地等待着什么事情发生。2月中旬，他被带到奇维塔韦基亚港，登上一艘开往朴次茅斯的英国轮船。这是一段漫长而乏味的旅程，要躲避敌舰，还要在比斯开湾与大风搏斗。之后他被直接送往朴次茅斯的医院，在那里接受了腿部手术。然后他再次写信给他的父亲和妻子。3月初，他收到了回信，但不是来自他的家人。

亲爱的雨果先生：

我冒昧写信给您，因为目前兰利庄园没有您的家人给您回信。

我想说的是，您能安全回到英国，而不是在外国医院，我感到非常高兴和欣慰。在把这个消息告诉您之前，我希望您能更坚强，并且已经踏上了康复之路。您父亲两个月前去世了。他的肺病每况愈下，在1月初的严寒中，他得了肺炎。我想他是因为收到您的失踪报道，因担心导致的死亡。很遗憾他没能活着知道您平安归来。您现在是正式的雨果·兰利爵士了，尽管我不认为这能给您带来任何安慰。

有传闻说陆军团部可能终于要撤出兰利庄园了。感谢上帝，尽管我担心他们把这个地方弄得一团糟。战争似乎很快就要结束了。经过这么多年的艰辛和忧虑，这几乎是不可能的，对吗？

如果您被允许来人探望的话，我会去看您。所以如果允许的话，我可以冒昧地来拜访您吗？最近一段日子他们没有那么严格地限制旅行了。我会给您带些好吃的过去。我想您在没有东西吃的情况下躲了那么久，也应该多积累点了吧。厨师用我们有限的口粮和庄园带来的收入创造了奇迹，尽管如果能看到兔肉派的终结的话，我会很高兴。

好的，我就不再打扰您了，但希望尽快见到您。敬启，埃尔西·威廉姆斯，管家

雨果把信折好，脑子里一片混乱。当他回忆起威廉姆斯夫人时，总算露出亲切的微笑。在他从一个小孩子长大的过程中，她一直是那个埃尔西——一个新来的女佣，一个有些放肆的，在他母亲去世后对他很好的年轻姑娘。几年后，老管家退休了，埃尔西接替了她的位置。他就是这样记住她的，她总是那么和蔼，那么开朗。这与索姆斯——那个老管家形成了鲜明的对比，索姆斯是一个比较拘谨、死板、缺乏幽默感的人。

接着他又想到了他的父亲，他不知道自己是否感到悲伤。他的死并不出乎意料，他的父亲一直是一个冷漠的人，对感情或任何亲密的东西都避而不谈。责任、荣誉、做正确的事——这些对他的父亲来说才是最重要的。现在他走了。雨果试图把自己想象成庄园的主人。雨果·兰利爵士。这似乎极不可能。索菲亚一定会笑死的。他想道，要是……就好了。

几天后，埃尔西·威廉姆斯来探望他。就她本人的年龄来说，她仍然显得丰满、活泼、年轻、容光焕发，仿佛战争对她没有任何影响似的。她带了满满一篮子好东西：牛蹄筋冻、一个野味派、自制的接骨木果酒和一罐去年夏天收获的草莓酱。她举起这些宝贝时，她笑了。她说："为了完成这个目标，我们每个人都节省了一个月的吃糖量。我的天，去年我们有大丰收吗？是我帮厨师削的草莓。自从我们没有了厨房女佣以来，我最近帮了她不少忙。我从来没有

意识到自己是多么喜欢烹饪。"

"你真是太好了，埃尔西，"他说，"然而我必须道歉。我应该叫你威廉姆斯太太。"

"除非您要我称呼您为雨果爵士。"她回答道。接着她的脸色变得忧郁起来。"我很抱歉带来您父亲的坏消息。事实上，过去几年他的身体状况一直在走下坡路。自己的房子被一大群蠢货占据，这也让他很难过。"

"很多蠢货？"

"那群陆军团部的人。您真应该看看他们把这地方弄得有多乱。我想这几乎伤透了您父亲的心。您知道他是多么为这所房子和这片土地感到骄傲。"

雨果意识到有主题他们还没有谈起。"我的妻子和儿子呢？你甚至都没提过。"

"那是因为他们离开房子有一段时间了。"她说。

"消失了？去了哪里？"

"我不能告诉您，先生。我知道她给您留了一封信，但我认为不该由我来打开它。她告诉您父亲她要走了，但他从未告诉过我去哪儿。也许她是那些涂鸦虫飞弹和 V-2 火箭要飞过来的时候，她因为靠近南海岸而感到紧张。她看上去从来都不开心，要让她高兴也很难。"

"那我儿子呢？他在上寄宿学校吗？"

"没有，先生。直到最近离开，他上的一直是乡村学校。您父亲非常生气。他想让泰迪和您上同一所学校，但兰利夫人不同意。她说她已经没有丈夫了，不能再失去儿子。"

"我能理解，"他说，"哦，好吧，等我最后回到家，希望一切都会解决。战争结束后，我们可以再为泰迪选一所学校。"

"您真的认为战争会很快结束吗？"

"我敢肯定。"他说，"德国人正在欧洲全面撤退。我们已经打败他们了，埃尔西。剩下的只是时间问题。"

她说："愿上帝保佑如此，也愿上帝保佑你们平安回家。我很担心你，雨果先生。当我们收到您失踪的电报时，我们担心会发生最坏的情况。当您终于写信告诉我您还活着的时候，真是个好消息。"

"恰巧活着而已。"他说，"我非常幸运。美国军队在德国车队中间发现了我的尸体，更重要的是，他们发现我还活着——这简直是个奇迹。"

"你一定有一个天使在守护着你。"她说。雨果本能地把手伸向胸前的口袋里。

他于 4 月获准回家。河岸上长满了报春花。农舍的花园里开满了水仙花和番红花，果树上开满了粉红色和白色的花。当出租车开上通往兰利庄园的车道时，他终于明白了埃尔西所说的那个地方被蠢货破坏的意思。重型军车停在南草坪上，车胎在原本干净的草坪上留下深深的凹痕。北草坪已经犁过了，现在正在种蔬菜。房子看起来需要油漆，有些窗户也用胶合板封上了。他下了出租车，走上台阶来到前门。一名哨兵立即出来拦截他。

"喂，你想去哪儿？"他问道。

"我去哪儿？"雨果厌恶地看着他，"我是雨果·兰利爵士，这是我的房子。"

"不是这个地方，伙计。"那人说，"现在这是国王陛下政府和东苏塞克斯兵团的财产。你的那部分在那边侧翼。"

雨果强忍住怒火，"我还以为你们要搬出去呢。"

"我们是要搬出去。一开始他们要把我们送到法国去，但现在看来他们似乎不需要我们。没有我们，一切都很好。所以我想我们很快就能回家了。"

雨果正要走开时，那个人喊道："所以你们都去哪儿了？在里维埃拉开心地度假吗？"

"飞行轰炸。从1941年开始在马耳他，然后在意大利，然后在医院待了三个月，期间他们帮我重新接好了腿。"

那人马上立正行礼，"对不起，先生。我没有看到制服。我没有意识到这点。"

雨果绕到房子的一边，从一个仆人曾经进出的地方走了进去。像这样偷偷溜进自己家让他感觉很不好。他在屋里转来转去，认出了几件家具，但却感到一种不真实的震惊：所有的东西都放错了地方，所有的房间他都不熟悉。在现在用作客厅的桌子上，他发现了那封写给他的信。

亲爱的雨果：

　　写这篇文章的时候，我不知道你是死是活。他们说你失踪了。我认为那意味着死亡。我一直尽职尽责地待在这里，但现在我必须考虑自己和儿子的幸福了。我遇到了一个人。他是个美国少校。一个很棒的人，喜欢笑和跳舞，让我觉得自己又活过来了。只要他们能为我在船上找到一个地方，我就和他一起去美国。我已通知你的律师开始办理离婚手续。我很乐意承认我是有过失的一方，这样你和你高贵的家庭就不会有污点。

　　我们从来没有真正合拍过，不是吗？我们一起在佛罗伦萨上学的时候，至少我看到了你有趣的、有创造力的一面，但是当我们回到英国的时候，你试图成为你的父亲——古板、乏味、正确——我从来没有觉得自己属于兰利家族。我不会选择这样的生活。还有可怜的小泰迪，他很孤独，总是被村里的男孩取笑。我也想让他过上更好的生活。

请原谅我。祝你一切顺利！

布兰达

雨果盯着信看了很久。他的妻子竟然为了一个美国人背叛他，起初他感到很愤慨，但随即兴高采烈的情绪占据了上风。如果索菲亚的丈夫没能回来，他就可以自由地娶她了。一旦战争结束，他被允许旅行，他会立刻回到意大利，把她带回家。他立即坐在写字台前，给她写了一封信。

第四十一章　雨　果

1945 年春

几个星期过去了，仍然没有收到索菲亚的回信。雨果告诉自己，意大利的邮政系统还没有开始恢复运行。也许她的信在邮寄中丢失了。他会等到战争正式结束后再写一封，或者更妙的是，他会直接过去给她一个惊喜。

但后来他的家族律师巴顿先生来拜访他。

"我很抱歉在这种令人痛苦的情况下与你会面。"他说，"据我所知，你不会对你妻子的离婚申请提出异议吧？"

"我不会的。"雨果说。

"那么这件事就可以简单地解决了。但你父亲的死引发了严重的遗产税问题。考虑到遗产的大小和价值，恐怕这些钱是相当可观的。"

"你说的'相当可观'是什么意思？"雨果问道。

"差不多一百万英镑。"

"一百万英镑？"他问道，"我到哪里去弄到这笔钱呢？"

"如果不能筹集到足够的资金，恐怕你的房产就得变卖掉了。"

"但这个数额也太大了。"他厉声说，"不公平。"

"恐怕这就是法律的运作方式。"

"可以把一部分土地卖出去盖房子吗？"

"应该可以。然而我怀疑它能带来足够的收入。"

"我一定会让它成功的。"雨果说，"我不会卖掉我们家族将近四百年的房子。我看看能不能申请到一笔贷款，把房子建在庄园的远处。战后人们需要新的家园。"

但渐渐地，他不得不面对现实。没有银行愿意或有能力借钱给他盖房子，也没有人愿意购买离火车站这么远的土地。军团撤出了兰利庄园，只留下了对房屋和其他财产造成的损害。雨果和女管家埃尔西·威廉姆斯一起走过那些刚刚废弃的房间。他周围全是衰败和毁坏的场景。男人们朝雕像胡乱开枪，墙纸也被撕得粉碎。他们甚至把更衣室当作小便池——地板上到处都是污渍和腐烂的东西。屋顶漏水了，湿气渗进了楼上的天花板。主锅炉已停止了运转。上好的家具乱七八糟地堆放在小卧室里，只有蛀虫发现了它们。

"这里不可救药了，是吗？"他问埃尔西。

这一次即使是她也给不了他一个愉快的答案了。看起来她自己也在强忍着泪水。他本能地把手放在她的肩上。她抬头朝他微笑。

后来，寄给索菲亚的信被原封不动地退回了——信封上贴上"查无此地，退回原处"的邮戳。他告诉自己，她可能已经得到了她的丈夫还活着的消息，已经离开那里和他在一起了。她有一个幸福的结局。他试着去相信这一点。他想回到圣萨尔瓦多自己去寻找答案。没过多久，他就发现那是不可能的。随着德国于5月7日投降，欧洲的战争正式结束，但整个欧洲一片混乱，不允许平民出行。雨果因伤退役，现在成了平民。他向英国皇家空军的老朋友们求助，看他们能否找到更多的线索，但他们都没有驻扎在圣萨尔瓦多附近。最后，他写信给市长，这次他得到了一个简短的答复：

巴托利夫人已不在这个村子里了。有人看见她和一名德国军官一起开车走了，从那以后就没有听到她的任何消息。

这成了压倒他的最后一根稻草。他回到他的律师那里。

"很好。"他说道，"把房子卖掉吧。"

那年夏天晚些时候，当最后一批家具运出时，雨果站在兰利庄园外抬头看着它。用人们已经走了。他感到可怕的孤独，几乎像死了一样。实际上，他真希望自己那年春天就死了。难道他在德国人的尸体中被发现，就是为了承受这一刻的心痛吗？这毫无道理。

埃尔西·威廉姆斯提着一个手提箱从仆人出入的门口走了出来。他望着她向自己走来，尽管此时脸上没有喜色，但却坦然而坚毅，下巴高高扬起。一想到她要到别的地方去工作，而他却再也见不到她，这是多么令人伤心的事啊。整个夏天，他都依赖于她那理智的乡下女人的判断，和她阳光般的性格。

"发生这种事，我感到很遗憾，雨果爵士。"她追上他时说道，"您经历了这么多，这不公平。"

"你说得对，埃尔西，"他回答，"这的确不公平。但是很长一段时间以来，没有什么是公平，不是吗？所有那些和我一起飞行的家伙都在火焰中倒下了。所有那些可怜的家伙，坐在家里吃晚饭，却被涂鸦虫炸成碎片。还有集中营里那些可怜的倒霉蛋。他们都不该死。"

她点了点头。"您是对的。"沉默了许久，她说，"我听说您打算留下来。"

他叹了口气。"如果我担任美术教师，学校会提供住宿。鉴于目前的我没有其他选择，这似乎是最容易的事情。至少在我重新立足之前。"他低头看着她拎着的那个小得可怜的手提箱，"你呢，埃尔西？你打算去哪里？其实并没有真正的威廉姆斯先生，我说的对吗?"

她笑了。"哦,的确没有这个人,先生。这只是惯例,不是吗?您知道的。出于尊重,管家和厨师通常被称为'夫人'。至于我要去哪里,我不确定。我想我会找到另一个位置的,尽管人们听说许多大宅子都将被关闭或拆除。我想我会有所发现的。"

"你也没有家人,是吗?我好像记得你到我们这儿来的时候是个孤儿。"

"是的,先生。我没有家人。我甚至不知道我的双亲是谁。"

雨果看着她,感到无比的怜悯。她被抛弃在这个世界上,无处可去,她没有抱怨,只是坚忍地面对它。他张开嘴,惊讶地听到自己说:"埃尔西,你知道吗,你可以一直待在这里。"

她看上去很惊讶,然后摇了摇头。"待在这里吗?哦,不,先生。他们已经说得很清楚了,他们将为学校雇用自己的员工。"

"我是说和我在一起。"他说。

"与您?住在门房吗?"她紧张地微微一笑,"我想,首先,那里没多大地方,而且你也不需要一个用人。"

他觉得自己脸红了。"我描述得很糟糕。我的意思是你和我一直相处得很好。你是个善良体面的人。最近我开始珍惜有你在身边的日子。你给了我很大的安慰。你无处可去,我孑然一身。如果我们结婚的话,没准我们双方的问题就都解决了。"

"结婚,先生?"她惊讶地睁大了眼睛,然后摇了摇头,"那根本行不通,不是吗?我比您大得多。您不会超过 34 岁吧?"

"35。"他说道。

"可我已经 42 岁了,先生。"

"显然这不是什么不可逾越的鸿沟。"

"我认为您不应该在这么重要的事情上匆忙作出决定，尤其是在您已经承受了这么多打击，尤其是在兰利太太离开您，您又重新振作起来的时候。我不希望您因为同情我而提出这样的要求。"

"我并不是同情你，埃尔西。"他说，"其实我很羡慕你。你似乎在最糟糕的情况下也能做到最好。我想你就是我现在需要的人。当然，你可能觉得我不是个好东西……"

她脸红了。"我一直认为你很英俊，雨果先生。事实上，我年轻的时候经常在自己的房间里放一张您的照片。"她停了下来，笨拙地换着脚步。"不过，还有一个阶级问题。您是个准男爵，一个贵族，而我是一个仆人。想想人们会议论什么吧。"

雨果把手放在她的肩上。"我有一种感觉，战争会改变一切。不再有阶级差别。不管怎样，谁在乎有没有人议论呢？让他们议论去吧。我想我们会很幸福的，你觉得呢？"

"我一直很喜欢您，雨果先生。"她说，"有机会拥有自己的家，而不是住在别人的屋檐下——嗯，我必须说，这很有吸引力。但我不希望您做一件自己事后会后悔的事。"

他对她笑了笑，用手指托住她的下巴。"绝不后悔，埃尔西，我向你保证。看在上帝的分上，把那该死的箱子放下，我好吻你一下。"

第四十二章　乔安娜

1973 年 6 月

一个星期后，我正极不情愿地准备回家参加我那幅画的拍卖，这时邮局的那个工作人员走到我和伦佐面前。"我接到了菲利波神父家的电话。"他说，"看来他身体很快就不行了，他说想和巴托利先生还有那位从英国来的女士谈谈。"

我们疑惑不解，我和伦佐开着阿尔法·罗密欧来到附近的一个小镇。那是一幢舒适的现代化建筑，离市中心不远。我们被一位年轻的、面容稚嫩的修女送到菲利波神父的房间。"他很虚弱，"她说，"而且很痛苦。他神志不太清楚，但我希望你们能在他走之前让他平静下来。"

的确，老人躺在白床单下，皮肤看上去几近透明。他的眼睛是闭着的。伦佐轻声说："神父，是我，伦佐·巴托利。我是照您的意思来的，把那位从英国来的年轻女士也带来了。"

老牧师睁大了眼睛。"很好。"他说，"在我死之前，我要你听我的忏悔——你和那位年轻女士，因为这关系到她。我要对你母亲和那个英国人的死负责。我出卖了他们，这些年来我一直耿耿于怀。"

"您怎么能这样做呢，神父？"伦佐温和地问道。

"我不得不权衡对我来说什么是最好的。"他说，他的呼吸变得浑浊。"德国司令官找到了我。他说他怀疑镇上有人藏了一名英国飞行员。他要处决我们所有人，男人、女人、孩子，除非有人认罪。索菲亚向我坦白了关于那个英国人的事。我知道忏悔圣印是神圣的，但这关乎许多人的生命，是在许多无辜的生命和她一个之间的选择。我把我所知道的都告诉了他，但我求他放过索菲亚，把我带走。他没有同意。所以我怀着最沉重的心把你的母亲出卖给了他，伦佐，这样其他人就可以活下去了。从那以后，我就再也不知道我做的事正确与否了。"

"您做了您认为最好的事，神父。"伦佐说，"这件事没有正确答案。"

"确实。但仍然……那个可爱的年轻女人。这些年来我一直为她哭泣，祈祷她现在是天上的天使。"

"我肯定她是。"伦佐的声音沙哑了。

"还有那位年轻的英国女士。德国人也带走了她的父亲。我很抱歉。"

"可是他逃走了，神父。"我说，"他回家后又结婚了，我是他的女儿。"

"这很好。"他微微一笑，"所以还是发生了一件好事。"他闭上了眼睛。

伦佐俯下身，吻了吻他的前额。"平安离去吧，神父。您没有什么需要被原谅的。"

牧师脸上露出亲切的微笑。过了一会儿我们才意识到他已经停止呼吸了。

当天晚上，伦佐和我坐在阳台上。这一次，他为我做了一顿大餐——奶油酱贻贝和蛤蜊，佛罗伦萨牛排，甜点是一份浓郁的杏仁蛋糕和意式冰激凌。餐后我们喝了一杯柠檬酒。我感到心满意足——多年来从未有过如此心满意足的感觉。

远处的山峰沐浴在粉红的暮色中。某个地方响起钟声。除此之外，一片寂静。

"现在这些全归你了。"我指着葡萄园和橄榄园说，"你会成为一个有钱人的。"

他向四周望去。"是的，我想我会有钱的。但现在我知道了真相，我觉得我必须归还我父亲在战争后占领的土地——那些在大屠杀中丧生的勇士的土地。你不觉得这样做才对吗？"

"是的，"我同意道，"我绝对认为这是对的。"

"我还有葡萄园和橄榄园。"他说，"我不会变穷的。"说完他直视着我，"看起来你也是。"

"嗯，你是对的。尽管我还没有消化这个事实。"

"你可以买回你的祖宅。你可以成为兰利庄园的女主人。"

有那么一刻，我脑子里闪过一个念头。我看见自己对霍尼韦尔小姐说："对不起，我需要您在学期末之前离开。我要回来住了。"然后我笑了。"这很有趣，但这是我一生的梦想。我一直被'成功'这两个字驱使着，那样我就可以为我父亲买回房子。现在他死了，我无法想象自己是庄园的女主人。我还不太清楚自己想做什么。"

"乔安娜，"他慢慢地说，"你其实不需要待在这里。你本可以和那个英国律师一起回家的。你却打发他走了，说自己要被调查。我不知道这是不是意味着你不想回去。"

"你说得对。"我说，"我不想回去。我喜欢这里。我喜欢和葆拉在一起，学习做饭，时刻感觉到有人关心我。"

"那我呢？"他问道，"你留下来的部分原因是不是意味着你

323

不想离开我？"

"是的，"我小心地说，"我想是的。"

他向我俯下身来，一只手托着我的下巴，把我的脸拉向他自己的。然后他热切地吻了我。我们分开时，他不安地笑了。"幸运的是，我们在一个可以被人看到的平台上，否则我不知道那之后会发生什么。"

"我是一位受人尊敬的年轻英国女士，"我回答说，"我希望得到适当的追求。"

"当然可以，我的女士。"他笑了，眼睛和我调情。

我看着他，突然有了一个想法。"你可以回伦敦完成你的学业，然后开一家属于你自己的餐馆。"

"我们还可以把你的兰利庄园改造成酒店和餐厅。"他说。

"我们？"

"我节奏太快了吗？也许只是作为商业伙伴，你懂的。"

"为什么是英国？雨下得太多了。你可以像曾经梦想的那样在这里开一家餐馆。你可以把这间房子变成你梦想中的餐厅。想象一下，用餐者坐在你的阳台上，先享受一番美景，然后再享用一顿美食。"

"我得先回英国完成我的学徒生涯，"他说道，"而你应该先通过考试。之后的事，谁知道呢？"

他伸出手握住我的手。我们肩并肩坐在阳台上，一句话也不说，夕阳西下，一束束灯光在我们脚下的世界里闪烁。

作者注：

任何地图上都不会找到圣萨尔瓦多镇。它只存在于我的想象中，尽管它是以我去过的托斯卡纳山城为原型的。但卢卡以北的德国哥德防线是真实存在的。

图书在版编目（CIP）数据

托斯卡纳的孩子 /（英）里斯·鲍恩著；萧浩然译.
— 武汉：长江文艺出版社，2020.6
ISBN 978-7-5702-1508-9

I.①托… II.①里… ②萧… III.①推理小说—英国—现代 IV.① I561.45

中国版本图书馆 CIP 数据核字（2020）第 066124 号

湖北省版权局著作权合同登记图字号：17-2019-114

THE TUSCAN CHILD by Rhys Bowen
Copyright © 2018 by Rhys Bowen
This edition is made possible under a license arrangement originating with Amazon Publishing,
www.apub.com, in collaboration with The Grayhawk Agency Ltd.

托斯卡纳的孩子

〔英〕里斯·鲍恩　著　萧浩然　译

选题产品策划生产机构 | 北京长江新世纪文化传媒有限公司
总 策 划 | 金丽红　黎 波
责任编辑 | 张 维　　　装帧设计 | 郭 璐　　　责任印制 | 张志杰　王会利
法律顾问 | 梁 飞　　　内文制作 | 张景莹　　　封面插图 | 乔一桐
媒体运营 | 刘 冲　刘 峥　洪振宇
总 发 行 | 北京长江新世纪文化传媒有限公司
电　话 | 010-58678881　　　传　真 | 010-58677346
地　址 | 北京市朝阳区曙光西里甲 6 号时间国际大厦 A 座 1905 室　　　邮　编 | 100028

出　版 | 长江出版传媒　长江文艺出版社
地　址 | 湖北省武汉市雄楚大街 268 号湖北出版文化城 B 座 9-11 楼　　　邮　编 | 430070
印　刷 | 三河市百盛印装有限公司
开　本 | 880 毫米 ×1230 毫米　1/32　　　印　张 | 10.5
版　次 | 2020 年 6 月第 1 版　　　印　次 | 2020 年 6 月第 1 次印刷
字　数 | 235 千字
定　价 | 48.00 元
盗版必究（举报电话：010-58678881）
（图书如出现印装质量问题，请与选题产品策划生产机构联系调换）